ハヤカワ文庫JA
〈JA1444〉

# 星系出雲の兵站―遠征―5

林　譲治

JN092121

早川書房
8552

# 目次


1　災厄の首都　7
2　臨時政府　43
3　白骨海岸　86
4　古《いにしえ》の指令　122
5　第二四電子戦戦隊　161
6　反撃艦隊　196

7　３７番小惑星　233
8　最終段階　272
エピローグ　321
あとがき　323

# 星系出雲の兵站―遠征― 5

登 場 人 物

水神魁吾…………………壱岐方面艦隊司令長官
火伏礼二…………………同兵站監
カザリン辻村……………壱岐方面艦隊司令部主計少将

相賀祐輔…………………壱岐星系要港部司令官
坂上好子…………………同司令部先任参謀

シャロン紫檀……………コンソーシアム艦隊独立混成降下猟兵旅団長
マイザー・マイア………同旅団長附
ファン・チェジュ………重巡洋艦スカイドラゴン艦長

烏丸三樹夫………………壱岐方面艦隊第二一戦隊司令官
三条新伍…………………同先任参謀

バーキン大江……………壱岐方面艦隊敷島星系機動要塞司令官
メリンダ山田……………同経理部長
ジャック真田……………危機管理委員会科学局天文学部海洋天体学チームリーダー
コン・シュア……………機動要塞分析班上級主任
大月カンサ………………軽巡洋艦クリシュナ艦長

タオ迫水…………………壱岐星系統合政府筆頭執政官
クーリア迫水……………タオの妻
ブレンダ霧島……………危機管理委員会科学局副局長
キャラハン山田…………同スタッフ
セリーヌ迫水……………壱岐星系防衛軍第三管区司令官

# 1　災厄の首都

「首都との通信が途絶しただと？」

　その時、壱岐《いき》政府筆頭執政官であるタオ迫水《さこみず》は、客船アンダニアの執務室にいた。シモンズ仁《ひとし》船長は蒼白な表情でタオの前にいた。船長とはそれなりに付き合いは長い。このアンダニアのような高性能宇宙船を一〇年管理するのは凡人にはできない。社会的地位のある要人たちが活用する客船だけに、すべて未遂とはいえ、三回もテロの標的になっている。そうした難局を乗り切った男だ。

　そのシモンズ船長が、いま見せたことのない怯えたような表情をしている。尋常ではないことが起きているのだ。

「船の通信システムの故障か？　それともテロなのか？」

「本船の通信システムは正常です。近隣の船舶との通信はできています。首都との通信だけが途絶しています」

「首都との通信が途絶している……他は大丈夫なのか？」

「ヤンタンの通信も途絶しています。首都圏で通信が確認できたのは、現時点でレガタだけです。宇宙要塞にはいま問い合わせ中です」

ヤンタンは首都の壱岐から五〇キロしか離れていない。レガタは首都圏ではもっとも遠い中核都市の一つで、三〇〇キロ離れている。話を素直に解釈すれば、首都というより首都圏で何か尋常ではない災害が起きたことになる。

「執政官、直《じか》に首都を観測可能です」

シモンズ船長はタオの船室のモニターに惑星の地表を映した。低軌道を進む客船アンダニアは、惑星の昼の部分から夜の部分に移動するところだった。

船内時計は首都の時間で午前六時一五分であることを告げている。船長の話では、異変は六時になるかならないかという時に起きたらしい。

首都壱岐は比較的赤道に近い低緯度地域にある。暗黒の大陸の中に、都市部とそれらを結ぶ幹線道路や鉄道の灯りがネットワークを構築しているのがわかった。

だが夜の赤道地帯で最も明るいはずの首都圏は、広範囲で闇に沈んでいた。首都圏の光のなかで、壱岐を中心とする直径一〇〇キロほどの領域に灯りがない。

それは不思議な光景でもあった。テロや事故ならば、広範囲な停電は起こるとしても火災が起きているはずだ。しかし、火災の様子もない。

客船のカメラでは解像度に限界もあるから、地上の炎までは映らないとしても、都市部の大火災なら捉えられるだろう。それがないというのは火災は起きていないのだ。

しかしタオは、目の前の光景が、首都圏での大停電のような事故には思えない。自家発電装置をもつ施設もあり、首都圏ゆえにテロ対策には神経質なまでに備えてある。ここまで完璧な停電など起こせるはずがない。

「船長、赤外線映像に切り替えられるかね？」

シモンズは無言でカメラを切り替え、タオはモニターの映像に息を吞む。首都圏全域が高い赤外線を発している。都市の活動がまるで見られないのは、何かによって破壊しつくされたためだ。

船長の携帯端末が鳴り、彼はすぐに画面の通知を読む。そして、低く、やられた、と呟く。

「どうした、船長」

「宇宙要塞のレーダーが、秒速五〇〇〇キロで惑星に衝突する物体を捉えていたそうです。これはガイナスの攻撃です！　艦隊は何をやっていたのだ！」

シモンズ船長がはじめて感情を顕《あらわ》にする。しかし、彼の艦隊への非難は、そのままタオへの非難であった。本来なら壱岐周辺を警備すべき艦艇部隊にも、ガイナスの第二拠点総攻撃に向かえと命令したのは、危機管理委員会のタオ迫水議長に他ならないからだ。

タオ個人は、壱岐を丸裸にするような命令には反対だった。しかし、危機管理委員会の決議がそうした結果になったなら、止めることはできない。そして議長であるからには、自分の考えは委員会とは違うのだとの言い訳も許されない。

「船長の家族は？」

どうしていまここでそんな質問をしたのか、タオ自身にもわからなかった。

「幸い、妻子はカランザに住んでおります」

「それは良かった」

場違いな会話だとタオは思う。少なくとも数十万人単位の市民が死亡した大災害が眼下に広がっているというのに。

タオは筆頭執政官として、自分の責任の重さに突如気がついた。首都が壊滅したということは、政府首班のアザマ松木《まつき》統領も、執政官室を筆頭に中央官庁も消滅したということだ。

工業都市ヤンタンの被災状況は不明だが、カランザのような大都市は残っている。首都以外の大都市が無事であるならば、復興は可能だろう。

だが、中央集権的な壱岐において、政府も中央官庁もすべて消滅してしまったなら、惑星の行政は止まってしまう。この大災厄からの救難、救援、復興を担うべき中枢が消えたのだ。

唯一残っている統治機構は、タォ迫水筆頭執政官とその政策スタッフ数名に過ぎない。法的にはアザマ松木に何かあれば、タォ迫水が統領の職務を引き継ぎ、すべての行政機関の長として全権を掌握することになっていた。

いまはまさにその非常時だ。しかし、すべての中央官庁が壊滅した中で、全権を与えられた筆頭執政官に何ができる？

「私も地上で政府機関と運命をともにすれば良かったのか……」

タォは一瞬そう考えたが、すぐにそんな思考は捨て去った。自分がこうして生きている以上、そして今日《こんにち》まで少なからず権力を行使してきた人間の義務として、事態を収束させる責任がある。

「船長、カランザとバクシャーの地方政府との交信は可能かね？」

カランザは壱岐の第二の都市、バクシャーは第三の都市だ。とりあえず壱岐に残存する地方政府の連合体を組織し、それを中央政府の代替とするのがもっとも現実的だろう。

「やってみます、執政官」

「頼む」

眼下の光景は、巨大な闇の上空を通過し、再び大陸を覆う光の世界に移っていた。

タオ迫水が壱岐を襲った災厄を避けられたのは、その前日まで危機管理委員会の緊急の秘密会議が、この客船アンダニアの会議室で開かれていたためだ。

ガイナスの第二拠点が活動を活発化させており、さらにガイナスの艦隊が最初の拠点を完全に破壊し、五賢帝《ごけんてい》も失われた。この状況で、如何にしてガイナスとの交渉を成立させるのか？

タオは議長として、秘密会議の前に水神魁吾《みずかみかいご》壱岐方面艦隊司令長官と火伏礼二《ひぶしれいじ》兵站監と会合を持ち、軍人たちの見解を確かめた。

彼らは第二拠点の封鎖により、再びガイナスが交渉相手として集合知性を作り上げるだろうとの見解を述べた。

それを武器にタオは危機管理委員会に臨んだ。会議は概《おおむ》ねタオが望んでいた方向に進めることができた。他の全権委員よりも情報面で優位に立っていたことが大きいだろう。

ただ、それは議事運営が楽だったことを意味しない。ガイナスが自分たちの拠点を攻撃し、五賢帝も消滅した事実は、多くの委員に将来への不安感を覚えさせたためだ。

これはなかなか厄介な問題である。委員の不安感となると、理詰めで解消できるわけではないからだ。このため、緊急時には方面艦隊の予備兵力などをすぐに展開する体制の整備なども約束することとなった。

タオ議長としては、こうした妥協は避けたかった。緊急時の艦隊の展開とは、ガイナス殲滅《せんめつ》への含みを残したものだったからだ。これは艦隊の迅速な展開を要求した委員グループの普段の言動でもわかる。

それでも議事がまとまったことで、タオは緊急の秘密会議は成功だと確信していた。就寝前、数日ぶりに妻のクーリア迫水と携帯端末で会話をしたときも、気分は高揚していた。意外なことにクーリアは宇宙にいた。アンダニアの姉妹船である客船モーリタニアで壱岐産業管理協会の幹部会があり、主催である彼女も、その船上にいたのだ。

「下の展望室にいらして」

クーリアはタオにそう促した。通常なら船客でいっぱいの展望室も、この時ばかりはタオと警護の人間しかいない。

「あなたが見えるわ」

携帯端末からクーリアの声がした。彼女が言う通りだった。アンダニアよりも低い軌道をモーリタニアが移動している。その上部展望室の灯りがタオにも見えた。

さすがにクーリアの姿は見えないが、あの展望室の中に妻がいる。

「クーリア、君が見えるよ」

そうして他愛のない会話を交わすうちに、モーリタニアの姿は視界から消えた。

本当なら、タオはその後、アンダニアの貴賓室でゆっくりと眠れるはずだった。だがそうはならなかった。遅くに就寝してほどなく、シモンズ船長により起こされたのだ。

首都壱岐からみて、カランザは三時間、バクシャーは六時間の時差があった。三都市の中でバクシャーが最も東にあった。このためタオが市長らと連絡がついたとき、カランザはまだ夜だったが、バクシャーは朝を迎えていた。

「首都を守りきれなかった責任問題など君たちにも言いたいことはあると思う。しかし、いまは首都喪失という前代未聞の危機的状況から、いかに社会秩序を回復し、死傷者の救援にあたるのかが優先される。それはわかってもらいたい」

タオが客船アンダニアからカランザとバクシャーの両市政府に接触したとき、両市長は安堵の表情を浮かべていた。通信回線が不安定なので、VRは使わず、昔風のTV会議システムを彼らは使っていた。

首都で何が起きたのか全くわからない中で、筆頭執政官と連絡がついたことで、彼らは政府からの情報が得られると期待したのだ。

だが、それもタオが状況を説明するまでだった。カランザ市長のホッジス山岡《やまおか》もバクシャー市長のルシコフ石田《いしだ》も、選挙で選ばれた政治家とはいえ、共に中央での執政官経験を有する優秀な行政官であった。それだけに首都壊滅という事実の意味を誰よりも的確に理解できた。

だからこそ凄惨すぎる現実に絶望した。ルシコフなどは嗚咽《おえつ》をもらしたほどだ。彼らの気持ちはタオが誰よりも共感できたが、いまは愁嘆場を演じるときではないこともわかっていた。

「まずホッジス市長にお願いしたい。治安警察軍の偵察ヘリを壱岐に派遣し、現地の詳細な状況を送ってほしい。それがまず緊急に必要なことだ」

ホッジスはかつてタオの下で働いていた執政官経験者だった。だから話は早い。

「こちらの専門家に通信途絶の理由を分析させていました。統領府周辺は物理的に通信ネットワークが破壊されておりますが、ヤンタン付近は一部回線が生きているようです。首席執政官のお話では、ガイナスの宇宙船が秒速五〇〇〇キロで衝突したのが首都壊滅の理由とのことですが、ヤンタンは比較的無傷かもしれません」

「根拠は？」

「壱岐とヤンタンの間には山岳地帯が広がっています。それが衝撃波の遮蔽となっているようです。停電や通信途絶は、それらのインフラを壱岐に依存しているためだというのが、こちらの技術者の見解です」

それは数少ない明るい情報だ。トムスク7を始めとする工業地帯が無事ならば、壱岐の復興に大きな力となる。

「筆頭執政官の許可がいただけるなら、治安警察軍のドローンも投入できます」

首都壱岐は、テロ活動防止策として、原則として首都警察以外のドローンの使用が禁じられていた。ホッジス市長が許可を求めるのは必要なことだった。

タオは筆頭執政官として、自分の権力の大きさと能力の小ささに慄然としていた。ホッジスやルシコフのような行政官と行政機構があればこそ、権限移譲ができるし、必要な仕事が進む。

そうした組織的な支援なしで、単なる全権だけを掌握していても、タオ一人では何一つできないだろう。

いまのドローンの件にしても、タオが許可を出しさえすれば、あとは「テロ行為予防法」やら「首都圏航空管制基準」など平時に用意した諸々の法規で組織は動く。

それらの法規は最初はテロ対策として立法され、ガイナスとの戦闘により法改正がなされたものだった。立法段階では、無駄ではないかとも言われていたが、それがあったからこそ、ホッジスもルシコフもタオの命令で動くことができるのだ。

執政官になりたての頃は、タオもいずれ政界に進出し、壱岐の統領になることを夢見ていた。統領の絶大な権限を掌握し、壱岐社会を改革する、そう考えていたのである。

しかし、執政官業務を行う中で、そんな考えは早々に消えた。統領に絶大な権限があるように見えるのは、法制度として最終的な意思決定者が統領だからだ。

だが壱岐星系の複雑な社会機構を管理する行政部門が、統領という一人の人間で統括できるはずがない。法律があり、それを執行する膨大な官僚群があり、その中に制度としての行政府の長、統領がいる。

タオが政治家ではなく、官僚機構の頂点としての筆頭執政官を目指したのも、社会改革を行うならこちらの方が近道と考えたからである。政策立案でさえ、自分たちが行うのだから。

しかし、いまはまったく前例のない事態を前に采配を振るわねばならない。

「ホッジス市長、ルシコフ市長のお二人にまず連絡したのは他でもない。我々は早急に臨時政府を樹立する必要がある。本日の正午には臨時政府発足を宣言したい」

ホッジスもルシコフも時計を確認する有様が画面に映る。正午まであと五時間しかない。それでどうやって臨時政府を樹立するというのか？

「臨時政府の法的根拠は、先月議会承認された『異星人との戦闘状態等における危機管理手順の法』の第三条第四項、政府機能が消失した場合の代行統治機構の創設に準拠する。幸運にも筆頭執政官たるタオ迫水はここに健在だ。その権限により、第三条第七項の規定から、現時点で機能する壱岐の重要指定都市の各市政府は連合し、臨時政府を樹立する。臨時政府の首班代行は筆頭執政官の小職が行い、暫定議会は重要指定都市市長に議員資格が与えられる。

順番は前後するが、臨時政府の目的は、第三条第一項に記されているように二点ある。

一つは被災都市の秩序回復で、現地市政府の選挙をゴールとする。市政府が発足した段階で、被災地域の秩序回復は市政府に権限が移譲される」

二人の市長は、大急ぎで関連法規を参照していた。タオはこの二人が執政官経験者だった幸運を思った。

壱岐星系の総人口は二〇億だが、惑星には一五億が住んでいる。首都の壱岐は総人口五〇〇万人、それに二〇万人のヤンタンのような周辺都市を含む首都圏では、一〇〇〇万人を数えた。

カランザやバクシャーも同様で、それぞれ三五〇万と三〇〇万の人口を数えるが、周辺の都市圏を含めると、それぞれ七〇〇万人と六〇〇万人になる。

首都をはじめとして、重要指定都市は、居住人口の上限を五〇〇万人とされていた。これは建前としては、異星人の奇襲で首都が壊滅しても、被害を限定するためである。

しかしそれ以上に大きいのは、重要指定都市が有力家族の政治基盤であり、派閥の均衡を維持するため、首都といえども一強となる大都市は作らないという暗黙の了解による。

重要指定都市は人口一〇〇万以上の都市であり、惑星全体で壱岐を含め八〇都市が該当する。それら八〇都市の総人口は一億を超え、周辺の都市圏も含めれば居住人口は二億一〇〇〇万人に迫る。

つまりこれら重要指定都市圏だけで、惑星の総人口の約一五パーセントを占めることになる。生産力ではこれら八〇都市が工場の九〇パーセントを保有し、惑星経済の六〇パーセントがこれらの都市群から生まれていた。

これは別の視点で見れば、大都市部と農村部との文化的、経済的な格差の反映とも言えた。良くも悪くも、首都喪失の影響が最も少ないのが、こうした地方の集落だった。

いずれにせよタオが組織しようとしている臨時政府は、掌握できる総人口こそ一五パーセントに過ぎないが、生産力と経済力の大半を管理することになる。

最大の都市であり首都である壱岐を失った損失は多大だが、行政の中枢を失ったことが臨時政府の存在感を高めていた。

「もう一点は、統領府の再建と新任統領の選出だ。選挙の方法は、通常の『統領府における首班選出法』に準拠する。

わかっていると思うが、私も諸君らも、臨時政府の人間は利益相反回避のため、この選挙での統領候補にはなりえない」

まぁ、なりたくもありませんがね、とルシコフのつぶやきがタオにも聞こえた。それは本音だろう。壊滅した首都とその復興、なすべき仕事の量に気が遠くなる。

通信衛星は機能しているため、客船アンダニアが移動していても、ホッジスやルシコフとの通話は続けられた。それから一時間後には、重要指定都市の市政府とすべて連絡がついた。

タオにとって幸いだったのは、ガイナスの攻撃でも宇宙港と宇宙要塞は無傷であったことだ。ここには入管や艦隊との連絡のため執政官室の分署があり、幹部クラスの執政官が詰めていた。臨時政府にとっては、経験を積んだ執政官は何者にも代えがたい。

ホッジスやルシコフとの会見から二時間後には、曲がりなりにも臨時政府の骨格が見えてきた。

タオは自覚していなかったが、すべて彼が過去に用意していた危機管理に関する法整備の賜物《たまもの》だった。

そもそも人類コンソーシアムという政治体制は、異星人からの武力侵攻を想定して建設されていたため、首都機能が喪失した場合の都市設計やインフラ建設が行われていた。それを踏まえてガイナスとの戦闘を意識し、壱岐星系政府はより具体的な法整備を済ませていたのだ。

さすがに首都そのものが瞬時に消滅することまでは誰も考えてはいなかった。だが、筆頭執政官が生存し、首都以外の大都市は無傷という想定外の状況は、事態収拾に大きなプラスとなった。

臨時政府の概要が出来上がる中で、緊急に行うべき対策についても状況が明確化してきた。壱岐以外の七九の重要指定都市の市長と市政府の集合知が働いたおかげである。

臨時政府樹立を星系内外に宣言する二時間前には、壱岐の状況も明らかになっていた。

残念ながらドローンから送られてくる首都の映像は、生存者が存在するのではないかという希望を完全に打ち砕いた。

ガイナス巡洋艦の衝突により、首都のあった場所には直径四〇キロあまりのクレーターができていた。宇宙船そのものは全長三〇〇メートルに過ぎなかったが、超高速で衝突したことで、膨大なエネルギーが解放されたためだ。

一部は地殻を貫通し、マグマにまで達している。ただ小惑星ではなく、はるかに高速の宇宙船が衝突したため、貫通面積はそれほど大きくはなかった。また衝突後の破壊状況も異なっていた。

壱岐は衝突の衝撃波と熱で破壊されたが、小惑星の衝突ほどは、土砂を吹き上げることはなかった。衝突のエネルギーは、首都の破壊に消費された。

このため工業都市ヤンタンも通信こそ不通で、途中の山脈も壱岐側が衝突の影響で地形が変わっていたものの、都市そのものはほぼ無傷だった。

懸念されたガイナス巡洋艦衝突による「核の冬」の影響も、こうしたことから惑星規模には至らなかった。

壱岐周辺の低緯度地帯は気象観測衛星からもはっきりわかるほど、灰色の領域が楕円状に広がっていた。しかし、それらは概ね首都圏近郊に限られており、一番近い重要指定都市のカランザも空が少し暗くなる程度で、大量の土砂が降り注ぐようなことは起こらなかった。

重要指定都市の首長との連携ができたことで、惑星各地の混乱は一線を越えることはなかった。重要指定都市は壊滅した壱岐を除いても、周辺地域を含め二億人以上の人間を掌握している。

壱岐の政治状況は、本音と建前の二重構造とはかねてより言われていた。権力志向の強い中央集権的な体制であると同時に、それらを支える議員や高級官僚は、迫水家や安久家《やすひさ》のような有力家族がほぼ独占している。

そしてその有力家族は、それぞれの地方を地盤としていた。八〇ある重要指定都市も、すべて一つもしくは二つの有力家族の地盤である。

その意味では壱岐社会は良く言えば地方分権的、悪く言えば有力家族による領邦という側面があった。首都の中央集権志向も、有力者同士が地方で衝突するのを回避するための安全装置として整備された歴史があった。

だから現時点では、惑星社会の市民の動揺は少ない。各地域の市民たちは、首都壊滅という大事件が起きても、ともかく自宅に停電もなく、食事があり、仕事もあることに安堵していた。

もっとも市民生活が安泰に見えるのはいまのうちだ。地方分権的とはいえ、惑星社会の地域間の相互依存はかつてないほどに強まっている。

それらを調整するのが中央集権的な首都の役割であり、それが消失した以上、早急に臨時政府を機能させねば数日以内に惑星の機能が停止する。

臨時政府の宣言まで一時間半となったとき、カランザのホッジス市長が、タオに直接通信を入れてきた。

「どうした？」

諸々の説明を受け指示を出す中で、タオとホッジスの口調は、かつての上司と部下のそれに戻っていた。

「本当に、正午に臨時政府発足を宣言するのですか？　例えば夕方にすれば少なくとも六時間は時間的余裕が得られます。それだけあれば他星系にも人間が送れますが」

「いや、臨時政府の宣言は正午に行う。それすらも遅いくらいだ。わからないか、私が健在であったとしても、壱岐政府は存在していない。危機管理委員会で壱岐星系政府代表は空席なんだよ。

そしてガイナスの攻撃が、首都の壊滅だけで終わったかどうかもわからん。方面艦隊が動いているとしても、壱岐への直接攻撃をこれ以上許さないためにも、臨時政府を樹立する必要がある。

それができたなら、危機管理委員会も動くし、艦隊にも命令できる。我らは後顧《こうこ》の憂《うれ》いなく復興に専念できる」

「わかりました」

しかし、ホッジスはまだ何か言うことがあるようだった。

「他にも何かあるのか?」

「経済面の動きです」

「やはり経済面に動揺が現れたか……」

タオがその時考えたのは、やはり市民の混乱だ。首都機能の喪失で、物流部門は危うい均衡で動いている。物流は惑星規模で動くが、それを統括する機能が失われた。地方の小さな買い占めが、壱岐全土に連鎖することだって起こり得る。

だが、ホッジス市長の情報はそうした予想とは違っていた。

「いえ、その逆です。顕著な動揺が認められないんです。

株価の暴落は、この状況では避けがたいのですが、買い注文も出て下げ幅が予想以上に小さいんです。

それ以外の金融取引にしても、各地方が極端な売買には制限を加えているのは事実ですが、それにしても安定しています。AIによれば、経済活動の指標となる金利動向も、首都壊滅という状況の中では影響が最小限度に抑えられています」

「理由は何だ?」

「現状では何とも」

ホッジスは口ごもる。率直で、執政官時代にはタオともやりあったこの男が明言を避けるからには、本当にわからないのだろう。

「分析は可能ですが、こちらのエコノミストは再編中で、仕事にかかれるのは臨時政府宣言後になります。議会の承認も必要ですから。

ただ、どこかに我々を支援するような組織があるのかもしれません。まぁ、意図して支援するのではなく、自分たちの破産回避のために動いているだけかもしれませんが」

ホッジスは一つのグラフをタオに示す。

「カランザの最新データです。市内に出入りする物品のデータですが、一時的な混乱の後に今は正常に戻っています。

重要なのは、物の出入りだけでなく、それに伴う決算も終了していることです。ロジスティクスを支えるデータと金融システムが都市をまたぐ形で機能しているんです。相当の力のある機関がどこかで管理している証拠です」

「なるほどな」

目端《めはし》の利いた有力家族なら、首都壊滅の中で、資産防衛に動くことはあり得る。規模が大きいのは不思議だが、幾つかの有力家族が独立して行った資産防衛策が、結果的に自分たちに有利に働いたのか？

その謎は、臨時政府宣言の一時間前に解くことができた。

「壱岐産業管理協会から、筆頭執政官との通話要求が来ております。代表はクーリア安久と名乗っています」

タオはエージェントAIに、すぐに秘匿回線を開くように命じた。仕事の関係でクーリアは迫水姓ではなく、旧姓の安久を名乗っている。安久ホールディングスの当主でもあるからだ。

「無事で良かった」

クーリアの言葉に、タオは押さえていた感情の扉が決壊しそうになった。自らを筆頭執政官と言い聞かせ、感情には蓋をしていた。長年の執政官経験から、彼は無意識に自分の感情に蓋をする術《すべ》を学んだ。

臨時政府樹立に没頭できたのもそのためと思っていた。だがそれは大きな間違いだった。彼は自分の感情を直視しないために、仕事に逃避していたのだ。

それは当然のことだ。最後は冷戦状態だったアザマ松本もかつては親友だった。筆頭執政官を続けるということは、首都圏に多数の友人知人を作り出すことでもある。それはタオ迫水の人生の一部でもあった。

その大切なものが一瞬にして消滅した。感情の整理などおいそれとつくはずがない。そして自分が感情に溺れられない立場であるなら、逃げるしかないのだ。

タオは軽く嗚咽を漏らすも、それ以上は何とか自分を抑えることができた。そして目の前にクーリアがいた。

「どうして……」

そう口にしかけて、タオはそれが愚問であることに気がつく。筆頭執政官の船室にはVR機構が施されている。そしてクーリアの乗るモーリタニアにも同じ設備があるのだろう。船内で重要な会議があるとクーリアは語っていたが、そのためかスーツ姿だった。彼女は軽く微笑み、胸ポケットからペンを取り出す。

タオもすぐに、自分のポケットのペンを取り出した。それはクーリアがタオに贈った最初のプレゼントだった。

加速度センサーと振動素子を組み合わせ、ペン先の動きを補正し、誰でも綺麗な字が書けるというペンだ。個人認証にサインなどが無意味化した時代の産物でもある。しかし、タオとクーリアはこのペンに別の使いみちを見出していた。思いついたのは工学部卒のクーリアだ。ペンのプログラムも、彼女が改造した。

VR上でペンとペンを触れ合わせることで、ペンはプログラムされた特殊なパターンの振動を行う。それを指先で感じることで、ペンを介して人に触ったという感触が再現されるのだ。そしてそれに対する自分の反応を、相手に触感として伝えることができる。外出が多い執政官という職務の中で、タオとクーリアは互いの温もりを伝え合うことができた。たとえ指先だけの感触でも、二人はそれで多くのことを共有してきた。そしてそれは、まさにいまのタオがもっとも欲していたことだった。

VRのなかでクーリアと指を絡め、その感触をタオは感じた。そして彼は、自分が緩んでゆくのがわかった。この数時間、どれほどの緊張に晒《さら》されていたのか、彼はいま気がついた。そしてクーリアがこの時間にタオと接触してきたのも、すべてを理解してのことだったのだろう。

「君には助けられてばかりだな……僕が君を助けたことなんかなかったかもしれないのに」

「いいのよ、私は強いから」

本当にそうだとタオは思う。そしてクーリアがいなければ、自分は筆頭執政官として精神の均衡を保てなかっただろう。そして彼女にとって、自分もまた、そうした存在でありたかった。

「でも、お願いがあるの」

「君が？」

「いいえ、壱岐産業管理協会の代表として」

壱岐産業管理協会とは、クーリアが総帥となった安久ホールディングスを中心とした経済団体だ。ガイナスとの戦闘で、兵站基地となるのは壱岐星系であった。そのなかでコンソーシアム艦隊による壱岐星系の産業統制を回避しようというのが、タオが一貫してきた方針であった。

この問題は、否応なく壱岐星系内部の社会矛盾の解消と不可分の側面があった。艦隊側の介入の口実が、壱岐星系の製造業の非効率性にあったためだ。

壱岐の主権を守るためには、社会矛盾の解消による生産効率の向上しか方法はなかった。だが早急な改革は壱岐社会に少なからず軋轢《あつれき》を生んだ。しかし紆余曲折を経て、それは実行され、生産性は向上し、社会矛盾も緩和された。そして壱岐の主権を尊重する形で、産業基盤は再編され、それらの調整機関として壱岐産業管理協会が発足した。

ただ同協会は理想と現実のバランスを取る中で、幾つかの矛盾を抱えてもいた。

一つは有力家族が産業界を支配する体制打破のための組織にもかかわらず、代表は有力家族の当主でもあるクーリアという点だ。

旧守派に改革を納得させるためには、「行き過ぎた改革」を行わせないように、「安久家当主」という立場が担保として必要だった。それに有力家族による寡占体制の中で生まれ育った人々には、クーリアが代表であることは自然に思われたのだ。

別の矛盾としては、主権問題がある。じつは産業界の構造改革に必要な資金と人材は、マネジメント業を営む朽綱八重《くちつなやえ》を介して、出雲星系の経済界から調達されていた。

それは政治権力の干渉ではなかったが、出雲星系からの経済支配の動きと考えることもできた。

実際には朽綱八重とクーリア迫水の出会いは、ブレンダ霧島《きりしま》を介した偶然によるものだ。

経済支配の意図はなく、様々な歯車が嚙み合わさったことで、今の形になっている。

しかし、それは八重とクーリアの信頼関係という属人的な部分に依存したもので、担当者が替われば、どう動くかわからない危うさを含んでいた。

とはいえ、そうした矛盾を抱えながらも、壱岐産業管理協会は壱岐政府とコンソーシアム艦隊の双方が納得できる形で、産業界のリーダーシップを発揮していた。

「壱岐産業管理協会を、臨時政府の経済産業界代表として加えて欲しいの」

「君を臨時政府の閣僚にしろというのか?」

タオにとってクーリアの要求は予想外のものだった。

「八重さんを閣僚にはできないでしょ、出雲の人だから。だったら消去法で代表の私が就くよりないわよね」

普通なら、それをクーリアの政治的野心と考えるかもしれないが、タオはそうした解釈をしなかった。理由は単純である。安久ホールディングスの総帥で筆頭執政官夫人のクーリアが、本当に権力がほしいなら、とうの昔に手に入れているだろう。選挙で負けない人脈、名声、富のすべてを彼女個人が持っている。

むしろ政治的野心があるのなら、この非常時に閣僚になりたいとは思うまい。臨時政府の政策が成功する保証はない。タオ自身もこの政府の役目は破局の回避と考えている。

だが破局の回避とは、市民生活の視点では日常性の継続であり、臨時政府が成功しても、それはわかりにくい。逆に失敗すれば、市民生活は急激に悪化する。

そんなときに閣僚になるというのは、タオには理解できない。さらにいえば、この程度の計算もできないような人間を臨時政府の閣僚にするわけにはいかないのだ。

「臨時政府にとって、君を閣僚に迎えるメリットは何だね？」

どう考えても夫婦間の冗談ではない。となればタオの口調も自然と違っていた。

「その前に確認したいのですけど、壱岐政府の行政文書を臨時政府は掌握していますか？」

クーリアの口調もまた、妻から組織の代表に変わる。ただ、その指摘は重要なものだった。首都が物理的に消滅したことは、大量の行政文書や行政データの消滅を意味した。ただ壱岐政府は、数世紀前から首都に異変が起きた時に備え、公文書などの重要データのバックアップを複数の重要指定都市に分散して配置していた。

首都以外の重要指定都市が健在であるということは、行政文書はすべて無事であることを意味した。

「政府機能を継続することは、少なくとも文書面では可能だ」

クーリアが軽くうなずいたのは、すでに承知していたためだろう。

「民間経済部門の文書関係は？　他星系との契約書や金融面の取引データです」

タオは、一瞬青ざめた。民間に属するそうした書類データまでは政府も管理していない。

民間部門の経営に政府は介入しないというより、有力家族は他の有力家族の事業に干渉しないという紳士協定があるだけだ。文書は各自が責任を持って管理しろということだ。むろん行政文書とかかわるような内容については、民間の書類でも政府がバックアップしている。しかし、それはよほど過大に見積もっても、民間部門全体の三割程度だろう。

だが、クーリアに指摘され、タオは現状の矛盾に気がついた。民間の契約や金融取引データが消失していたら、臨時政府の準備はこうも順調には進んでいない。首都の金融機関消滅の後始末で、忙殺されていたはずだ。それどころか金融システムが機能しなければ、臨時政府の母体である重要指定都市の行政システムが麻痺していただろう。

「壱岐産業管理協会が掌握しているというのか？」

クーリアは人払いをしているのか、アバターが横を向き、一時的に音声が途絶える。

「ごめんなさい。

あなたの理想は理想として、現実問題として、壱岐の政治経済は安久家や迫水家のような有力家族が掌握していた。

それらの家族は壱岐の経済や産業に勢力範囲を設定し、特定の業種は決められた有力家族の独占もしくは寡占状態だった。それはいい？」

タオは頷く。壱岐社会のそうした構造を忘れたことはない。

「壱岐経済の金融システムは五大家族の寡占状態にあり、産業資本家である迫水家と安久家もこの五家族に名を連ねている。どちらも寡占率は全体の中でも低いけど、安久・迫水で全体の一五パーセントを占める。

壱岐産業管理協会は、自動的にこの一五パーセントの金融データにアクセスできる立場にある」

タオは妻の言葉に驚いた。一五パーセントの金融データのことにではない。それ以前の問題だ。

そもそもタオとクーリアは人として相思相愛であったが、周囲の人間からは対立する有力家族である安久家と迫水家の婚姻により、より強力な企業グループを形成するという政略結婚と理解されていた。

しかし少なくともタオとクーリアは、そんな周囲の思惑に左右されない生活を築き上げていた。だが危機にあって、クーリアは自分たちが嫌っていた「周囲の思惑」を最大限に利用したのだ。タオが驚いたのは、その手腕だ。

「壱岐産業管理協会は、八重さんが作った出雲金融界のコネクションで、直接あるいは間接的に、壱岐の金融システムのほぼすべてに影響力を及ぼせるところまで来ました」

「本当にそんなことが可能なのか？」

「私は安久家の当主で、筆頭執政官の妻。パートナーの八重さんは、出雲の財界に有力な人脈があり、さらにもはや公然の秘密ですけど、方面艦隊兵站監の妻でもある。

我々はあくまでも対等な立場でのパートナーシップを提案し、みなさんはそれを受け入れてくれた。そういうことです」

クーリアはごく自然にそう述べたが、じっさいに何があったかは、タオにも容易に想像がつく。壱岐の有力者だけでなく、軍や出雲の経済界までバックに持つ勢力とあえて喧嘩する馬鹿はいない。

対等なパートナーシップにしても、安久・迫水合わせて一五パーセントであり、他の三家族はいずれも単独で二五パーセント以上の金融を掌握している。それで対等というのは、クーリアだけが得をしたようなものだ。

「首都喪失という事態でも、壱岐の金融システムが機能しているのは、壱岐産業管理協会のおかげということか。

しかし、どうやって金融システムを維持できたのだ？　そもそも単なる協力関係で済むものを、なぜ金融システムまで手に入れる必要があったのだね？」

単純な権力志向でクーリアがそこまでやったとは思えない。出雲の経済支配の走狗《そうく》になることも考えにくい。なら何故か？　さすがのタオにもわからない。

「まず金融システムを手に入れた理由だけど、それは金融システムを維持できた理由と不可分なものなの。

あなたも知っての通り、有力家族は、それぞれが自分の縄張りである産業界を牛耳ってきた。

そして壱岐における政治とは、産業の発展と不可分だった。例えば自動車を作るにしても、鉄鋼業界、非鉄金属、合成化学、ガラス、半導体その他諸々の業界が関わってくる。

教科書には価格は自由市場の需給調整能力で決まると書いてある。でも、実態は自由市場ではなく、有力家族間の利害と貸し借りで決まる。その調整を円滑に行うために政府が必要となる。政府関係者が有力家族の人間であるのは、ここに理由があった。

あなたは筆頭執政官として、こうした体制を変えようとしてきた。それは私も十分承知しています。ただ、それでも現実はこうです」

「そんな私を君は理解してくれていた」

タオの直感は、クーリアのやり方が極めて権威主義的であることを告げている。だが彼女もまた、そうしたやり方を変えようとしてきた。それもまた疑いのないところだ。タオは、何が起きているのか、わからなくなってきた。

「話を戻せば、壱岐の産業界が有力家族の寡占状態にあることの是非は別として、彼らは自分たちの権力基盤である産業界について、膨大な文書を蓄積し、活用できる体制を構築してきた。安久家もそうだし、それは迫水家も同じだったはず。

有力家族間の縄張り争いが起きないのも、そうした文書を背景としてデータベースと情報が、他者の侵入を許さない強力な武器となってきたから。

裏を返せば、その文書へのアクセス権さえ奪えば、彼らの権力基盤は失墜する。そのアクセス権を確保するには、金融から攻めてゆくのがもっとも効果的だということです」

「つまり、戦術的に君は金融を支配するように見せて、戦略的には産業界を動かすデータを手に入れていたというのか……」

タオは、目の前の女性が急に恐ろしくなった。彼も筆頭執政官として、戦略眼にはそれなりの自負があった。しかし、クーリアの話を聞いた後では、そんな自信など雲散霧消してしまう。

「私が、ではなく、私と八重さんの二人です。彼女がいなければ、私もここまでのデザインはできなかったし、まして実現など不可能だったでしょう。

知らなかったんだけど、彼女、火伏の下で辣腕を振るっていた時代があるそうよ。だから決して素人じゃないのよ」

「家庭の中に火伏みたいなのが二人いるわけか、たまらんな」

それはタオの率直な感想だが、それを聞いてクーリアは、くすっと笑った。

「文書へのアクセス権は、安久家を手始めに関連業界から波及する形で確保していきました。

そこから関連業界のサプライシステムを再構築し、壱岐の産業界の生産性を高め、その独立性を確保すべく壱岐産業管理協会は活動してきました。

幸いにも、これには周防《すおう》の独特な企業管理が参考になりました。従業員の集合知で、組織を主体的に管理する方法です」

クーリアの話はタオも知っていたが、彼の理解とはかなり違っていた。

「周防は家族経営レベルの中小企業主が、必要に応じてチーム編成を行い大企業的な構造を作り上げる、そういうものだったはずだが。

もちろん君が言うような意見もあるのは知っている。周防全権代表のトーマ将軍が、最近はシーラッハのように、意図して伝統を破壊しようとする若造がいて困ると愚痴っていたよ」

「その若造も我々の傘下で働いています。意思決定には関わらせてはいませんけど」

話している相手がクーリアだから冷静に受け止められたが、そうでなければタオはこの事実に怒りや敵意を感じただろう。危機管理委員会で彼が全精力を傾けているときに、社会変革は目に見えない形で進められていたのだ。

「あなたは私を軽蔑するかもしれない」

タオは、この一言で、クーリアには勝てないと思った。彼女は壱岐産業管理協会の成功ではなく、それが抱えている弱点を知っているからだ。

つまり、金融システムの掌握も、各産業分野の文書記録の確保と再編も、たとえガイナスとの戦闘という非常時であったとしても、有力家族はそう簡単に既得権を手放すまい。

そうでなくても中間所得層の増大により、有力家族による権力の独占は目に見えて揺らいでいる。その恐怖が、彼らに既得権への執着を強めることになる。

だが安久家の当主で、迫水家の嫁で、筆頭執政官の妻で、出雲に太いパイプがあるクーリアの存在は、将来が不安な有力家族たちには救世主に見えただろう。

なぜならいままでの有力家族の価値観では、クーリアこそ既得権益の守護者に他ならないからだ。

そして彼女は、そのことを百も承知の上で、彼らを信用させ、彼らの武器を奪ったのだ。

だが、こうした権威主義的で属人的なやり方こそ、タオとクーリアが壱岐からなくそうとしていた仕組みに他ならない。それをあえてクーリアは利用したのだ。

「僕がそれほど馬鹿な男と思われていたとは心外だな」

「ごめんなさい」

「あらためて、言わせてもらう。ありがとう」

タオは自責の念に駆られていた。この先のクーリアの運命が予想できるからだ。彼女たちの事業が成功し、社会改革が成功すれば、旧秩序の象徴であるクーリアは、まさに自分の支持者たちによって、いまの立場を追われることになる。

同時に、いま彼女を支持している旧家族の人間たちも、クーリアを裏切り者と指弾するだろう。

それを十分に承知の上で、クーリアは壱岐にとって必要なことを自身の責任として実行したのだ。そんな妻に対して、タオができることはあまりにも少ない。

もちろんタオの権力なら、壱岐で大抵の問題は解決できる。しかし、それはクーリアが望んでいない。彼女の理念を尊重すればするほど、タオにできることはない。

クーリアが望むのは、タオがタオにしかできない仕事をすることだ。

「状況はわかった。

壱岐産業管理協会の代表を臨時政府の閣僚に迎えよう。ただし、我々の立場が立場だ。可能なら、誰が見ても閣内に入って問題ないとわかる土産がほしい」

それは、少しでもクーリアへの風当たりを弱めたいという意味もあった。

「首都の壊滅と同時に、八重さんには出雲に戻ってもらいました。先ほど帰還して、出雲星系が壱岐の首都復興のための特別融資と負債の減免について、殿上《でんじょう》統領の了解を得たことが報告されました」

「出雲から首都復興のためのクレジットが約束されたのか！」

それは朗報だった。

「臨時政府樹立宣言と同時に、復興資金の裏付けがあることも説明できます。出雲が動けば、他星系も足並みを揃えるでしょう」

「しかし、たった数時間でよくそんなことができたな」

「一つには我々が壱岐の金融システムを掌握していたことがあるわね。他星系への負債が幾らあり、債権がどれだけあるか、それをほぼ完璧に把握している。首都が壊滅しても、金融情報が完璧なら、それだけでも信用不安を軽減できるでしょ。

もう一つ幸運だったのは、我々はガイナスとの紛争が終結したときに、過熱した軍需経済をいかに民需主導にソフトランディングさせるかを研究していた。

だから軍需の欠如を首都喪失による経済的損失に置き換えて、モデルを組み直した。じっさいには八重さんのチームが移動中の宇宙船内で作業を行った。それが間に合ったってことよ」

「そこまでできているなら、閣僚として君を迎えないわけにはいかないな」

それは少なくともタオの主観では、クーリアと運命共同体になることを意味した。

「一つ確認したいのだけど、産業界や金融システムのデータはどこにあるんだ？　壱岐が消滅したのに影響はなかったのか？」

するとタオの視界の中に、バレーボールほどの惑星壱岐の立体映像と、軌道上に展開する宇宙船の姿が現れた。宇宙船の数は三〇ほどで、どれも商船だった。

「我々のメインデータベースは首都に置かれていました。有力家族の多くが築いていたデータベースを転用したので、首都に集中するのは必然でした。

それをオリジナルと呼ぶのであれば、オリジナルはすでに消滅しました。ですが、言うまでもなくバックアップはあります」

「それがこの商船群なのか？」

「採算性があまりよくないためホットレイアップ（一部の船員を残して軌道上に停泊）させている中型商船です。それらにデータを重複させ、独自のデータベースネットワークを構築しています。いわゆるブロックチェーンです」

「ガイナスによる地上攻撃を想定していたのか？」

「リスクマネジメントとしては、それは織り込んでいます。だけど主たる理由は、サプライチェーンをより効率化するには、軌道上にネットワークを構築したほうが有利だから。星系内の宇宙船も管理しているし、他の惑星にも生産設備があるでしょ」

「万事抜かりないんだね」

不思議とタオは、先ほどまでの不安感が消えていた。安心したためというより、覚悟ができたためだろう。

ガイナスの奇襲を許し、甚大な被害が出た。臨時政府が機能し、正式な政府が誕生したとき、自分は筆頭執政官としての責を負わねばなるまい。そしてクーリアもまた、現在の地位を追われることになるだろう。

理不尽といえば理不尽だろう。しかし、それも含め、壱岐の社会矛盾なのだ。壱岐の社会がこれほど問題を抱えていなかったなら、自分もクーリアもこんな苦労はしなくて済んだのだから。

「そうそう、忘れてたわ。八重さんから、出雲で本格的なビジネスを始めないかと誘われているの。すべてが終わったら、考えてみる価値はあるかもね」

「今度の件で、壱岐と出雲の距離も随分と狭まったからな」

そう言いながらタオは、危機管理委員会のある会議のことを思い出していた。出雲の殿上統領の言葉だ。

「いずれ、出雲でお会いしましょう」

あの時は社交辞令と思っていたが、ここに来て、あの言葉の重みが感じられた。そう、自分たちが壱岐社会のためにすべきことをなしたなら、こんどは自分たちのために生きるべきかもしれないと。

そして時間が来た。首都が消滅した日の正午、星系全域に臨時政府樹立の宣言がなされた。

## 2 臨時政府

　ガイナス巡洋艦が首都壱岐を直撃したとき、宇宙要塞はその上空近くに位置していた。要港部の司令官である相賀《おうが》祐輔《ゆうすけ》少将は、自分のオフィスで執務中だったが、彼のエージェントＡＩの報告はほとんど役に立たなかった。

「高速の物体が接近中……衝突を確認」

　ＡＩの理解し難い報告よりも、それが表示する眼下の惑星の姿がすべてを物語っていた。首都周辺が直径四〇キロほどに白く光り、そして首都があったはずの場所にはクレーターが生まれ、可視光では黒い円盤に見えたが、赤外線で観測すれば高い熱を有していた。

　ガイナス巡洋艦衝突の影響による土砂の拡散は、惑星全体を覆うほどの規模ではなかったが、首都周辺を中心とした低緯度地帯の成層圏上空を雨雲のように黒く染めていた。

　相賀はあまりの事態に呆然として、ただ地表を映すモニターの光景を見ていることしかできなかった。

「何が起きた！」

それは部下に向けたものだったが、返答したのはエージェントＡＩだった。

「レーダーによれば秒速五〇〇キロの速度で、巡洋艦クラスの宇宙船と思われる物体が首都壱岐を直撃しました。現在、首都との通信はすべて途絶しています」

「首都が攻撃を受けたというのか！」

相賀は傍にあったスツールを蹴り飛ばした。こんな事態が起こらないように、自分たちはここで任務に就いているのではなかったか？

だが相賀も、自分が怒っていては話にならないことにすぐに気がついた。

しかし、何を為すべきか？　要港部というより艦隊にとってもっとも恐れるべきは、兵站基地としての壱岐に権力の真空地帯が生じることだ。

何をどうやったか知らないが、ガイナスの第二波、第三波の攻撃がなされる可能性はある。第二波はこの宇宙要塞に向けられるかもしれないのだ。

だが危機における機動力という点では、秘書の坂上好子《さかがみよしこ》中佐のほうが一枚上手《うわて》だった。

彼女は携帯端末で相賀に許可を求めていた。

「司令官、第一一戦隊の三隻が使えます。駆逐艦サツキを禍露棲《かろす》に、巡洋艦ユラと駆逐艦ヌマカゼを前方警戒にあたらせる許可を願います。事務手続きは私が処理します」

相賀は坂上の頭の回転と同時に、この非常事態での胆力に舌を巻く。

「いまの提案、全て許可する」

「要港部司令官より、非常事態法第三条第六項に基づき、サツキ、ユラ、ヌマカゼに発令します」

「頼む」

そして通話は一度切れた。坂上の提案とはこういうことだ。まず、壱岐方面艦隊司令長官の水神魁梧と兵站監の火伏礼二は、ガイナス第二拠点の攻撃準備のため第三管区司令部のある禍露棲に進出している。

だが壱岐が直接攻撃を受けたいま、司令長官は壱岐に戻ってもらわねばならない。惑星壱岐の防衛が優先されるためだ。

ガイナスの目論見《もくろみ》がどこにあるのかはわからない。しかし、一つ明らかなのは侵攻計画は中断されるということだ。仮にガイナスの目的がそこにあるなら、彼らは防備を固める時間を稼げるだろう。

これとは別にガイナスの攻撃が、この一撃だけかどうかはわからない。軍人としての相賀は、第二波以降の攻撃が行われる可能性は低いと考えていた。

もしも第二波、第三波が予定されていたとしたら、第一波から立ち直る機会を与えずに矢継ぎ早に攻撃が行われていたはずだ。

いない。

しかし、現時点で宇宙要塞のレーダーも他の監視システムもガイナスの接近を感知していない。壱岐の周辺領域は、ガイナスのステルス技術をも無効にする態勢ができている。それでも発見されていないのは、敵がいないからだ。奇襲を許したあの宇宙船ですら、レーダーは捕捉していたのだから。

そしていまも攻撃は行われていない。すでに第二波以降の攻撃を仕掛けるタイミングをガイナスは逸している。

むしろただ一撃だけを仕掛けてこられたために、人類はガイナスの奇襲を防げなかったとも言える。第二波、第三波を意図していたのなら、敵部隊も大規模になり、発見される可能性は一気に高まるからだ。

とはいえ、自分たちはガイナスの思考法のすべてを理解しているわけではない。やはり第二波、第三波攻撃が用意されている可能性もある。だからこそ坂上はすぐに出動できる巡洋艦と駆逐艦を前方展開し、早期警戒にあてるべきと考えたのだ。

いま宇宙要塞には、出撃させた三隻の他に同じく三隻が出動準備にあたっていたが、軍艦はこれがすべてだ。

これにしてもガイナス第二拠点の攻撃に投入される予定だった。禍露棲側の受け入れ態勢不足と、六隻は輸送船団の護衛にあたる任務もあったために、宇宙要塞に在泊していたのである。

もしも壱岐への奇襲が明日であったなら、宇宙要塞には一隻の軍艦も残っていなかっただろう。

すべては危機管理委員会の命令であった。全戦力をもって第二拠点を攻撃し、ガイナス問題に対して最終決着をつける。それが命令の骨子だ。

危機管理委員会でどのような議論がなされたのか、相賀は知らない。もちろん議事録はAIが完璧に記録しているし、法規に従い機密性に応じて順次内容は公開され、一定期間が経過すれば全文が明らかになる。人類全体に関わる問題である以上、議事録を作らないなどという選択肢はない。

とはいえ、現時点では議事の内容まではわからない。おそらくは烏丸《からすま》三樹夫《みきお》司令官の「ガイナスは危機的状況になれば、人類との交渉ツールとして集合知性を再構築するだろう」という仮説が、一部委員に曲解されたのだろう。

危機管理委員会の中にはガイナスの絶滅こそが問題解決と考えている人間もいると聞く。そうした委員なら、烏丸仮説を「ガイナスを絶滅寸前まで追い込めば、人類に降伏するはず」と解釈したとしても不思議はない。

結果として全艦隊戦力の投入という命令が下され、シビリアンコントロールを誰よりも重視する水神司令長官が命令を実行した。そして手薄となった防備を突いて、ガイナスが壱岐を壊滅させた。

もっとも、壱岐壊滅の責任がすべて危機管理委員会にあるとは相賀も考えてはいない。シビリアンコントロールは当然としても、だから軍人が危機管理委員会の命令に疑義を申し立てなくてもよいとは言えないからだ。専門家として、疑問は疑問として質《ただ》すのが、本当のシビリアンコントロールではないかと信じるからだ。

だが相賀は、いまはこんなことを考えている場合ではないことも知っていた。要港部司令官として、何をなすべきか、それが問われているのだ。

「降下猟兵旅団の所在はどこか？」

相賀はAIに確認させる。シャロン紫檀《しだん》少将の降下猟兵旅団は、移動が激しいのと、部隊が分散しているため、相賀も彼らの正確な所在は把握していない。

ただ旅団の艦艇部隊こそガイナスの第二拠点攻撃のために展開しているが、地上兵力としての降下猟兵は禍露棲の第三管区司令部か、宇宙港に待機しているはずだった。

ただ壱岐に駐屯している部隊がいた場合、彼らも首都と運命を共にした可能性があった。

相賀が降下猟兵の所在を確認したかったのは、緊急避難的に壱岐周辺を降下猟兵で封鎖し、治安維持のために軍政をしくことを考えていたためだ。

最悪、壱岐で臨時政府なり暫定政権ができあがるまで、自分たちが行政機構を管理する必要がある。法務官として相賀はそうした法律の存在を知っていた。

法律自体は数世紀前に作られたものだが、異星人の侵略も起きていないため、いまだかって一度も施行されたことはない。

降下猟兵がどこにいるのか、AIは音声ではなく、近くのモニターにそれらを表示する。宇宙船や施設ごとの待機人数の表示だ。細かく分けるとリストはそこそこ長かった。

まず壱岐には降下猟兵旅団長が上陸許可を出さなかったため、犠牲になった降下猟兵は一人もいない。意外なことに多くが、強襲艦に待機しており、他は宇宙要塞と第三管区司令部に駐留していた。

宇宙要塞の人員は、主に後方支援の事務方であり、直接の地上兵力は強襲艦と第三管区司令部に分かれている。強襲艦に全体の六割が待機している状況だ。

相賀の権限で命令を下せるのは、壱岐の軌道上で待機している強襲艦の降下猟兵だけだ。要港部管轄なので、相賀の命令が及ぶのだ。

第三管区の降下猟兵は使えないが、とりあえず首都周辺の治安維持だけなら十分だろう。

そうしたことを考えている中で、坂上中佐より報告がある。携帯端末を介して報告があるのは、緊急性が高いか、機密性が要求されるかのどちらかだ。

「状況は不明ですが、烏丸司令官の重巡洋艦クラマが九〇〇万キロ先の軌道上に待機しています。越権行為は承知しておりますが、特例により惑星近傍でのAFD使用を許可しました。三〇分後には要港部の管制下に入ります」

「坂上さんの判断は私が承認する。必要な決定は進めていい。ただし事後報告はしてくれ。

報告がなければ私は君を守れない。

しかし、どうして烏丸さんがいるんだ？　まぁいい、この状況では好都合だ。役者が全員揃う」

「報告は以上です……あっ、待ってください、タオ迫水と連絡が取れました」

「なんだと！　タオが生きている……どこにいるんだ？」

「客船アンダニアで危機管理委員会の秘密会議が行われていたようです。つまり危機管理委員会も無事ということです」

相賀は、それを聞いて背筋が凍った。失念していたが、壱岐で危機管理委員会が開かれていても不思議はなかった。定例会議は地上で行われるのが常なのだ。

もしもその状況で壱岐が攻撃されていたならば、その影響は壱岐星系のみならず人類コンソーシアム全体に波及した可能性も十分に考えられる。人類社会は危機管理委員会の会場変更という偶然により救われたのだ。

「それでですね、タオは臨時政府樹立を正午に宣言する予定です。重要指定都市の首長と連絡し、秩序回復と復興の青写真を示すようです」

「臨時政府か……」

この状況で筆頭執政官が無事というのは奇跡に近い。しかし、アザマ松木統領が職務執行不能の緊急時には、その職務を代行する筆頭執政官のタオ迫水が健在であることで、臨時政府の設置は一気に具体化できる。

つまり非常事態のための関連法規が揃っているため、臨時政府の設置も、法的に自由裁量権を与えられている地方政府の行動も、すべて合法的に行える。

言葉を換えれば、これは統領代行のタオ迫水を独裁者にしないための法整備とも言える。まず全権を持つタオ迫水自身が法律の枠内で行動することを求められる。

高度に複雑化した工業社会は、独裁者の恣意的な意思決定で動けるほど単純な存在ではないからこそ、現場の合法的な自由裁量が重要となるのだ。

「それで、タオは我々に何を要求しているんだ？」

「要港部管轄下の降下猟兵を投入する場合は、臨時政府の許可を得てくれとのことです」

相賀は、壱岐壊滅の報告を受けてから、はじめて笑えた。さすがは筆頭執政官、首都壊滅という事態になれば、要港部の相賀が動くと予測したらしい。もっとも方面艦隊による主権の侵害を警戒してきたタオであれば、自然な発想かもしれなかったが。

「臨時政府は要港部を介して方面艦隊との協力を協議したいとのことです。つまり臨時政府ができるまでは、我々には動くなということですね」

相賀は坂上の報告に対して、自分たちは動かないから安心しろと返信させた。

実際問題として臨時政府ができるまで、壱岐方面艦隊としても動きようがない。壊滅前の関係を維持することの確認さえも、合法的な政権が存在しなければ不可能だ。

「坂上さん、タオには艦隊司令長官と兵站監を壱岐に呼び戻していることも伝えてくれ。たぶん、明るいうちに臨時政府と会合を持たねばならんだろう」

「それについては私の判断で伝えました。まずかったですか？」

「まずいわけがないでしょう」

どうも坂上好子という人は、危機的状況になればなるほど、有能さを発揮してくれるようだ。司令官として、これほどありがたいことはない。

「ところで、セリーヌ迫水司令官については、どうしますか？」

「何もしないでいいよ。この状況で彼女が禍露棲に留まるとは思えないからね」

*

準惑星禍露棲は、惑星の位置関係にもよるが、壱岐との電波通信を行う場合、片道でも五時間以上かかった。

このため禍露棲の第三管区司令部は、首都が壊滅した現地時間午前五時五八分も、通常通りの日課で動いていた。首都との通信途絶に直面するまで五時間以上の遅れがあるためだ。

それでも宇宙要塞から駆逐艦サツキが送り出された頃には、禍露棲の各部門は動いていた。

このとき禍露棲には星系防衛軍第三管区司令部と壱岐方面艦隊司令部が進出していた。壱岐方面艦隊司令部と第三管区司令部はまったく別組織であったが、第二拠点への総攻撃準備もあり、司令部相互で密な連絡を心がけていた。

第三管区の人間としては、セリーヌ迫水司令官と副官のシンディ森山《もりやま》大佐、さらに警備隊総司令のチェン伊熊《いくま》准将。警備隊総司令とは、星系防衛軍の警備隊を束ねる立場だ。

星系防衛軍の警備艦はほとんど単独で活動するのが常であった。警備隊という枠組みも機材や人事的な管理の都合で設けられていた。

ところがガイナスとの戦闘が起こると、警備艦は単独ではなく警備隊単位で用いられることが常態化してきた。そこで警備隊全体の機材や人事を管理する部門として警備隊総司令部が設けられた。

こうした業務は従来は第三管区司令部が担当していたが、ここが最前線司令部となり、扱う業務が急増したために、警備隊総司令部が設けられたという側面もあった。

なのでチェン伊熊准将は総司令官ではあるが、事務方一筋の人間だった。少し前までは大佐であったが、第三管区司令官が少将であるため、准将になったのだ。

その意味では、第三管区司令部側の人間は、三人とも軍人ではあるが事務方だった。

対する方面艦隊側は、水神魁梧司令長官と参謀長の宗方《むなかた》モーラは艦隊勤務経験者、火伏礼二兵站監は兵站一筋で、降下猟兵旅団長のシャロン紫檀は実戦部隊の指揮官だった。

「烏丸先生は、壱岐に戻られたんですか？」

セリーヌ司令官は、この朝食ミーティングの場に烏丸司令官も招いていた。ガイナスの意思決定という問題で、彼以上に精通している人間はいないからだ。

しかし烏丸からは、「危機管理委員会に意見具申のため欠席」という返答が届いていた。こういう場合には最小限度の返信しかよこさない烏丸なのはわかっていたが、状況が状況だ。セリーヌには、彼が危機管理委員会に何を言うつもりなのか、それが気になった。だからこそ、その質問になったのだ。

セリーヌはその質問の答えを水神に期待したのだが、意外なことに答えたのはシャロンだった。

「烏丸さんは、ガイナスの第二拠点に総攻撃をかけるという、危機管理委員会の決定に異議を唱えるために壱岐に戻ったと聞いています」

セリーヌはシャロンとは面識があったが、いまだに彼女がどんな人間なのか見極めがつかなかった。こうした場面では深窓の令嬢という風情《ふぜい》なのに、最前線で万単位のガイナス兵を血祭りにあげてきたのもこの女だ。

人間関係もよくわからない。烏丸とシャロンに接点があるとは思えないが、二人は懇意でもあるらしい。

いまもそうだ。水神は烏丸の帰還自体は知らされていたようだが、目的はシャロンの話で初めて知ったようだった。じじつ彼は言う。

「紫檀旅団長、どうしてそれをあなたが？　小職はそんな説明を受けておりませんが？」

「鈍いな、お前は」

艦隊司令長官をお前呼ばわりしたのは、火伏兵站監だった。

「烏丸さんは、危機管理委員会に喧嘩を売りに行った。それをお前が知っていたら、万が一の場合には、お前にまで責任が波及する。烏丸独断です、となればお前は無傷だ」

「俺をかばったというのか、烏丸先生は？」

「そうじゃない。総攻撃前に水神司令長官まで連座して更迭《こうてつ》となったらどうする？　そんなことになれば勝てる勝負にも勝てなくなる」

そして火伏はシャロンに尋ねる。

「どうして旅団長は烏丸さんを止めなかったんだ？　少なくとも司令長官に報告はできたんじゃないか？」

「小職には烏丸さんの行動を阻止する権限はありません。階級は同じですし、任官順ではあちらが先任です。そもそも指揮系統が違う」

「水神に知らせなかったのは？」

「報告義務はございませんから」

シャロンは落ち着いた態度で皿の上のナイフを動かす。その態度に火伏もそれ以上の質問はしない。

「烏丸先生は私用で欠席ですね」

「はい」

セリーヌに対して、シャロンはそう短く答えた。それは重要なやり取りだった。つまり烏丸の行動は、艦隊司令部の知らない彼個人の行動という意味であるからだ。

そして二人のやり取りを水神と火伏も追認した形だ。

「総攻撃には、重巡洋艦クラマは戦力外ということですか？」

チェン伊熊准将が口を挟む。自分の部下ながら、セリーヌはこの不躾《ぶしつけ》な態度に苛立ちを覚えた。

「それは我々が決定するような問題ではありません。危機管理委員会次第です」

セリーヌの口調はいつになくきつくなる。チェンの発言は、烏丸が危機管理委員会より何らかの処分を受けることを前提としたものだからだ。

「科学者としての烏丸三樹夫の貢献を、危機管理委員会が理解していないはずはないでしょう」

落ち着いた様子でナイフを動かしながら、シャロンがセリーヌの言葉を援護する。その時、セリーヌの携帯端末が着信を伝える。ふと見るとシンディ森山にも着信があった。セリーヌは短く非礼を客人たちに詫びると、慌てて端末を手にする。

この状況で、司令官と副官にだけ緊急電が入るなど尋常な要件のはずがない。そして一瞬遅れて、水神と火伏の端末も着信を伝える。

方面艦隊と第三管区司令部のトップにだけ第一報が為されるとは、大事件が起きたとしか思えない。

発信者は駆逐艦サツキとなっている。だが画像による報告は、宇宙要塞の相賀要港部司令官だった。

ガイナスの巡洋艦が首都を直撃したことで、壱岐は壊滅した。幸いタオ迫水は無事であり、正午には臨時政府樹立が宣言される。この事態に対処するため方面艦隊司令部の幹部は宇宙要塞に戻って貰いたい。相賀の通信内容はそうしたものだった。

「司令官、失礼する。我々は宇宙要塞に向かう」

水神がそう言うと、火伏と宗方も立ち上がる。それに遅れてシャロンもセリーヌに一礼した。

「あなたも？」

「降下猟兵旅団長ですから」

シャロンの表情に凛としたものが見えた。最悪の場合、壱岐の治安維持のために降下猟兵の投入もありえる。彼女の表情に見えたのは、全責任は自分が負うという決意だ。

その時セリーヌは、一瞬前には自分でも思っていなかったことを口にした。

「森山副官、三日間の司令官代行を命じます。私も一度、壱岐に向かいます」

「私が代行に……」

森山大佐は明らかにうろたえていた。首都が壊滅したという話だけでも衝撃なのに、いきなり自分が司令官代行になるということに怯えているのだろう。

セリーヌだってそれは理解できる。壱岐では夫のハワードも働いている。森山の家族もいるだろう。司令部要員は多かれ少なかれ首都に人間関係を築いているのだ。

だが星系防衛軍高官として特権を与えられ、司令部要員となっているのは、まさに今のような状況で私情に流されないためではないか。しかし、森山にはその覚悟ができていなかった。

「それでしたら私も……」

「副官、私は命令しているんです」

セリーヌは冷たく言う。

「あなたまで司令部を留守にしてどうするんです。必要があれば伝令艦を出して、こちらからも進展があれば伝令艦を送ります」

「わかりました」

森山が決して納得していないのはセリーヌにもわかったが、ともかく司令官代行として職につくことは了解してくれた。突然のことに狼狽《うろた》えてはいたが、冷静になれば彼女は期待に応えられる将校だ。

「頼みました。あなたには司令官代行としての全権を与えます。それに関しての責任は司令官たる私のものです」

命令権と責任の所在、この二つはセリーヌにとって、決して蔑《ないがし》ろにできない問題だった。

こうして方面艦隊司令部の幹部とセリーヌ司令官は、降下猟兵旅団旗艦であるスカイドラゴンで壱岐へと向かった。セリーヌ司令官は他の司令部要員とともに賓客として旅団長用の応接室をあてがわれたが、大型軍艦とはいえ、応接室も客船ほどの調度はない。ただ全員が軍人なので、それに苦情を言う者はいない。

全員が重巡一隻で移動したのは、第三管区司令部の戦力を維持するためだ。そして重巡スカイドラゴンはコンソーシアム艦隊の軍艦の中では、クラマにならぶ高い情報処理能力を有している。首都壊滅という事態の中で、スカイドラゴンの能力が必要とされる可能性は少なくない。

水神と火伏は、ガイナスの攻撃意図を一部の幕僚と議論していた。

ただ現時点では、首都が破壊された以上のことはわからず、分析も明確な結論を出せないでいた。

一つ明らかなのは、どうやら今回の攻撃は首都破壊のみが目的と思われることだった。第二波、第三波の攻撃は行われず、周辺にガイナス巡洋艦の姿もない。

「どうも矛盾する気がするな」

火伏は水神に言う。セリーヌはそんな二人の議論を見ていた。

今までの彼女なら議論に参加していただろう。しかし、首都が破壊され、被害者はどれほどいるのか、そうした詳細までは相賀は伝えていない。彼も把握しきれていないのだろう。

そうした不安が、彼女から議論に参加する気力を奪っていた。セリーヌは、そのことを自覚していた。ひさしく感じていなかった泣きたい感情を彼女は辛うじて抑えていた。

「何が矛盾だ？　相手の首都を攻撃し、その中枢機能を失わせる。戦術としては教科書的に合理的じゃないか」

水神の「教科書的に合理的」の一言に、セリーヌはガイナスが人間とは違うということを再認した。彼らには肉親や親しい人間を失う情など理解できないのだと。

「集合知性か獣知性か知らないが、要するにそいつらは分散システムだろ。分散システムが、中枢部の破壊という概念を思いつくか？」

「なら火伏よ、お前はガイナスが首都を攻撃した合理的な理由を説明できるのか？」

「ガイナスには何らかの形で中枢部が存在する。そう考えると全て説明がつくんじゃないか」

「そんなエビデンスに乏しい議論をここでしても始まらんな」

水神はそう言って議論を打ち切った。もう直《じき》にAFDを終えるからだろう。

とても興味深い内容だとセリーヌは思った。しかし、やはり議論に参加する気にはなれなかった。今はガイナスへの対応さえ、遠くの出来事のように思えた。

AFDを終え、スカイドラゴンが壱岐の周回軌道への進入コースに入ったのは、臨時政府宣言のなされる三〇分前のことだった。

壱岐周辺の状況が予想以上に平穏であることにセリーヌは驚き、安堵もした。

スカイドラゴンは星系防衛軍第二管区の航路管制指示に従い、自動操縦に切り替えていた。首都消失で惑星周辺が無秩序状態に陥っているような事態を想定していたが、そこまでひどい状況ではないようだ。

シャロン旅団長も同じように感じたらしい。タオ迫水が健在で、臨時政府が樹立されるとは聞いていたが、それらがどの程度機能するのかはまったくの未知数だった。

だが少なくとも内惑星系の宇宙船の航行については、混乱は生じていない。

もっともセリーヌ自身は、どうしても妹のことに考えがいってしまう。アザマ松木の妻で実妹のアリアは生きてはいまい。物心ついてから、一度としてアリアとはわかりあえたことがない。本当に姉妹なのかと互いに疑ってきた。

セリーヌと同等の才覚を持ちながら、美貌と家柄だけを武器に壱岐の統領夫人に納まった妹の生き方は、自身の才覚で軍のキャリアをのぼってきたセリーヌには到底理解できなかった。それはアリアも同様だろう。美貌と家柄に恵まれながら、才能だけを頼りに苦労して上を目指す姉の姿は愚かに見えたはずだ。

それでも、時が姉妹のわだかまりを埋めてくれるものとセリーヌは思っていた。が、アリアにはその時が足りなかった。

アリアだけではない。セリーヌの壱岐での邸宅は首都にある。それは彼女の秘めたる政治的野心のためだったが、夫のハワードもそれに協力してくれていた。そのハワードもまた首都と運命を共にしただろう。

自分だけではない。無数の壱岐市民が、首都壊滅による喪失感と直面することになろう。今日ではないとしても、明日か、あるいはもっと後に。

正直、セリーヌは衝動的に壱岐に戻ってきたものの、何ができるのかと言えば明確なイメージはなかった。やはり冷静さを失っていたのだろう。

ガイナスとの戦闘の中で、第三管区司令官の職を勤め上げてきただけに、臨時政府に対して貢献できることはあるはずだ。ただ彼女だけが戻ったために、外部との連絡は完全に方面艦隊に依存することになる。

それで不都合が生じはしないだろうが、方面艦隊とは対等な立場という点では後退したのは否めない。

「セリーヌ司令官、要港部経由で、タオ筆頭執政官と通信が可能ですが、いかがいたします？」

方面艦隊の宗方参謀長が尋ねるが、それは水神の配慮だろう。

「プライベートな通信のためのブースが本艦には装備されています。そちらを使ってください」

宗方は、セリーヌがタオと話すかどうかも確認せずに、その場所を手で示す。彼女たちがいたのはスカイドラゴンの応接室だったが、隣接したエリアに電話ボックスほどの箱がある。それを使えということか。

行動を決めつけられるのは引っかかる部分もあったが、タオと話し合える機会をセリーヌも無駄にはしなかった。

狭い空間に入ると、そこが完全な遮音構造なのがわかった。セリーヌの携帯端末が個人認証を行い、壁面のモニターにタオの顔が浮かぶ。

「被害状況は？」

セリーヌはすぐに本題に入る。この状況でタオの時間を無駄にはできない。

「統領府から半径二〇キロのエリアはマグマに埋め尽くされ、完璧に破壊された。現時点で生存者は確認されていない」

タオが一瞬口ごもったのは、アリアやハワードのことを告げようとしたためらしい。しかし、彼はお悔やみなど口にしなかった。

「重要指定都市の首長とは連絡がついている。とりあえず私と彼らで臨時政府を樹立する。あと閣僚にクーリアも入る」

「どういうこと！」

セリーヌは信じられなかった。それは見方によっては、タオ夫妻で壱岐星系を支配するようにも受け取れる。しかしセリーヌは、タオが何よりもそうした有力家族による惑星支配を終わらせたがっていたことも知っていた。

「妻だからじゃない。壱岐産業管理協会の代表としてだ」

タオはそうして、クーリアと朽綱八重なる人物とが首都壊滅に伴う経済危機を回避した状況を説明した。首都の復興資金をすでに手配した実力を見せつけられたなら、たとえ妻でも閣僚にしないという選択肢はないだろう。

「セリーヌ、このタイミングで君が来てくれたのは天の配剤としか言いようがない。君も司令官職が長い。そろそろ昇進時期じゃないか。壱岐星系防衛軍参謀長に就いてくれ。カズン毛利《もうり》中将はいないんだ」

「カズンも……」

星系防衛軍内部の権力闘争の結果、軍内部を引っ掻き回した前任者の反省から、人畜無害な参謀長として就任したのがカズン毛利だった。アザマ松木の飼い犬と揶揄《やゆ》されたことのある人間だが、セリーヌもそれは一方的な見方と思う。ただ両者の親密ぶりは嘘ではない。

そんなカズン毛利参謀長なら、首都壊滅の犠牲者となったのは運命とも言える。

「第三管区司令官は君が適任者を選んでくれ。言っておくが、参謀長と管区司令官を兼任するような真似は止めてくれ。どちらも専任業務が必要だ。

なんなら第一管区なり第二管区から司令官を移動させてもいい。君は星系防衛軍の参謀長となり、臨時政府が星系防衛軍を掌握していることを内外に示したい」

「選択肢はないのね？」

「こんな状況だ、もっとポジティブに考えてくれ。セリーヌ、君は余人をもって代えがたい」

セリーヌは衝動的に壱岐に戻ったとはいえ、この展開は予想していなかった。だが、参謀長になるという話には、違和感は覚えなかった。

第三管区司令官は参謀長になるためのキャリアパスの一つだ。彼女があえて辺境の司令官に就いたのも、それがあるからだ。理由はともかく、セリーヌに準備はできている。

「臨時政府発足の会見は？」

「二五分後、標準時の正午に行われる」

「時間がないわね。わかった、引き受けましょう。これ、貸しですからね」

「わかっている。ただし、この借りを必ず返せるとは約束はできん」

「せめて努力だけはしてよ」

そう言ってセリーヌは回線を切る。通話はこれで終わったが、彼女はしばらく一人でブースの中にいた。

自分は人生の選択の中で、最大の失敗をしたかもしれない。首都五〇〇万の人口が失われ、政治経済行政の中枢が消失した社会で、その臨時政府の事実上、軍のトップになる。復興だけでも容易ではないのに、壱岐星系はガイナスとの戦いの最前線でもあるのだ。

その状況で軍のトップになる。正気の沙汰じゃない。

しかしセリーヌは、その愚かな選択を後悔してはいなかった。社会のためにあえて私利を失う愚行を選択すべき責任が有力家族にはある。それゆえに他家にはない特権があるのだ。

迫水家の祖母はそうした信念の持ち主で、彼女の息子たちもその考えに感化され、タオも自分もそれを引き継いだ。そして今日《こんにち》の立場にある。それは有力家族の中では少数派だ。

だが、自分の価値観はそこから出ているのだ。

「社会からの借りを返すのか……」

それを口にして、セリーヌの腹は決まった。そして彼女は、ブースを出た。

＊

危機管理委員会に対して、惑星防衛の艦隊まで移動させるという命令を撤回させるべく、烏丸司令官の乗る重巡洋艦クラマがＡＦＤより再実体化したとき、惑星壱岐から九〇〇万キロ離れた位置にいた。時間にして午前五時三〇分頃である。

クラマのような大型軍艦が惑星壱岐に接近するためには、然るべき手順が必要なためだ。

この距離では壱岐の電波情報は三〇秒ほど遅れて届く。三条新伍《さんじょうしんご》先任参謀は、再実体化と同時に烏丸司令官からの命令に従い情報を集めていた。

「司令官、危機管理委員会は緊急の秘密会議を客船アンダニアで行ったようです」

「秘密会議の状況がなぜわかるのじゃ、三条殿？」

「タオ筆頭執政官の所在が不明で、客船アンダニアの暗号プロトコルが通常回線だけでなく、臨時の機密回線が開かれてます。過去の事例では、アンダニアで危機管理委員会の会議が行われると、こうなります。

それに要港部の記録では、水神司令長官と火伏兵站監を乗せた宇宙船が壱岐の軌道上にとどまりながら、宇宙要塞にもよらず、そのまま第三管区司令部に戻っています。

状況証拠だけですが、これはアンダニアで危機管理委員会が開かれたと考えてよいのではないでしょうか。会議前に艦隊司令長官が密かに呼ばれた例もあります」

「さすが三条殿、お見事!」

重巡クラマが遠距離で待たされているのは、宇宙要塞周辺の宇宙船の移動が激しいためらしい。軌道上にある軍の艦艇や、宇宙要塞に収容している軍艦を順次移動させるために、外から壱岐に向かう宇宙船は軍艦も商船も待機を強いられているようだ。

クラマには大型の光学望遠鏡があるため、それを使って壱岐周辺を見てみるが、商船の待機軌道に多数の宇宙船が周回し、巡洋艦や駆逐艦、あるいは強襲艦がAFDの準備に入っているようだ。

クラマの位置からは、首都が夜の側に入っているのがわかった。闇の中で明るく輝いている。クラマからみる首都は四五度ほど斜めに位置していた。

烏丸はまず客船アンダニアのタオ迫水に連絡を取るべく、三条に手配を頼んだ。

烏丸としては、タオの立場もあるから、いきなり彼と直談判するような形ではなく、危機管理委員会を通して、自分の考えを述べる機会を得ようと考えていたという。急がねばならない状況だが、三条はその時間はあると考えていた。

じつをいえば、危機管理委員会が緊急出動を命じたとしても、艦隊というものは迅速には動けない。艦隊を動かすにも準備がいるのだ。

特に方面艦隊と星系防衛軍の全軍艦という規模になると、部隊の足並みを揃えるにも相応の時間が必要だ。

もしも危機管理委員会が、本当に時間を最重視していたのなら、第二拠点の探査に出した重巡洋艦スカイドラゴンの部隊と第二二と二三戦隊に、そのまま攻撃を命じればよかったのだ。

むろんそれでガイナスの第二拠点が壊滅するには至らないだろうが、時間稼ぎにはなっただろう。このあたりの理屈は戦術の基本レベルの話だ。

危機管理委員会は文官で構成されているが、それでも各星系政府全権代表の中には周防のトーマ将軍のような元軍人もいる。文官だが大学で将校相当官のカリキュラムを受けた人間もいる。

だから全艦隊で総攻撃という素人じみた判断はないと三条も思っていた。しかし、世の中そういう具合には進まないらしい。

三条はクラマからアンダニアに通信を送るが、距離が遠すぎてなかなか回線がつながらない。

「司令官、やはりこの距離ではつながらないようです。どうも一度、壱岐の統領府で受けて、そこからアンダニアにつないでいるようです。なので通信に三〇秒もかかると、回線が不安定と判断されて切られるってことですね」

「まぁ、危機管理委員会の議長ともなれば、安全は最優先されようよ」

烏丸は落ち着いていた。どうせ数時間後には直接交信も可能となるからだろう。

「あの首都の明かりも、三〇秒前の光景です。そう考えるなら、通信が難しいのも……」

三条がそう口にしたとき、首都が閃光に包まれた。

「三条殿……これは……」

烏丸司令官が唖然とする姿を、三条はこのとき初めて見た。

「爆発ですか、つまりガイナスの攻撃！」

閃光に包まれた首都は、すぐに光も消え失せ、そして周辺都市群の照明の中で、完全な闇に包まれていた。

首都が壊滅した可能性があると戦術ＡＩは報告したが、首都圏からの電波通信が途絶したいま、それを疑う理由はない。

「三条殿、宇宙要塞との回線を早く！」

「承知！」

幸いにも宇宙要塞からの通信電波は届いている。ならば攻撃の第二波があるとしても防衛拠点は確保できる。三条はすぐに、重巡洋艦クラマが壱岐星系内に存在することを宇宙要塞に伝えた。

さすがに宇宙要塞の要港部は、地上の統領府のように時間切れで回線を遮断するようなことはなかった。

さらに宇宙要塞は壱岐の災厄について、「ガイナスの巡洋艦が秒速五〇〇〇キロの速度で衝突した」との一報を星系内に報じていた。

「三条殿、我らがここに来たのは、二重の意味で徒労であったようじゃの」

三条はその意味がわからなかった。敵の攻撃を許してしまった点では、惑星防衛に戦力を残せと上奏しようとした烏丸の試みは手遅れであり、それを徒労というのはわかる。

だが二重の意味で、とはどういうことか？　三条の疑問に烏丸は答える。

「この先の調査が重要となるが、夷狄《いてき》は秒速五〇〇〇キロという速度で壱岐に衝突した。宇宙船の加速に伴う核融合反応が観測されていないことを考えれば、夷狄はかなり遠方で加速を終え、あとは慣性航行で首都直撃まで移動していたことになる。

つまり夷狄は壱岐の惑星防衛を研究し続け、その防衛網の弱点を割り出し、それを目掛けて攻撃を仕掛けてきたのじゃ。遠距離からの秒速五〇〇〇キロ攻撃が、その回答じゃ」

「我々が惑星防衛に規定の戦力を残置しても、その弱点を突いた攻撃だから、防ぎようがなかったと。それが、二重に徒労の意味ですか」

烏丸は頷く。

「もとより夷狄との戦いで、完璧な防衛などあり得ぬ。交渉をしようにも、前提となる単語の意味の理解から始めねばならぬのが実情じゃ。

夷狄とて合理的な思考をするも、その合理性のロジックまでは我らにはわからぬ。彼奴《きやつ》らにとって、守るべきものは何で、目的は何であるのか。それがわからぬでは、対策の立てようもない。じじつ我々は防衛線を突破され、首都を失った。確率的に考えても、戦《いくさ》が長引けば長引くほど、こうした危険は大きくなる。我らはこうした事態が起こる前に、紛争を終わらせようと試み、それがいま失敗したのじゃよ」

三条はこのとき、烏丸が首都消失のような事態を予測していたことを理解した。彼は紛争の長期化により、遅かれ早かれ壱岐が直接攻撃されることを科学者の立場で予測していた。

だからこそ、彼は五賢帝とのコンタクトにあれほどの労力を費やしてきたのだ。だがその頼みの綱の五賢帝もすでにない。

「だが、惑星壱岐ではまだ一五億近い市民が生活を続けている。首都を失ったとはいえ、我らにはまだ守るべき存在がおる。軍人として、この勝負から降りることはできぬ。我が義務は続く」

そして烏丸は、宇宙要塞からのデータを再現する。首都を直撃した宇宙船のデータだ。その頃には、周辺の宇宙船のビデオ映像やレーダーの記録なども集まり始めていた。

ただ画像に関しては秒速五〇〇〇キロという高速のため、ほとんど意味がなかった。レーダーも状況は同じだが、それでも衝突したガイナス巡洋艦の軌道くらいは絞り込むことができた。

それによれば、宇宙船は的に当たる矢のように、一直線で首都を直撃していた。

「なぜじゃ？」

烏丸は言う。

「何がでしょう、司令官？」

「三条殿、貴殿が惑星壱岐を攻撃するとしたとき、どうなさる？」

それはなかなか難問だ。教科書的には、制空権を掌握してから爆撃という流れになる。

ただ軌道上から地上に爆弾などを命中させるのは、世間が思うほど簡単ではない。特に壱岐のように濃厚な大気層がある惑星では、大気圏突入の技術は相応に高度なものが求められる。

軌道上からレーザーを照射するという方法もあるが、これも大気があるとエネルギーの減衰が馬鹿にならない。

そういう意味では、今回のように高速で宇宙船を衝突させるというのは、破壊だけを目的に考えるなら悪い選択肢ではない。

ただ、最善かといえばそうでもない。この方法とて大気の存在が障害となる。それを回避するには宇宙船を大型にすることだ。

じっさいガイナスは巡洋艦をぶつけてきた。巡洋艦一隻で首都と刺し違えられるなら安いとも言えるが、効率の良い方法ではない。

何より方面艦隊や星系防衛軍も同じ過ちは犯すまい。宇宙船の衝突が通用するのは一回だけだ。

むろん一度に連続的な攻撃も不可能ではない。しかし、宇宙船一隻と複数の宇宙船では発見されるリスクが違う。一隻発見されれば、攻撃意図を察知され、すべての宇宙船が発見されると考えるべきである。

何より惑星は自転しているから、同じ軌道から異なる標的が適切な位置に来る時間差を調整して、第二波、第三波を送るのは発見リスクを高くする。第二波以降の成功は期し難い。

逆に同時に多方面から衝突するような攻撃を求めると、軌道の設定が困難になる。どうしても不自然な軌道を選択せざるを得ない宇宙船が出てくるが、そんな軌道こそ最も発見されやすい。

「宇宙船の奇襲攻撃が成功するのは一回だけでしょう。少なくとも同じ手は一度しか使えない。

そうなると、惑星軌道から多数の再突入カプセルに核兵器を搭載して攻撃すると思います。そうすれば一回の攻撃で、めぼしい都市はすべて破壊できるはずです」

三条は、それが烏丸の望んでいた回答であるのは表情からわかったが、彼自身はわからなくなった。ガイナスは過去に何度か核兵器を使用している。地下都市を核攻撃して、すべての証拠を破壊したことさえある。

そのガイナスが、どうして宇宙船の直撃などという攻撃を行ったのか？

おそらくガイナスの宇宙船が衝突したエネルギーは、大型水爆で一万個以上にも相当しただろう。それだけのエネルギーを投入しながら、首都しか破壊できなかったというのは、戦術としては無駄が多すぎる。

「おわかりのようじゃの、三条殿。夷狄はどうして首都に宇宙船を衝突させるという戦術を選択したのか？

考えてみれば、最初の惑星壱岐の防衛戦でも、夷狄は宇宙船の衝突を意図していたように見えた。

なぜ夷狄はその戦術に拘《こだわ》るや？」

「いま思いついたんですが、仮に最初の総攻撃でガイナスが壱岐に宇宙船を衝突させたとして、ガイナス艦は密集していましたし、速度は今回よりはるかに低かった。

夥《おびただ》しい犠牲者が生じたのは間違いないでしょうが、それでも壱岐の人口一〇億に対して、一〇〇〇万人前後と思われます。人類絶滅には至らない。

ガイナスが他星系の存在を知っているかどうかはわかりませんが、知らなかったとしても、あのときの攻撃で、人類に与えられるダメージが限定的なのはわかっていたはずです。むろん惑星の直接攻撃で人類の生産力に大打撃を与え、その間に自分たちの戦備を整え、戦力の逆転を図るという計画もありえます。

しかし、だとしても、戦術として、筋が悪い印象を受けます」

三条はそう口にしてから、改めてガイナスの壱岐攻撃の手法が、破壊という点では不徹底に思えた。いままでは首都に宇宙船が衝突すれば大惨事になると思い込んでいたため、改めて全体を俯瞰するまで、その不自然さに気がつかなかったのだ。

「そう、筋が悪い」

「それともガイナスは、攻撃を首都に限定することで、自分たちの武力を誇示し、交渉を有利に進めるという意図があるのでしょうか？」

三条のその仮説は烏丸にすぐ否定された。

「そうではあるまい。交渉のための武力の誇示として首都攻撃が適切かどうかはさておくとしても、最初の壱岐防衛戦では、集合知性に人類との意思疎通の手段はできておらなんだ。

そして今回の場合は、すでに五賢帝は夷狄の内紛で粛清されておる。人類との交渉チャンネルはもはやない。よって武力誇示の必要性はござらぬ」

「そもそもガイナスの作戦計画全体の中では、この壱岐攻撃というのは、どういう意味を持っているのでしょう？　第二拠点が発見されたいま、これは挑発行為にしか見えません」

「さて、獣知性が挑発などという感情的な戦術を立てようかの？　それはなかなか考え難いが」

三条は烏丸の意見の正しさを認めつつも、それでもなお疑念があった。

「たとえばですね、自我はないが意思決定能力のある獣知性でも、メッセージを行動で伝えることは可能ではないでしょうか？」

三条の言葉に烏丸の表情が変わる。それは彼の心の琴線に触れた時の表情だ。

「それはどういうことじゃ、三条殿？」

「うちの猫のココちゃんは、お腹が空《す》いても、お腹が空いたとは言葉には出せません。でも、空の餌皿を前脚で可愛く叩くことはできます。それでご飯をあげると尻尾を立てて、美味しそうに食べるんですよ。

もう大人なんですけど、仔猫気分が抜けなくて。まぁ、そこが可愛いんですけど……」

「三条殿っ！」

「あっ、ですから、同じ状況で同じ行動をするというのは、その状況に合致した非言語的なメッセージではないかと思うのですが。だから宇宙船を衝突させようとした」

「あれは攻撃であるばかりではなく、メッセージの意図もある。なるほど、それはそれで筋は通る」

そして烏丸はしばらく黙り込む。そうして計算が終わったコンピュータのように、簡潔に結論だけを述べた。

「彼奴らは、我々が何者かを指弾しておるのやもしれぬな」

＊

「あと一分です」

エージェントＡＩが告げる。タオはいま貴賓室に臨時に設けられたスタジオにいた。照明や通信回線の管理はシモンズ船長が采配を振るっている。

タオの視野の中にだけ、重要指定都市の首長らと、閣僚として参加している妻のクーリア、そして従姉で星系防衛軍参謀長のセリーヌの姿が見える。

タオにとって、やはりこの二人の存在には複雑な気持ちになる。メンツだけ見れば、タオを中心とした門閥政府にしか見えない。ところが同志とも言えるこの臨時政府メンバーの多くは、クーリアやセリーヌを含め、まさに従来の門閥政治を打破しようとしてきたのだ。

そして門閥政府にしか見えないがゆえに、既存の政治勢力は臨時政府に対して無防備になる。タオにとって、それは政権安定のための大きな武器になるのだ。

門閥政府にしか見えない臨時政府が、門閥政治を倒そうとしている。歴史とはかくも皮肉なものなのか。

音声は切ってあるが、クーリアが何か口を動かす。「自分を信じて」彼女はそう言っていた。

そしてAIは時間が来たことを示す。VR空間の中には複数のホワイトボードが項目ごとに浮かび、移動していた。

一つには、壱岐星系の市民がメディアの放送により、どのような事実関係を知っているかの内容がまとめられている。主として客観的な被害状況である。

星系内の世論動向は、ガイナスとの戦闘の状況よりも、壱岐社会がどうなるかに関心が高いことを示していた。

もう一つの事実といえば、標準時の正午にタオ迫水筆頭執政官による臨時政府発足の宣言がなされること。

これに関する世論の反応はかなり好意的だ。もっともそれは予測されたことである。首都が壊滅し、アザマ松木統領ごと政府が消失した状態で、自分たちはどうなるのか？　市民は不安なのだ。そこに筆頭執政官の臨時政府ができるというなら、彼らは安心のためにそれに期待するのだ。

これは状況の特殊性もあるだろう。ガイナス巡洋艦の衝突により五〇〇万市民が死亡したが、負傷者もいなければ、救難すべき市民も施設もない。世論を形成しているのは、攻撃を免れた日常を続けられる市民たちなのだ。

他には生産力や金融機関の基礎データが表示される。そのデータが市民への放送に必要になるかどうかはわからないが、必要なときになければ困る。

もう一つのホワイトボードには、タオがこの放送で語るべき要点が並んでいた。それは政見放送の原稿ではない。

タオの経験から、重要な放送では原稿を読むのではなく、自分の言葉で語るほうが市民に通じるのだ。それにタオ自身が若手だった執政官時代には、政府高官のためのスピーチライターをしていた経験もある。何を語るべきかに迷いはない。

「壱岐星系の皆さん。筆頭執政官のタオ迫水です。本日の標準時午前五時五八分、首都壱岐にガイナスの戦闘艦一隻が直撃し、直径四〇キロのエリアが壊滅しました。周辺地域の損害は軽微であるものの、我らの首都壱岐は統領府、議会、中央官庁共々、すでに存在しておりません。

この放送は首都消失という事態に対応すべく、かねてより準備されていた『異星人との戦闘状態における危機管理法』の第三条第四項に従い、臨時政府樹立を宣言するものです」

タオはそこまでを、落ち着いた口調で宣言した。首都の惨状を幾ら語っても意味はない。

それよりもいま重要なのは、合法的な臨時政府が活動するという事実だ。首都消失より六時間後に臨時政府が動き出すことで、混乱は最小限度に収まると市民に信じてもらうことが重要なのだ。

「先の危機管理法の第四条第一項の定めるところにより、臨時政府のメンバーは、以下のようになります。

まず臨時政府首班は、職務執行可能な次官以上の高官もしくは議会運営委員の中で、もっとも官階の高いものとなります。現在、この条件に該当するのは筆頭執政官であるタオ迫水であります。したがって私が臨時政府首班となります。

その他の閣僚は重要指定都市の首長、さらに第四条の付帯条項により、経済界より壱岐産業管理協会代表が入閣します。すでに同機関の働きにより、出雲星系からの復興資金供与が決定しましたことを、この場よりみなさんに報告いたします」

クーリアの名前を出すかどうかは悩んだところだが、この場では出さないことにした。経済界では既知のことであるし、調べればすぐにわかる。

それよりも、出雲星系からの復興資金の提供という情報のほうが市民の不安を抑えるだろう。まず実績を印象づける。名前はその後でいい。

「我々の臨時政府が目的とすることは二点あります。

一つは言うまでもなく、首都消失という事態への緊急対応です。軍事面では壱岐方面艦隊および星系防衛軍の首脳による、防衛体制再構築の話し合いが行われております。

また、ガイナスの首都攻撃を許した原因についても解析が進められております。この防衛の不備がなぜ生じたのかについては、原因が解明され次第、現在進行中の防衛作戦に支障を来《きた》さない範囲で全人類に公開され、紛争終結後にはすべてが明らかにされる予定です。

ここで市民のみなさまにお願いしたい。最悪の事態を招いた原因究明と責任問題は別であることを、どうかご理解いただきたい。いまは怒りに任せ、スケープゴートを探す時期ではありません」

そうは言っても、タオの心は乱れる。方面艦隊に全戦力で第二拠点を総攻撃しろと命じたのは、危機管理委員会だ。その決定にタオ自身は反対したが、問題はそんなことではない。意思決定の最高機関がなした判断に、議長たるタオが無関係とはいかないからだ。

それだけに、原因分析と責任者追及は分けろと自分で口にするのは、責任逃れをしているような痛みがあるのだ。

「軍事面以外では、経済活動と治安面の維持が重点課題となります。これらについては惑星各地の重要指定都市の管轄になります。

この点でほとんどの地域では、日常生活に変化を感じられることはないと思われます。

何らかの不都合があれば、近接する重要指定都市政府間の調整で対処し、惑星規模の調整が必要な場合にのみ、臨時政府の出番となります」

そしてタオは、この演説で地味に聞こえるが、最も重要な改革について述べた。

「臨時政府は、危機管理法第五条および六条の規定に従い、必要な法案を提出し、それは各重要指定都市の議会の承認により効力を持ち、施行されることになります。

臨時政府首班として、私には市民の皆さんへの提案があります。我々が法案を作ったならば、それは全市民に公開されます。選挙権のある市民の皆さんは個人認証を兼ねた携帯端末をお持ちでしょう。

我々は臨時議会の承認を受ける前に、法案に対する市民の皆さんの裁可を仰ぎたい。どの法案の、どの部分を支持し、あるいは支持しないか、必要なら規定の文字数以内で修正意見も受け付けます。

こうした手順を経ることで、市民の皆さんの要望を法案に可能な限り反映すべく、現実的な調整を行い、議会の判断を仰ぐ。我々臨時政府はこうした形で、行政を進めることを約束します」

果たしてどれだけの市民が、この制度改革の意味を理解するだろうか？　多くの市民が、法案に対するアンケートの類《たぐい》としかイメージしないだろう。

現時点ではタオの望むところである。これが何を意味するかは、具体的に法案の草案が市民に開示されたときに明らかになる。

それは、一つの問題に対する複数の解決策の提示という形になる。有権者はその中から望ましいと考える選択肢を選ぶ。

むろん市民のそれぞれの法案に対する要望は、少なからず矛盾するだろう。それは必然だ。彼らはタオに自分たちの要求を示しているのであり、解決策を示しているのではない。その要求の矛盾点を解析し、より多くの要求を実現するための現実的法案を考え抜き、必要なら要求の調整を行うのが自分たちの仕事だ。

こうしたやり方は最初は混乱を招くだろう。自分たちだって未経験の分野だ。しかし、一度その利点が理解されれば、もはや従来のやり方には戻れまい。その時には有力家族による権力の寡占は土台から覆《くつがえ》されることになる。

「さて、我々臨時政府の二つ目の目的。

それは新政府樹立の準備です。臨時政府は危機管理のための便宜的な機構に過ぎません。正式な政府機関を再建し、政府機能を復活させる。具体的には新政府樹立のための選挙の終了と新政府発足により、臨時政府はその役割を終え、解体します。法律の規定によれば、それまでの期間は、最大で二年です。

従いまして危機管理を口実に、臨時政府が恒久的に権力を独占するようなことは起こりませんし、法的にもできません。

以上が、臨時政府樹立に関する、私から市民の皆さまへの説明です。これより二四時間以内に、各重要指定都市政府において、それぞれの地域での当面の施策が公開される予定です。

我々は最大の危機に見舞われています。しかし、我々の背後には人類コンソーシアムの人類一〇〇億がついています。恐れる必要はありません。我々が人間として誇りを持って振る舞うこと、それこそがガイナスへの最大の反撃なのです」

そしてタオの演説は終わった。彼は深くため息をつく。臨時政府がうまく機能したならば、彼は新政権には一切関わらないことを決めていた。

すべてが新しくなったとき、新政府に自分が加わるのは、門閥政治の尻尾を引きずることに他ならない。自分がいない新政府が機能する。それこそが、タオの仕事が成功であった証明なのだ。

# 3　白骨海岸

敷島《しきしま》星系の機動要塞に首都壱岐の壊滅が報告されたのは、臨時政府が樹立されてから、ほぼ一二時間後のことであった。その報告はバーキン大江《おおえ》司令官をはじめとして、要塞司令部や各種プロジェクトリーダーたちを驚かせた。

ただ、確かに驚かせはしたが、衝撃を受けた人間は意外に少ない。一つには機動要塞で働く者の多くが出雲星系の人間で、壱岐星系の人材が少ないことがある。他星系出身者には壱岐壊滅は大事件ではあるが、冷たい言い方をすれば他人事《ひとごと》でもあるのだ。

それと同時に、壱岐星系から機動要塞に状況を報告してきた伝令艦には、壱岐の壊滅から臨時政府の樹立、艦隊の再編までの情報が含まれていた。

こうして首都壊滅という事件は、機動要塞では比較的冷静に受け止められた。

こうした状況の中でバーキン司令官は、機動要塞内の動揺を抑える意味もあって、惑星敷島の調査計画を前倒しした。

その中心となるのは、地上走行型のドローンの増強だった。それがラビット2型であった。全長五メートルの八輪車が連結する構造は同じだが、最初のラビット型が三両の八輪車を連結させるのに対して、ラビット2は四両連結というのが外観上の一番の違いだ。

さらにラビット2は、最初のラビットとは能力がかなり違っていた。地形調査などは比較的単純化され、探査装置のほとんどが生物学的な調査・分析に傾注していた。

これは、惑星の地表が二細胞システムの大森林に覆われていたためだ。ジャック真田《さなだ》博士の説では、この大森林は惑星環境を維持するための生物学的な自動装置であった。

しかし、本当にそうなのか？　ただ一台のドローンの調査だけで、そう結論するのは早計ではないか？　それは真田自身の疑問でもあった。

ここでラビット2型三基が新たに惑星敷島に投入されることとなった。二基は内陸部に、一基は海岸線沿いに大陸を移動する。

ラビットの目的は、惑星敷島にかつて存在した敷島文明の痕跡を調査し、そこからガイナスとの関係を解き明かす点にあった。衛星軌道上からの観測では、惑星敷島の地上は全体が大規模な森林に覆われ、都市の類《たぐい》は見当たらなかった。

だが軌道上には二つの人工的なリングが存在し、そこから宇宙船がやってくることからも、敷島文明と呼ぶべき何らかの文明が存在すると考えられた。

　機動要塞では、この敷島文明の担い手にスキタイという名前を与えていた。これまでの知見から、衛星美和《みわ》に生活するゴートとスキタイは同じ種族と考えられていた。

　だがラビットの調査で明らかになったのは、予想外の事実だった。敷島の地表を覆う大森林こそが、敷島文明のバイオテクノロジーの産物であり、惑星環境を維持するための生物学的ロボットだったのだ。そう、スキタイによるものと思われていた文明の活動は、この大森林の働きだった。つまり大森林こそスキタイだった。

　ただ大陸が大森林に覆われていたとしても、海洋にはそうした存在はいない。海洋生態系が比較的原初の形状を維持しているならば、敷島文明の担い手は、河川なり海岸で生活を営むことが可能と思われた。

　ただ、上空から観測する限り、地上に大都市はおろか集落さえ認められていない。したがってゴートの同族と思われる敷島文明の担い手たちは、狩猟採集経済レベルまで退行している可能性が考えられた。それでも彼らと接触することができたなら、衛星美和の海底都市に住むゴートとの、意思の疎通を図るためのヒントが得られる可能性が期待された。

　陸上探査ドローンは、最初のラビットと三基のラビット2をあわせて四基となったが、これらとは別に、サンプル回収用ロケットが用意された。

　惑星上の任意の場所に降下し、サンプルを回収して宇宙船まで打ち上げられる小型ロケットだ。いままでの経験から、惑星敷島より打ち上げられたロケットブースターは撃墜されることもなく、無事にサンプルも回収できた。

このことから、より搭載量の多いサンプル回収用ロケットが用意されたのだ。このロケットのおかげで、ラビット2型はロケットブースターを搭載する必要がなくなり、その分だけ実験装置を搭載できた。

三基のラビット2は軽巡洋艦クリシュナにて機動要塞から敷島まで輸送され、適宜、惑星に投下された。

最初に投下されたのは海岸線を移動する予定の二号機だった。最初のラビットが投入されたコーチ半島から移動が始まった。三号機と四号機はそれぞれ惑星の一万キロ以上離れた地点に投下されることになっていた。

海上に落下したラビット二号機は、そのまま海岸まで移動し、そして一度、自動で各部の点検を始めた。

「海岸を調査するなんて、何を期待しているんですか?」

大月《おおつき》カンサ艦長は、ジャック真田博士に尋ねる。彼女としては、海洋生態系が気になるなら、さっさと海中ドローンでも投入すれば話が早いと思うのだが、真田は違う考えのようだった。

「まず、我々には敷島の海洋を直接調査する準備ができていない。遥かに小さな美和の海洋だって、潜水艦一隻をやっと投入できたという有様さ。

もちろん敷島文明が美和のように海中に生き残っている可能性は否定しない。でも、その可能性は低いと思う」

「どうして、海中文明の可能性が低いと言えるんです？」

「スキタイつまり地表を覆う大森林は、敷島文明が作り上げた。それは間違いないだろう。だったら、すでに小惑星衝突から数千年が経過しているんだ、スキタイを駆逐し、惑星環境を元に戻しているはずだろう。しかし、そんな兆候は見られない」

それはそうだと思うものの、カンサも素直には納得できない。

「スキタイを作り出すほどのバイオテクノロジーをもっているなら、ゴートは自分たちを海洋生物に改造しませんか？」

真田はそんな視点でこの問題を考えたことがなかったのか、眼を丸くしていた。ただ、それと、賛同するのとは違っていた。

「それはないだろう。

仮に生体改造をして海洋生物になったとしたら、海中に巨大都市を発見しているはずだろう。それなら衛星からでも不自然な赤外線なり、合成開口レーダーで存在くらいは判断できるはずだ。

よしんば衛星で発見できないとしても、技術文明を維持発展できる拠点があるなら、惑星環境は変わっていて然るべきだよ」

「技術文明なんて、そう簡単に失われるものでしょうか？　壱岐星系では首都が壊滅しましたけど、臨時政府ができています。多大な犠牲者が出たのは事実ですけど、それでも文明は維持されている。隕石の衝突と宇宙船の衝突は同列には語れないとしても、スキタイを作るほどの文明が、そんなに簡単に後退するとは思えないんですけど」

真田もそれは考えていたのか、仮想空間上にラビットが撮影した敷島の建築物の残骸を表示させる。

「一つ考えられるのは、艦長が言うように隕石衝突後も敷島の文明は生きていた。地表に、こうした建造物が見つかったのがその証拠だ。

しかし問題は、その後に起きたらしい戦争だ。戦争は、互いに文明の担い手である敵陣営を滅ぼそうと働いてきた。文明復興の意図があれば、文明は復興するが、破壊を目的としたとき、文明は滅ぶ。そういうことじゃないか」

そして真田は言った。

「壱岐は、臨時政府も市民も復興するのだと決めた。だから彼らは成功するさ」

彼の言葉に、カンサはなぜか涙が出そうになった。

陸上がスキタイの単調な光景が延々と続くのに対して、海岸の景観は変化に富んでいた。最初のラビットの調査時には大森林に微生物は感知できなかったが、さすがに大陸全体に微生物が生存できないわけでもなかった。

例えばラビット二号機は海岸線に近い陸地で、タール状の物質が岩場や崖に張り付いているのを観測した。それは多種多様な微生物により構成されたコロニーだった。

どうやらこのタール状の形態だと、スキタイと岩場を棲み分けることができるらしい。一方で、このタール状のコロニーが草原を侵食したために、蝶のような生物の群れに解体されてゆく場面も観測された。

そうした中で、ドローンはコーチ半島の近くで、ブルガリ大陸でも最大規模の大河の河口に到着した。そこは軌道上からの観測では、目立って白い海岸として観測されていた。

だが、地上を移動していたラビット二号機が送ってきた映像は予想もしないものだった。

「海岸から内陸まで、これは骨ですよね、博士？」

カンサの問に真田も頷く。

「石灰岩の類と思っていたが……これは、骨だな」

河口付近の海岸には恐ろしいほどの量の白骨が散乱していた。層をなして堆積し、それは数キロ先の海岸線まで続いている。

白骨の白の中に、例のタール状の微生物コロニーが孤島のように広がっている。コロニーの栄養源が、これら白骨の持ち主だった死体であり、骨しか残っていないのは、コロニーの働きだろう。

真田はドローンのカメラを比較的状態の良い白骨に接近させ、その詳細な形状を記録し、それはAIにより三次元的な構造として再構成される。

カンサは生物学の専門家ではないが、その形状がなにかすぐにわかった。どう見てもゴートの骨格だ。AIも、それが九九パーセント以上の確率で、ゴートの骨格と同一であることを告げていた。

「やはり敷島文明の担い手は、ゴートと同一種だったんですね。

でも、美和の墓所は凍結していたから死体が残っていたのに、敷島なら白骨の山なのか……」

だが真田は、白骨で埋め尽くされた海岸に別の意見を持っているようだった。

「美和のゴートが敷島由来なのはこれで証明されたな。まず間違いなく、敷島文明の担い手もゴートと同族だろう。

ただし、ここは墓所とは違う。なるほど多くの死体が堆積しているが、それ以外の共通点はないと思う」

真田はラビット二号機のカメラを、比較的最近できたのだろう、あまり風化していない白骨に向ける。そこには数体の白骨が見られた。

「墓所のゴートは、二つある心臓を刃物で刺されて処刑された。だから骨格自体はほぼ無傷だった。

しかし、見てくれ、ここの数体は骨が折れている。しかも、我々で言えば頭蓋骨にあたる部分の損傷が多い」

真田は不快げにカメラを操作する。AIに何か指示を出すと、カメラは周囲の景色の中から、条件に合致したものを赤く着色して強調する。

ただカンサには、その赤く着色されたものは単なる石にしか見えなかった。長さは三〇センチほど、幅は一〇センチほどの石だ。

「何です、博士？」

「石器だよ」

言われてみれば、それは石器以外の何物でもない。ゴートが握るには手頃な大きさだ。

「あの頭蓋骨の傷跡は、これらの石器と合致する。たぶん、どの個体がどの石器で殴られたかもわかるだろう。状況から、彼らの近場の石器を使っただろうからな」

白骨の立体形状の計測と、石器と思われる石の計測、それから考えられる傷跡の計算。そうした結果が出たのは一時間ほどあとのことだった。

「あれはやはり石器だね。明らかに人為的に加工された形状がある。ただ、よくわからないことがある」

「何です？」

カンサがそう言うと、石器の立体映像が現れる。ただし実物より三倍ほど拡大されている。

「石器の傷から、これが人工的に削られて加工されたことはまず間違いない。X線分光で玄武岩なのも確認された。

問題は、削られた時期だ。わかる範囲で、大きく三回、この石は打製石器として形状を整えられている。

ただ表面の風化具合から、その三回の間に一〇年単位の時間差がある」

「それって、最初に石を削って、さらに一〇年後に削り、それからまた一〇年後に削った、そういうことですか？」

「データはそうであることを示している。周辺の石器は程度の差はあるが、現在の形状になるまで、数十年の間に何度か加工されたことを示しているわけだ」

カンサは真田の説明に、ゴートの集団が一〇年ごとに石器を削るような儀式があるのかと思った。しかし、そういう話ではないという。

河原には大小様々な石が散らばっていた。しかし、手ごろな大きさの石だけは、どれも打製石器として加工された痕跡があった。

宇宙船まで建造できた技術文明の末裔が、磨製石器ならまだしも、打製石器しか使っていないことに、カンサは違和感を持った。核戦争で全ての文明基盤を失ったとしても、その程度の知識は継承されるはずではないか？

真田の分析はさらに続く。石器の分布は、白骨の分布とほぼ一致していた。しかし、それは当然だろう。石器を加工し、使用したのはゴートなのだから、両者の分布に高い相関があるのは当たり前だろう。

「ここに点在する石器の用途は、少なくとも一つは武器のようだ」

真田はいくつかの骨を拡大する。それらはどれも不自然に折られている。ただ折れ方は道具で叩かれて砕けたようだ。あたかも石器で殴られたように。

「何かの古戦場なんですか？」

これだけの白骨と石器の山を説明するとしたら、カンサには他に思い浮かぶものはない。

「骨の風化具合から見ると、長年にわたり小規模な闘争がここで行われてきたとしか思えん」

「美和の墓所のように、ここも処刑場の可能性は？」

「可能性は否定しない。だが、処刑法が石器での殺し合いだとしたら、かなり残酷だとは思わないかね？」

そして真田は、画像処理した石器の形状を視界一面に展開した。

「加工頻度をみるに、打製石器を作ったというより、突発的な争いのために手頃な大きさの石が打製石器化したと解釈するのが妥当なようだ」

「だから、加工と加工の間に一〇年単位の時間がかかっているということですか？」

「信じがたいが、これらの石器が示しているのはそういうことだろう。武器には大きすぎるか、小さすぎる石には手もつけられていない。武器にするのに手頃な大きさの石が、長年の闘争の結果、打製石器に収斂《しゅうれん》した。

しかし、曲がりなりにも宇宙船を建造したほどの文明が、小惑星衝突や核戦争によって、ここまで技術を失うものか？」

少し前にはカンサに対して、戦争では知性体も文明を失うと語った真田であったが、さすがに石器もろくに作れないほどの退行は信じられないらしい。

これは文明の退行どころか、知性体であることさえ維持できなくなったかのようだ。

だが、さすがに科学者だけあってか、真田はこの河口から海岸に至る白骨の山に疑念を持ったようだ。

「この辺の海岸の砂は、風化した骨だ。つまり相当長期間にわたって、この海岸付近でゴートは殺し合いを続けてきた。なぜだ？」

言われてカンサも気がつく。例えばここが古戦場跡で、大部隊がぶつかりあったというなら、大量の死体が生み出されるのもわかる。しかし、石器で殴り合うような技術水準で、大量殺戮はまず考えにくい。

そもそも、石器で殺し合う理由がわからない。そして、その殺し合いが同じ場所で行われる理由もまた謎だ。

「技術文明を失ったゴートが、生存するためにどこに居住するか？　内陸部がスキタイに占領されているとしたら、この河口付近の海岸沿いしか生存可能な場所はない。

飲料水と食料の確保の両面で、この地形は有利だからな。しかし、集落がないのはなぜだ？　真新しい骨もあるというのは、現在もゴートがここにやってきていることの証《あかし》だ。なら、彼らはどこにいる？」

真田は苛立っていたが、その気持ちはカンサにもわかる。ここでの状況は分析できるが、事実関係を明らかにすればするほど、矛盾ばかりが増えてゆく。

真田はここでラビット二号機の四両編成を解除し、四基の独立したドローンとして周辺地域を調査させた。

とりあえず白骨化したゴートの形状分析が優先された。ここは一体何の場所なのか？　それを解明するためだ。

真田は部下たちとも議論を戦わせたが、謎が深まるだけに終わる。

その中でもっともマシなのが姥捨《うばす》て山《やま》説だった。ゴートの本当の集落は他にあり、食料などの条件が厳しいため、労働力にならない個体はこの場所に追い出されるというものだ。

もっともそれを唱えたスタッフ自身が、そんな仮説を信じていないのは明らかだった。

ただ、カンサは逆にある疑問が浮かんだ。

「博士、美和の墓所で見つかったゴートもそうですけど、この白骨海岸にあるのは、どれも大人のゴートだけですよね。なぜこれだけの死体や白骨が発見されたのに、子供は見つからないんでしょう？」

「子供だと……！」

真田は何かショックを受けたように、動きを止める。

「美和の墓所にも子供の死体はなかった。それは彼らの文化的な要因ではないかと考えていた。

しかし、技術文明を失っているらしい、この白骨の主《ぬし》たちも、子供をこの場には出していない。

何だろう、ゴートにとっては子供というのは、文化以前の本能レベルで守るべき存在だとでもいうのか？」

「とはいえ、どこにも都市も集落も見つかっていません」

カンサに指摘され、改めて真田は考えていた。

「ここの白骨の山は長年堆積されているから、こうして周辺を埋め尽くしているが、年単位で割れば、たぶん個体数は一〇〇以下じゃないか。数十体というところだ。

ゴートの生殖能力にもよるが、五人、一〇人という規模で偽装して住んでいるなら、集落が見つからなくても不思議はないか。そんな集落が全体で一〇〇とか二〇〇あれば総人口は数千にはなるだろう」

真田は色々と仮説を立てては捨てているらしい。ただカンサへの説明はない。

「あの、博士。偽装って何に対する偽装です？　ゴートに天敵でもいるというんですか？」

「だから艦長、いるんだよ。陸上はスキタイが支配しているが、海岸付近はその生態系の支配に綻《ほころ》びがある。その綻びの中で集落を作ろうとすれば、擬態にも意味がある。スキタイは必要に応じて、特定の役割を持った生物を作り出せる。蝶のような個体だけじゃない。脳神経の機能によりＳＳＸ３を制御していた生物である猿も、おそらくそうやって作られたのだろう。スキタイの遺伝子データベースの中に、ゴートを殺戮できるような生物が記録されていないとは限らないではないか」

だがカンサには、その仮説は納得し難いものだった。敷島のゴートとスキタイにそうした緊張関係があり、偽装が進歩しているなら、あのような形での殺し合い自体が起こらないだろう。

その矛盾は真田もすぐに気がついたらしい。彼はまず海岸付近に散乱する白骨の山を地道に調査する。確実な事実から積み上げてゆかねば真相には行き当たらない。そう考えたのだろう。

「艦長、技術文明を失い、動物レベルに退化した知性体がこうして殺し合うとしたら、理由はなんだと思う？」

「動物レベルですか……普通に考えれば、喧嘩はしても殺し合いまではしないのでは？　もっとも、それはあくまでも我々の知識の範疇《はんちゅう》での推測に過ぎませんが」

「そうなんだよ、艦長。我々の知る限り、動物はよほどのことがない限り、殺し合いはしない。闘争自体が危険な行為だからだ。多くの場合、同族の争いなら、怪我を負う前に敗者が逃げて戦いは終わる」

「殺し合い自体が、本来なら起こり得ないと？」

「だから頭が痛いんだ……」

ドローンはその間も移動しながら、記録を取り、分析を続ける。

飛行ドローンであるアルバトロスのデータを再検討すると、すべての河ではないが、幾つかの大きな河口では、この海岸と同様に白い堆積物が見られた。画像分析ではそれは高い確率で骨の山であった。

大河の流域に集落を築く。それ自体は合理的な行動とも思えたが、もっとも近いそうした河口の一つにアルバトロスを飛ばしても、集落はおろか小屋のようなものも、獣道さえ見つからない。

河口付近の海岸に見られるのは、大人と思われるゴートの白骨の山だけだ。

真田はアルバトロスの予備電源まで投入して、レーダー探査も行った。ある程度まで地下の様子も探査できるレーダーである。しかし、期待した地下都市も大空洞のようなものも発見できなかった。

「最初のラビットが地下鉄のような施設の廃墟を発見したことがありましたよね。もしかしたら、そうした地下施設が彼らの集落で、この白骨死体のゴートはそこから何かの理由で追い出されたという可能性は？」

真田はすでにその可能性を検討していたのか、だまって首を振る。

「廃墟の内部にはゴートが集落を作っていたという痕跡は全く見当たらなかった。しかも内陸の地下施設から海岸線に通じる道の痕跡もない。陸上に集落はないとなると、我々がまだ発見できないだけで、海中都市がやはり存在するのか？」

しかし、その疑問を解く一端が、白骨と石器の形状分析から導かれた。AIが石器と骨の損傷について関係をまとめ、時系列に整理したのである。その結果は、真田たちにも本当なら予想できたはずだが、あえて考えないようにしていたものだった。

「共喰い……この海岸の白骨死体の山は、共喰いの跡なんですか？」

カンサも真田の分析にショックは受けたが、ある部分で腑に落ちてもいた。飢餓は動物が殺し合いをする理由になり得るからだ。ただ、いまは技術文明を失い石器を使うとしても、かつて宇宙文明まで築いた知性体が共喰いを行うほど退行するとは、心情的に認め難かったのだ。

「一番わかり易い事例がこれだ」

説明する真田の表情にも疲労の色が見えた。

「これは上腕部に相当する骨で、石器で破壊されている。観測された石器の中で、骨の破砕面に合致するものもあった。さらに調べると、ここに石器以外の損傷がある」

真田は骨の画像を拡大する。石器により破砕された傷とは別に、穴のような傷が認められた。

「ゴートは臼歯が発達しているが、犬歯に相当する歯もある。この穴と合致する犬歯をもった上顎骨がこれだ」

その上顎骨は、先ほどの上腕部が認められた場所から一キロほど離れたところにあった。

「この上顎骨をもったゴートの骨は、戦いにより軽度に負傷した跡もあるものの、比較的原型を留めている。そしてこの個体のすぐ近くに、先ほどの上腕骨を破壊したらしい石器が落ちていた。

いまのところ確認できたものだけで、五体のゴートにこの石器による致命的な損傷があり、それらのゴートの骨は半径一〇メートルほどの間に拡散し、いずれもこの無傷な個体の上顎骨と一致する傷がある。

つまり、この無傷のゴートは少なくとも同胞五体と戦い、勝利し、それを食べたのだ。時代は違うが、大半の骨にそうした戦闘と捕食の跡がある。海岸の骨の蓄積具合から判断して、そうした共喰いは継続的に行われてきたようだ。骨の中には、複数の上顎骨による損傷が見られるものもある。二、三体のゴートに襲われ、捕食された個体もあったのだろう」

美和の墓所も、積年の死体の蓄積が氷原を埋め尽くしていた。状況から、あれは刑場と解釈されていた。あのときも墓所に忌まわしい印象をもったカンサだが、この白骨海岸よりはまだしも文明の匂いがする。

ここは、何世紀にもわたる共喰いが繰り返されてきた場所なのだ。そしてそれはいまも続いているのだろう。

「スキタイにより陸上生態系が破壊され、慢性的な食糧不足が、共喰いという忌まわしい習俗を生んだ、そういうことでしょうか？」

カンサには他に解釈のしようがない。だが真田の表情は冴えない。

「スキタイの存在が影響しているのは間違いない。しかし、慢性的な食糧不足では説明のつかない事実がある」

真田は、墓所のゴートと海岸の白骨を並べて表示する。

「比較的状態の良い骨格での比較だ。重力の違いがあるので単純比較できないが、両者の身長に大きな違いはない。そして骨組織は、低重力の墓所のゴートよりも敷島のゴートのほうが発達している。

高い重力環境で、栄養状態が悪ければ、ここまで骨格は発達しないだろう。つまり少なくとも成人になるまでは、ゴートの栄養状態はむしろ良好だったはずだ。

それがこの海岸では、一転して飢餓状態に追いやられる。考えられるのは、集落でのみ食料が生産され、そこを追い出されると、もはや飢餓しか待っていないというパターンだな」

「でも、集落は見つからない」

カンサもこの一面白骨ばかりの海岸で、こんな矛盾と遭遇するとは思わなかった。

「艦長、本艦には工作室はあるかな？」

真田はいきなりそんな質問をしてきた。

「本艦も軍艦ですから、消耗部品製造用の３Ｄプリンターや工作機械くらいは搭載しておりますが」

「なら使わせてもらえないか。水中用ドローンをつくる。カメラとサンプル採取器を載せた二メートルにも満たない装置だ。設計データはもっているから、艦長の許可があれば製造できる」

「博士には協力するように命令を受けておりますから、それは構いませんが、大気圏突入はどうします？」
「大気圏への突入カプセルも3Dプリンターで作る。それは計算して作り上げるよ」
「水中ドローンで何を調べるんですか？　美和のような海中都市を？」
「いや、ここで製造できるドローンにそこまでの能力はない。もっとも地道な作業だ。飢えたゴートがどうして河川や海岸に集まったのか。わずかでも餌があるからと考えるのが妥当だろう。そこからこの問題の攻め口が見つかるはずだ」

真田が軽巡洋艦クリシュナの工作室で作り上げたドローンは無事に大気圏突入を果たし、海中に展開することに成功した。

ただ原設計が、海中を探査してから本体を回収してデータを読み取るという構造のため、ドローンが機能しているかどうかは、中継局でもあるラビット二号機の信号で確認するしかなかった。

それにしても潜航中は電波通信が途絶えるため、真田博士やカンサ艦長は、ドローンが無事に海中に到達した以上のことはわからなかった。

その間、ラビット二号機による白骨海岸の調査は続けられた。比較的状態が良い骨からはDNAの回収が期待され、それはサンプルとされた。

ただ例の黒いタール状の微生物コロニーなどのためか、肉片はほとんど手に入らなかった。大河には魚に相当する生物も認められたが、陸上生態系がスキタイに占領されているためか、植生はどちらかと言えば貧弱だった。

陸上の生態系とは完全に分断されているために、水系の生態系は、スキタイから生物的な資源をまったく受け取ることができないためだろう。

それでも生物はそれなりに存在する。ゴートが敷島由来の知性体であるなら、これらの水系生物を食べるという選択肢もあるはずだが、どうも成功してはいないらしい。原始的な石器だけでは漁もできないためか？　しかし、なぜ道具を改良しないのか、その疑問は残る。

そうしている間に海中ドローンが戻ってきた。河口から河を遡上し、ラビット二号機のロボットアームで回収される。

内部のデータは読み取られ、軽巡洋艦クリシュナに送られる。そして生物サンプルは、すぐラビット二号機で分析されることとなった。分析装置を稼働させるため、四基に分割されていたドローンは再び連結した。

映像を見ると、白骨海岸の河口付近の浅瀬はプランクトンが豊富で、それを捕食する小魚のような生物がおり、さらにそれを捕食するより大きな魚がいた。

それは他の星系の海洋でも見られることだ。ドローンは、そうしたサンプルを適宜回収していた。画像の中には、カエルと呼ばれる生物の姿があった。ＳＳＸ１で回収された缶詰で発見された生物で、ゴートの食糧と分析されていた。

真田は見てわかるほど、この事実に喜んでいた。カエルは生物学的にゴートとごく近い生物と思われていたが、系統樹的にどういう位置関係かはわかっていなかった。それが生きているカエルを捕まえたことで、よりはっきりするだろう。

ラビット二号機の中で、水中ドローンにより回収された生物群は、適宜分離された。カエルとか小魚様生物などは個体分離が可能だった。しかし、プランクトン並みに小さな生物群は、そのままカプセルに封入され、凍結され、ロケットブースターで打ち上げるサンプルとして保存された。もちろんカエルや小魚様生物についても、その組織片は同様に保存されている。

数時間後にラビット二号機から送られてきたデータの結果に、真田は悔しそうに叫ぶ。

「畜生、コンタミだ！」

真田が露骨に感情を顕《あらわ》にしたことに、カンサは只事ではないトラブルを覚悟した。

「何が起きたんです！」

「艦長、いや、失礼。私のミスだろう。ラビット二号機のサンプル収納庫に問題が生じていたらしい。サンプルが混交してしまったんだ。複数の生物のDNAを比較したが、どれも同じ結果だ。

こんな馬鹿なことはないはずなんだが、あるいは計画になかった水中ドローンのサンプルを回収したことが問題なのか？」

カンサはほっとした。真田にはショックだろうが、状況は改善できる。

「サンプルロケットで試料を回収しましょう。サンプルがコンタミしても、機動要塞のラボならちゃんと分離できます。専門家集団がいますからね」

真田はそれを聞いて少し落ち着いたようだった。

「しかし、クリシュナで機動要塞まで戻らないとならないんじゃないか？」

「ドローンは自動で調査を続けられますし、データだって時間はかかりますが送れます。私はこの方面では素人ですが、敷島の生態系を解明するのに一日、二日ここを離れたからといって、どれだけ影響するというんですか？　年単位、下手をすれば世代単位の事業ですよ」

「あぁ、君の言うとおりだな」

こうして軽巡洋艦クリシュナは、ラビット二号機のサンプルを回収したロケットブースターから試料を移動し、機動要塞へと帰還した。

海洋ドローンやラビット二号機による生物サンプルの基本的な分析自体は、その日のうちに終わるはずだった。しかし、コン・シュア上級主任とジャック真田博士は、再検査まで行なったために、分析結果が出るのは、さらに二日後となった。

通常なら途中経過が報告される中で、それさえも為されないという異常事態だ。

そして分析から三日目に、機動要塞内の幹部のみによる中間報告が行われた。大月カンサ艦長も、その場に呼ばれていた。

「敷島にて回収された海洋生物の遺伝子分析が終わりました」

結果の発表はコンが行った。彼は一言ずつ言葉を選ぶように、発表をはじめる。

司令官室に通じる会議室で、関係者の視界の中に、ゴート、カエル、小魚様生物、数種類のプランクトンの姿が浮かぶ。

「結論から先にお伝えします。皆さんの視界の中に見えるこれらの生物は、すべて同一です。同じ生物種なのです」

会議室内で言葉を発するものはいなかった。カンサ艦長もコンの言葉は理解できるが、それを言葉通りに解釈していいのか、自信がない。

「すいません、間違えました」とコンが画面を切り替えるのをその場の全員が期待したが、むろんそんなことはない。

「コン上級主任、この形状も大きさも異なる生物が、同じ生物種というのは、分類上同じカテゴリーに属するという意味なの？」

バーキン司令官としては、それが受け入れられる最大限の譲歩なのだろう。カエルとゴートがかなり近い生物種であることはわかっていたが、プランクトンと同じというのはさすがに理解し難い。それはカンサもわかる。

「どうも却《かえ》って誤解を与える表現をしてしまったようです。ええと、ですね、この形状も大きさも異なる生物群は、同一遺伝子の生物です。

つまり、このプランクトンは海洋で成長し、最終的にゴートになります」

会議室内は一気にざわついた。恒星間宇宙船を建造できるような文明の担い手が、プランクトンから成長する。そんなことは信じられない。

その喧騒の中で立ち上がったのが、ジャック真田博士だった。

「美和の海中都市周辺の生態系の調査結果と、今回の敷島の海洋調査から明らかになった事実を申し上げる。信じがたい内容なのはわかる。私自身、これら生物の遺伝子がすべて同じだったことが信じられなかった」

バーキンはそこで、一つの疑問を述べた。

「廃棄された宇宙ステーション、SSX1の缶詰やゴートの潜水艦内の映像から、ゴートはカエルを食べていた。同じ遺伝子だとすれば、ゴートは自分たちの、そう子供を食べていた——そうなるのでは？」

バーキンのその質問には、ゴートが飢餓という特殊状況ではなく、常態として共喰いをしていたという事実を拒否したいという気持ちが感じられた。

カンサも同じ気持ちだった。自分の赤ん坊を抱いていたときのことを考えれば、それを食料にするなど仮定の話としてもありえない。

「こういう生物がいる」

真田が、水中に生息する蛇のような生物の映像を映し出す。キャプションには瑞穂《みずほ》星系のニセミズチとある。蛇に似ている魚らしい。

「植生の貧しい沼地に生息している生物だ。生存に過酷な環境であるため、捕食者も少なく、それにより彼らは生存できる。ただ、外敵が少ないことは、餌となる生物種も少ないことを意味している。

そこでニセミズチは独特の生態を持っている。まず沼地に膨大な数の卵を生む。外敵が少ないので、卵はそのまま孵化《ふか》し、プランクトンとなる。この段階のプランクトンは独立栄養生物として、植物のように沼地の無機物や分子から有機物を製造し、蓄積し、さらに驚くべきは、細胞分裂を起こして個体数を増やす。

そしてプランクトンが十分増えた段階で、一部が、共喰いを始める。独立栄養生物段階から、ごく一部が従属栄養生物として、自分らの兄弟たちを捕食する」

画像はそうした捕食の様子に変わる。外形的には捕食者と被捕食者の区別はつきにくい。

だが捕食者は、捕食活動を続けるにつれて成長してゆく。

「どういうメカニズムが働くのか、現時点ではわかっていない。ともかく、捕食者の一部はさらに大型化し、第二段階の捕食者となり、小型の捕食者を食料源とするようになる。

さらに第二段階の捕食者の一部が第三段階の捕食者になり……と成体になる個体は五回の変異を繰り返す。

ただし大多数は成体にまで成長せず、被捕食者のプランクトンレベルで生涯を終えるものも多い。数だけで言えば、単細胞生物の被捕食者が一番多いだろう」

「なぜそんな不可解な生態を、そのニセミズチは持っているんですか？」

真田は、ゴートの生態がニセミズチにもっとも近いから取り上げたのはわかる。ならば、なぜ彼らはこんな生態になったのか？　カンサはそれが知りたかった。

「人類コンソーシアム全体でもニセミズチの研究者は一〇人もいない。だからいまだ未知の部分も多い。

ただもっとも妥当と考えられている仮説では、まずニセミズチの生育環境がある。過酷な環境ゆえに外敵も少ないが、植生も貧弱だ。だから自分たちが生態系のニッチを埋め、受精卵から成体までの各段階で変異を続け、一つの完結した生態系を作り上げる。

もちろん成体になれる個体はごくわずかだが、それは水棲生物では珍しいことではない。そしてニセミズチに限れば、ほぼ孤立状態の沼を、自分の遺伝子資源で埋め尽くすことができる。

少数の個体だけが次の段階に移るメカニズムは残念ながら不明だが、個体数の調整で生態系を安定化させる目的があるらしい」

「ゴートもニセミズチと同じメカニズムだと博士は仰《おつしや》るんですか？」

カンサの質問に、真田はやや途方に暮れたように上を見上げて答える。

「ニセミズチの生態を紹介したのは、ゴートのような生物が存在しても不思議ではないという一例としてだ。たとえそれが我々の常識では受け入れられないものであるとしても、現実にこうした生物は存在するのだ」

そしてニセミズチの映像は消される。

「話をゴートに戻す。

美和の墓所でも敷島の白骨海岸でも、回収された死体は成体だけで、子供は一つとして発見できなかった。当然だ、ゴートの社会に子供はいない。子供は海洋で、海中生物として成長しているからだ」

「子供というのか幼生というのか、そういう存在は確認されてはいないんですね？」

カンサは思いついた疑問をぶつける。不合理とは思っていても、真田やコンの仮説を、素直に受け入れるのは心情的に抵抗があったためだ。

「水中ドローンが確認できたのは、カエルより大きな幼生体が若干だ。

おそらく敷島の海洋では、ゴートの幼生体は海洋に広範囲に分布し、成体となる直前に特定の河川に上陸するのではないかと思う。どこの星系でも河川で産卵し、海洋で成長して、産卵期に再び河川を遡上する生物が認められている。多くは魚類に相当する生物だ。

ゴートがそうした習性を持っていたとしても不思議はない。

ただこうした魚類と異なり、ゴートは海洋生物から陸棲生物へと変容する。そしてその変容の過程で、知性化するのだ」

そして今度はコンが説明する。すべての映像が消え、ただ石器だけが残る。

「生憎《あいにく》と上陸直前の幼生体を我々はまだ発見していない。しかし、白骨海岸のゴートの死体からある程度の推測はつく。

海岸に上陸した彼らには、手頃な石を道具として使う程度の知能はある。そしてアルバトロスの観測結果では、十分に成長したゴートの幼生体は群では行動していない。ドローンの探査が完璧ではないとしても、幼生体は単独行動をしていた可能性が高い。彼らには、親が子供を守るという形の群はありえないからな」

映像は模式化されたゴートに変わる。五体のゴートが殺し合った様子を骨と石器の関係から再構築したものらしい。

「これは種々の条件に恵まれて、殺戮の順番を再現できた事例だ。この五体について再現できたというだけで、この周囲に他の個体がいた可能性はありえるが」

映像は五体のゴートが手近の相手と戦い、互いに傷を負ったが、その中で最も深手を負った個体が、他の個体から一斉に攻撃され、絶命するというものだった。

四体は負けた一体を解体して食料にすると、再び二体の闘争が二組起こり、一番深手を負ったものが、他の三体から攻撃されて殺され、食料となる。類似の闘争が最後の一体になるまで続いた。

「この闘争が白骨海岸でありふれたものだとしたら、一つ重要な事実を示している。それは彼らは集団で戦ってはいないということだ。

縄張りを侵したものと戦い、弱い個体が見つかったら、全員がそれを攻撃する。すべて個体にとっての利得を求めている。

そして彼らの戦闘の動機は飢餓と推測される。戦闘を起こす要因は飢餓であり、攻撃への反撃だ。

野生動物としてはさほど珍しい行動ではない。どこの星系にもこうした行動をする生物はいる。

しかし、ゴートに関しては、この事実は重要だ。現在の証拠が示しているのは、海洋生物としてのゴートの幼生体は、まず間違いなく知性体ではない。群レベルの社会性さえなく、必然的に自意識もないだろう」

室内がそれにざわついたが、すぐに真田がコンの説明を引き継ぐ。

「皆さんはここで疑問を持たれただろう。幼生体に知能も自意識もないとしたら、美和の海中都市や敷島文明はどう説明するのかと？

もっともな疑問だ。ただ我々も現時点でその疑問に明快な解答を与えられない。

ただ、潜水艦や海中都市、宇宙ステーションSSX1、敷島での遺跡などから仮説は提供できる。これらに共通しているのは、気圧や水圧に抗するための構造的な必要性を除き、開放的な空間を作り上げていたことだ」

真田の言葉に合わせ、海中都市の間仕切りのない空間や、敷島の半分地下に埋もれた駅のプラットホームのような大空間が描かれる。

「知られている限り、彼らには個室はなく、広い空間に集団として活動していた。ゴートが成体として陸上に上がったとき、はじめて知性体となるならば、ゴートの文明は知性化段階を迎えた個体を社会が教育し、知識を与え、構成員として社会に居場所を与える。そうして文明は維持された。

この場合、彼らの社会には、親子はもちろん、血縁という概念もないだろう。彼らの知能の成長過程によっては、過去という観念を持っていたかどうかすらわからない。個体に過去の観念がなく、ただ社会に歴史記録があるだけだったかもしれない。

生物体としてのゴートが自我を持つことは可能だとしても、陸上生物となってはじめて知性化するゴートの成体から構築された文明は、構成員に自意識は求めまい。幼生体の時がそうであったように、自意識など持たず、ただ環境に適応するように意思決定を繰り返せば、生きて行けるのだよ、彼らは」

「ただ」とコン上級主任は異論があるかのように発言する。どうやらコンと真田の間にも意見の相違があるらしい。

「ゴートが知性体となり、社会の中で構成員としての教育を受けているとしても、自意識が生まれないとは断言できない。自意識がなくても生活できる社会ではあるが、それが自意識の誕生を阻止するとは言えない」

コンは記録映像を映し出す。美和の墓所近く、潜水艦から逃亡し、処刑されたゴートの映像だ。

「この処刑されたゴートは、我々に助けを求めているかのように走ってきた。それに対して、処刑を行ったゴートは我々への関心は希薄で、機械的に作業を終えて戻っていった。処刑されたゴートは社会の中で何らかの理由により自意識を獲得し、それがゆえに処刑されたのかもしれない。

これはあくまでも発表前の研究だが、物質的に余裕のない社会では、集団の行動が最適化されることが求められる。集団が環境に最適化するので、生存のための自意識も不要だ。しかし、そうした中で自意識を持った個体の誕生は、最適化された社会の均衡を崩す。その個体は社会の脅威であるから、処刑される」

「いきなり処刑なんですか？」

カンサには、さすがにそれは極端すぎると思われた。

「我々の観点では、そう考えられる。しかし、ゴートにはゴートの合理性がある。

彼らは物質的に追い詰められている。生存資源にほとんど余裕がない。社会にとって生産面で寄与しない個体に対して、その生存のためにリソースを割《さ》くことは許されない。

彼らには刑務所を維持することはできず、処刑場をつくるのが精一杯なのだろう。

ただ、ここで重要な事実がある。物質的に余裕がなく、自意識を持った異分子を処刑する海中都市のゴートにしても、共喰いだけはしていない。文化的な禁忌なのか、別の理由があるのかはわからないが、そこは白骨海岸のゴートとの違いだ。

あのゴートたちが共喰いをするほど追い詰められていたということは、敷島にゴートのコミュニティは存在せず、そうであるなら文明の存在は、まず期待できないだろう」

コンがそう述べると、真田が締めくくる。

「成長し、白骨海岸に上陸したゴートたちは、飢餓から闘争し、共喰いを行う。そして勝者だけが、一体なのか、それとも雌雄が存在するかは不明だが、ともかくあの河で産卵をするものがいる。

白骨海岸の骨の年代を計測したところ、数千年前と思われる層がもっとも多く、以降、時代とともに減少している。産卵できる個体が、時代とともに着実に減少しているためだろう。

地上をスキタイに占領され、食料は同族しかなく、生殖に与《あずか》れる個体はごく僅かなためだ」

「すると、遠くない将来にゴートは絶滅すると？」

バーキン司令官の問に答えたのは真田だった。

「それはイエスでもあり、ノーでもある。

白骨海岸の成人ゴートの減少にもかかわらず、水中ドローンは多数のプランクトンやカエルを確認しています。密度から推定する総個体数は、白骨海岸のゴートの数と矛盾する。

考えられるのは、敷島の陸地ではスキタイにより生物の進化が完全に止められているのに対して、海洋生物は進化が続いていることだ。

一生のうちで海洋生物時代と陸上生物時代の両方を生きるゴートの中で、突然変異体が誕生し、生涯を海洋生物として終わる集団が現れたと解釈すると、この矛盾は説明できる。

つまり、知性体としてのゴートは近い将来に滅ぶとしても、ゴートという種族は海洋に適応した集団が生き永らえる。それが彼らの未来だ」

それを聞いたバーキン司令官は、なにか考えているようだった。

「我々の目的は敷島文明について調査し、ガイナスとの交渉に必要な情報を入手することにあります。

惑星敷島に文明が存在しないと思われる状況では、敷島の調査は現状維持として、ドローンの運用スタッフのみとします。調査の中心は美和の海中都市と、播種船の減速装置であるＳＳＸ４に絞ります」

コンと真田はバーキンの決定に驚愕し、抗議しようとしたが、それより彼女の方が早かった。

「我々がここにいるのは、壱岐防衛のためであり、敷島の調査はその目的達成の手段です。首都壱岐が壊滅した状況では、壱岐からの増援は期待できません。そのなかで結果を出そうとするならば、調査対象は絞らねばなりません。司令官としての私の責任で、以上のことを決定します。

異議がある場合、方面艦隊司令部に提出していただければ、そこで検討されるでしょう。以上です。本日の会議はこれで終了とします」

科学者チームはざわついていたが、軍人たちはそのまま会議室を後にする。カンサも軽巡洋艦クリシュナへと戻る。

「また美和へ向かうことになるのかしらね」

彼女は、漠然とそんなことを考えた。

# 4 古《いにしえ》の指令

「工作艦ヴァンピールが管制下に入りました」

機動要塞の航行管制AIが管制室のスタッフに報告する。管制室は、シリンダー型の機動要塞のなかで、内側の壁面に位置していた。設計段階では反射望遠鏡として使われる予定の直径五〇〇メートルにおよぶ内側の空間は、いまは宇宙港として用いられていた。放射線防御壁も兼ねた巨大な窓が宇宙港を一望するように設けられていた。

窓は高分子ファイバーが織り込まれている強化ガラスだが、このファイバーは放射線センサーも兼ねていた。

通常の運行管理に窓など必要ないが、システムトラブルが起きたとき、窓は故障しないという利点がある。

機動要塞の経理部長で、実質的なナンバー2でもあるメリンダ山田《やまだ》主計中佐も、工作艦ヴァンピールの入港に立ち会っていた。

壱岐が壊滅してからはじめての大型艦の入港であり、はじめての物資補給が為されるからだ。

メリンダ経理部長が待ちかねているのは、補給物資ではなく情報だった。壱岐壊滅後の兵站補給業務の再建のため、カザリン辻村《つじむら》が主計少将となり、火伏兵站監の懐刀《ふところがたな》として、実務全般を管轄していた。

首都壊滅後も補給能力については影響はないと知らされていたが、兵站の専門家としては数値データをもらわねば安心できない。

カザリンは、そのための現状のデータと今後三ヶ月の兵站計画の概要を、ヴァンピールに持たせてあるという。本来なら人を派遣したいが、壱岐も人材に余裕はなく、データだけで我慢しろとのことだった。

じっさいはもっと深刻で、バーキン司令官によれば、カザリンからメリンダ引き抜きの打診さえあったらしい。むろん司令官は丁重にお断りしたという。

航行システムが機動要塞の管理下に入ったことで、工作艦ヴァンピールは自動運転で宇宙港へと入ってきた。

ヴァンピールはC3型輸送艦を改装した工作艦だが、来訪の目的は、SSX4の本格的調査のためだ。播種船の減速装置の一部だったこの宇宙機を調査するには慎重な解体作業が必要だったが、それには工作艦が最適との判断だ。

メリンダが管制室を訪れたのには、もう一つの目的があった。兄のキャラハン山田がやってくる可能性があると聞いていたためだ。危機管理委員会より、ガイナスの機械類について分析を委ねられている兄は、最近では広範囲な調査プロジェクトを抱えている。

そうした中には出雲星系の第二管区が発見した播種船の減速装置もあり、そのため敷島の機動要塞を訪れても不思議はないというのである。

メリンダは機動要塞司令官の副官として、調査スタッフのリストに目を通す。さすがに多忙なのか、リストに兄の名前はない。メリンダ宛の私信があるだけだ。

SSX4の調査チームのリーダーはライアン陳《ちん》だという。出雲の減速装置調査で陣頭指揮をとった人物だという。なるほど適任者だろう。

しかし、調査チームに臨時職員として含まれていた名前にメリンダは眉をひそめた。ガプラー如月《きさらぎ》とあるが、彼女は過日、周防全権特別委員のフィリップス・シーラッハとともに機動要塞を訪れた凶狐《きょうこ》に他ならない。

航路啓開船ノイエ・プラネットの軌道解析で辣腕を振るったのも彼女だが、出雲に留学中に巡洋艦のシステム破りを行い、放校になったとも聞いている。その人物が調査隊に加わっている。

メリンダはそれを兄のキャラハンから教えられた。機密事項に抵触するとかで、具体的な内容までは知らされてはいないが、放校処分になるというのは、かなり深刻な事件だろう。

メリンダは兄からの私信に目を通す。驚いたことにそれは、一回閲覧すれば消去される機密度の高いものだった。ただ文面は短く、内容は乏しい。

「今回のチームの人選は、自分がしたので安心されたし」

他人が見れば、文面以上の内容は読み取れまい。しかしメリンダは、凶狐が危険人物であると、他ならぬキャラハンから教えられた。その彼が「自分が選んだから安心しろ」と書いているのだ。

ノイエ・プラネットの件で能力が評価されたのか、もっと別の事情があるのかわからないが、危機管理委員会レベルで、凶狐をこの重要な調査に参加させるという判断が働いたのだろう。

メリンダは、すぐに自分のエージェントAIに命じて、凶狐の動きについて報告させる。AIも、法規により他人のプライバシーや機密事項は無視できない。ただこうした調査は公開情報だけでもかなりのことがわかる。

数分でエージェントAIは結果を報告したが、それはメリンダの予想とは色々違っていた。

まず凶狐は機動要塞でのノイエ・プラネット調査プロジェクトを終えたのち、一度は壱岐に戻った。しかし、そこからはシーラッハとは別行動をとっていた。当初からの計画というより、凶狐の動きの慌ただしさから見れば、袂《たもと》を分かったように見えた。

それから啓開船ノイエ・プラネットに関する専門メディアの取材に応じていた。それで初めて知ったのだが、凶狐は本名のガプラー如月として、人工知能や数値解析分野ではそこその有名人であった。

どうも巡洋艦のシステムに侵入したことが、あまりにも重要すぎるため、犯罪の事実そのものが軍機とされ、皮肉にも彼女の経歴は綺麗なままであるらしい。むろん公職には就けないが、凶狐ほどの腕なら民間でも引く手あまただ。

じじつシーラッハと袂を分かってから、壱岐産業管理協会に幹部待遇で雇用され、工場の生産性向上システム開発などにあたっていた。組織内に階級を持たない生命的自律型組織というもので、壱岐においては、従来の企業活動と比較して、数倍の生産性向上と、組織の意思決定がより迅速になったとある。ただエージェントAIはそれ以上の情報は調べなかった。

そして壱岐の壊滅後に、この産業管理協会が臨時政府に閣僚を送り出し、危機管理委員会のメンバーでもある臨時政府の働きかけで、凶狐がメンバーになった。流れとしてはそうらしい。

それでもメリンダは色々と座りの悪さも感じていた。というのも、産業管理協会の代表こそ壱岐のクーリア迫水だが、その右腕として活躍しているのが、誰あろう火伏兵站監の妻である朽綱八重なのだ。そして調査チームの人選はキャラハンが行なっている。

普通に考えるなら、凶狐を調査チームに加えないはずの人たちが深く関わりながら、彼女を加える決定をした。そのことがメリンダを落ち着かなくさせるのだ。

リストの最後の方には船外作業員の名前があった。宇宙機の調査であるから、そうした専門スタッフも必要だ。メリンダが目を留めたのは、ユニティ・ミッドフォードという名前だ。それは妖狐《ようこ》の本名だった。シーラッハとともに機動要塞に来た、あの妖狐だ。

ただ、妖狐も凶狐も表向きはシーラッハの部下という立場だったが、じっさいはシーラッハが凶狐によるノイエ・プラネット調査のお膳立てをし、妖狐はシーラッハではなく凶狐の警護担当であったらしい。

そして妖狐もまた、壱岐産業管理協会がこのチームに斡旋《あっせん》していた。どうも上の方はすべて承知の上で、この人選を決めたらしい。それでもメリンダには、混ぜてはいけない化学薬品を混ぜてしまったような不安があった。

そうしたことを逡巡しているメリンダに、送迎デッキに工作艦ヴァンピールの乗員が到着したことをエージェントAIが告げる。

メリンダは近くのモニターを送迎デッキに切り替える。ちょうどゲートを抜けたライアン陳と凶狐の姿が見えた。カメラを意識してか、妖狐の姿は一部しかわからない。

「まぁ、問題さえ起こさなければいいんですけど」

SSX4という構築物は、播種船の減速装置であった。これが敷島星系で発見されたことは、危機管理委員会傘下の科学者チームに大きな論争をもたらした。

惑星敷島に文明が存在し、それが大規模災害で壊滅的な被害を受けたらしい。人類の播種船AIは、その事実から監視衛星を残すという判断を行った。減速装置を構成するモジュールの一つを改造し、監視衛星として敷島星系に残し、播種船は出雲星系を目指した。

当初はこの単純なシナリオに疑問を抱くものはいなかった。しかし、出雲星系で発見された減速装置を構成する八基以外の、残り三九基のモジュールはどこにいったのか？　その謎は残っていた。

さらにSSX4そのものにも、大きな問題が発見された。それはSSX4が敷島星系に存在していること、そのものだった。播種船は敷島星系に接近した時点で亜光速で飛んでいた。だからその播種船から分離されたとしても、高速すぎて敷島星系を飛び去ってしまい、留まることなどできないのだ。

もちろん大量に燃料を消費すれば減速可能だが、それは播種船の航行そのものに悪影響を及ぼす可能性もある。

だからSSX4の調査は、人類コンソーシアム最大の謎である、播種船とはどんな宇宙船だったのかを知る作業でもあった。

ＳＳＸ４の調査拠点は工作艦ヴァンピールそのものだった。周辺には、数人の人間で運用する小型作業艇と、警護のために駆逐艦サクラが停泊している。

ヴァンピールとサクラは梁《はり》も兼ねた連絡通路で結ばれ、一つの宇宙船のように活動していた。

メリンダは業務の合間を縫って、頻繁にＳＳＸ４の調査現場に足を運んでいた。彼女は駆逐艦サカキで移動するので、このときは、護衛戦力は倍増する。サカキも連絡通路で横並びにサクラと結ばれるので、サクラを経てヴァンピールに移動できる。

多忙な中でそこまでするのは、バーキン司令官により重点的な調査目標と宣言されたことが大きいが、それと同時に凶狐を監視するというか、牽制の意味もあった。

いまさらおかしな真似はしないとは思うが、いまここでなにかトラブルを起こされては洒落《しゃれ》にならないのである。

連絡通路を渡ってヴァンピールに移動すると、メリンダは会議室のような空間にでる。そこにライアン陳の姿が現れる。説明はするから、作業の邪魔はしないでくれという婉曲な意思表示だろう。

メリンダは副官格なので、ヴァンピール内の人員配置も知ることはできる。視界の中にアイコンのように乗員の様子が描かれる。

どうも凶狐はライアンの右腕的なポジションに居るようで、一〇人ほどのスタッフに指示を出していた。

「多忙なようですね」

それに対して、ライアンは必ずしも愛想は良くない。メリンダとの会見を仕事の邪魔と思っているようだ。普通の士官なら不快に思うだろうが、メリンダは、科学者のこういう態度には実の兄で慣れている。

「多忙ですよ。ギリギリの人数ですからね」

ヴァンピールにはシステム解析やシミュレーションの専門家が多く、工作艦としての造修作業のスタッフは少ない。ただ料理人は定数より多い。

こんな場所では食事くらいしか娯楽がないので、料理だけは豪華にしているのだ。

もとより未知のコンピュータの構造解析などは専門家の少ない分野であり、ギリギリの人数というのは嘘ではないだろう。

「差し入れがあるんですけど」

「差し入れ？」

「出雲の工場から直送された機材。破壊者を持ってきた」

「破壊者……えっ、あれをですか！」

「おわかりのようですね」

破壊者とは、人類コンソーシアムが保有するスーパーコンピュータの中で、もっとも高性能なものだった。汎用性は必ずしも高くないが、専用機としてチューニングすれば、特定分野の計算にはとてつもない演算能力を発揮する。それが運ばれてきたのである。

最新機材を持参したとわかると、視界の中のライアンは消え、本人が直々《じきじき》に現れた。

「ギリギリの人数なのよね。指示してくれれば設置はこちらで行います。よろしいわね」

「はい、それはもう」

ライアンは相好《そうごう》を崩しっぱなしだ。そこまで喜んでもらえるなら、運んできたかいはある。もっともメリンダも単なる好意で手配したわけではないのだが。

「しかし、何に手こずってるの？　ＳＳＸ４の減速装置は、出雲で発見されたものと同じじゃないの？」

メリンダの問に、ライアンは空間に三つのリングを表示させる。大中小の順に前から並んでいる。

「まず、播種船の減速装置は三つあったようです。出雲で発見されたモジュール八つのものが、この先端の一番小さいリングです。

ＳＳＸ４で解読されたデータだと、この中間のリングにはモジュールが一六個、一番大きなリングには二四個ついていました。それら総計で四八個です」

「その四八番目がＳＳＸ４なのね」

「そうなります。生憎《あいにく》と播種船の全体像はいまだに明らかではありません。ただ宇宙船の設計思想として、効率よりも冗長性を重視していたようですね」

「機械的信頼性が低かったってこと？」

ライアンは言葉を選ぶように答える。

「信頼性を信頼していなかったとでもなりますかね。安全係数が過剰といいますか。ともかく現実に我々はこうして生きてますから、十分な信頼性はあったわけです。

播種船の本体は、伝承どおりなら出雲に到着した時点で完全に解体され、再利用されたので、どういう構造だったかははっきりしていません。ＳＳＸ４のデータでは、先端部が巨大な円錐で、それに直径の異なる三つの減速装置が配置されていた。

そして減速装置の個々のモジュールは、到着した星系で宇宙船として再利用したり、あるいは核融合発電所として活用することが期待されていたようです。

安全係数が過剰なのは、恒星間航行の安全性だけでなく、植民後にも再利用することを織り込んでいたからでしょう」

メリンダはその解釈に納得はできなかった。なぜならば出雲で発見された減速装置八基は、一つも再利用などされていなかったためだ。

これについては「復興した人類が宇宙技術を会得《えとく》した段階で再利用するため」と説明さ

れていた。だがメリンダは、この仮説に疑問を感じていた。

なぜなら「人類が宇宙技術を会得したら利用できる」のであれば、少なくともそれが存在することがわかるようにすべきなのだ。減速装置の存在がわからないのに、それを利用するもないものだ。

別に難しいことではない。減速装置を静止軌道にでも置いておけば、数千年の間に軌道がずれることはあるとしても、地上からその存在を目視することはできる。

実際問題としてすでにAFDを実用化している人類が、いまさら減速装置を手に入れても実利的な恩恵は何もない。もっと低い技術水準の社会にこそ、減速装置の再利用が恩恵をもたらすのだ。

メリンダはこの疑問をそのままライアンにぶつけた。彼はそうした質問を受けるとは思っていなかったのか、面食らっていたが、彼なりの説明はできるようだった。

「出雲の減速装置の構造なら、個々の減速モジュールが独立した宇宙船として活用できるのは間違いありません。それはほぼ同じ機構のSSX4のモジュールを見てもわかります。ただ出雲の減速装置は、SSX4と比較して核融合炉の劣化が激しい。再利用可能とはいえ、長期間の運用は期待できない。出雲に到達した播種船のAIが、減速装置を再利用しなかったのは、無理に再資源化するより捨てたほうが手間がかからないと判断したためのようです」

「そんなことが、わかるの？」

「減速装置の航行プログラムに、惑星軌道に移動するためのものが用意されているのですが、運用ログによれば、それは使われていない。減速を終え、播種船から分離され、それでお終いです。だからあのような利用価値の低い軌道を漂っていた。

再利用するつもりのものが再利用されなかったのは、当初の設計以上に酷使されていたためです」

ライアンの口ぶりには、まだ何か情報が隠されている。メリンダはそんな印象を受けた。

「酷使された理由について、まだ調査段階とはいえ、仮説はないの？」

ライアンは少し迷った上で、あくまでも私見と断った上で、メリンダに自身の考えを告げた。

「敷島星系で、播種船は何かのトラブルに見舞われた。それが理由だと私は考えています。

播種船の三つの減速装置の中で、出雲で発見されたものは予備機であり、モジュールを二四個装備した一番大きなものが主減速機、一六個装備した中間が補助減速機であるようです。

出雲の減速機にそうした表記やデータが無いのは、あくまでも予備機だからでしょう。本来の減速は主減速機と補助減速機で行われるはずだった。ＳＳＸ４のデータではそうした役割分担だったことが記されています」

「そこまでコンピュータの解析が進んでいるの？」

「いえ、SSX4の操縦室の壁に減速装置の模式図が描かれていたんです。さすがに消えてましたが、レーザーレーダーでミクロレベルの凹凸を計測したら浮かび上がりました。出雲の予備機の減速モジュールは、エンジンとフレームだけの宇宙船の素材みたいなものです。しかし、SSX4は基本構造は同じですが、宇宙船としての汎用性は高い。監視衛星に転用されたのも、この高い汎用性のためでしょう」

ライアンは先ほどの三基の減速装置のついた円錐形のモデルから、主減速機と補助減速機の映像を消した。

「どういう類《たぐい》のトラブルかはわかりません。敷島文明と関係があるのか、あるいは単純な機械的トラブルかは不明です。

一つ明らかなのは、四八個の減速モジュールのなかで、主、補助減速機が使用不能となり、播種船は予備機だけで、減速を行わねばならなかった。

主、補助減速機は四〇個、予備機は八個。亜光速からの減速作業が終了するのには、多大な時間と相応の移動距離が必要です」

「つまりこう言いたいの？

播種船は敷島星系を通過して、本当なら壱岐星系に針路を変更したが、減速装置の故障に見舞われ、予備機のみで減速を行わざるを得なかった。だから壱岐を通り越してしまい、やっと停止できたのが出雲星系だった、と」

「予備機の減速モジュールが過剰に酷使され、敷島から一番近い壱岐星系ではなく、出雲星系まで移動した理由は、そう考えるなら辻褄が合います」

それでもメリンダは、重要な問題が残っていることを忘れなかった。

「播種船が出雲星系に到達し、予備減速機が捨てられたのはわかった。でも、敷島星系にSSX4が残ったのはなぜ？　どうやって減速したの？」

「それを解析するためのスーパーコンピュータ、破壊者です。ただ、そう難しくないかもしれません。

つまり減速装置が故障したとして、減速用燃料をSSX4一機に大量に投入すれば、この星系内に留めることは可能です。

あるいは、SSX4をこの星系に留めるために減速用燃料を使い果たしたので、予備機しか使えなかったのかもしれません」

「いまひとつ説得力に欠ける話ね」

「だからこそ、破壊者による解析が重要なんですよ！」

＊

EVA（船外作業）は、原則として最低二名以上の複数で行うこととなっている。しかし、原則の多くがそうであるように、例外がある。

妖狐もこのとき、一人でEVAを行っていた。細かい手順が必要なので、大型の作業ポッドが使えず、特殊な作業ポッドを用いていたためだ。二本のロボットアームと手すりがついただけの、ポッドというよりドローンと呼んだほうが合っているような代物だ。

妖狐はその平たいドローンの上に乗っていた。宇宙服にも小型スラスターが装備されており、ドローンのコンピュータがそれも管理して、バランスを維持していた。

そしてそれは、完全に一人の作業というわけではなかった。

「そのまま三〇メートル前進したところにハッチがあるはずです」

宇宙服の無線機から凶狐の声がすると、バイザーの視界の中に、ハッチを示すらしい赤い矢印が浮かんだ。確かにそこには丸いハッチと思《おぼ》しき金属板がある。

「確認した。手動で開けるか確認する」

「こちらもカメラで記録します」

凶狐の声には、心なしか子供が喜んでいるような雰囲気があった。

「変わってないな……」

「何がですか？」

「何でもない、独り言」

そう妖狐は返す。そして凶狐は変わっていないと改めて思う。むろん彼女ももう大人だが、本質的な部分は初めて会ったとき、一二歳の少女の頃と変わらない。ただし、少女の前には天才の二文字がつく。

妖狐が凶狐と会ったのは、周防の治安警察軍狙撃隊の新任小隊長の時だ。地方政府のシステムに侵入した人物を、サイバー部隊総動員で苦心惨憺《さんたん》して割り出し、アジトを急襲したとき、そこにいたのが凶狐だった。彼女だけだった。そう、犯行はただ一人で行われていた。

今思えば、小隊長として尋問能力の試験も兼ねていたのだろう。妖狐は凶狐を取り調べた。育児放棄により図書館に避難し、独学で高等数学を学んでいた子供。

それが大それたシステム破りをしたというより、大人の黒幕がいると判断するのが常識だ。しかし、そんな大人はおらず、犯行は独学で数学をマスターした少女によるものだった。

かくして周防政府は凶狐の英才教育を行い、妖狐とはそれで別れたはずだった。だが、運命の悪戯か、二人は何度となく接触することになる。治安警察軍のサイバー戦演習で防衛側の責任者が妖狐で、攻撃側のリーダーが凶狐などということもあった。

二人でサイバー犯罪のグループを叩き潰したこともあれば、壱岐の統領府からデータを抜いたこともあった。

凶狐はその後、周防政府の命を受けて出雲の士官大学校に入学するが、巡洋艦のシステムを破ろうとして失敗し、放校処分となった。そこは政府筋が動いたらしい。

そして二人は離れていたが、ガィナスとの戦闘が、再び二人を相棒として働かせることとなった。

思えば二〇年ほどの間に色々なことがあった。だが、凶狐の好奇心旺盛な子供の部分は変わっていない。そう妖狐は思うのだ。

ハッチと思われる円盤状の金属の蓋は、直径で一メートルほどあった。宇宙服を着た人間がやっと一人出入りできる程度の大きさか。妖狐はドローンから離れて、蓋の取っ手を掴み、身体を固定する。

そうしてSSX4の本体である減速モジュール全体を眺めると、三〇メートルほど離れた位置に、直径三メートルほどの円が見えた。円形の開口部を蓋しているように見える。それが一〇メートルの間隔でさらに三つ並んでいる。

ドローンはそうした船体の表面をレーザーレーダーで精査する。その結果は妖狐にはわからない。凶狐がデータ処理を行う必要がある。

「かなり傷んでますね」

肉眼ではあまりわからなかったが、レーザーレーダーの計測によると、SSX4の船体表面は、微細な衝突痕で覆われていた。満遍なく星間物質と衝突したため、ヤスリを掛けたのと同じように船体が磨かれて見えた。

ただ出雲で発見された減速モジュールでは、こうした摩耗は報告されていない。　航路の問題なのか、それはわからない。

「あの丸いのは何かわかる？」

「位置的に機関部のすぐ近くです。何かのモジュールをあそこに追加するための取り付け場所ではないでしょうか。梁を伸ばして宇宙ステーションにするとか」

凶狐がそう分析した。なるほど妥当な解釈だ。

「だったら、中に入れば正体もわかりそうね」

減速モジュールは出雲で発見されたものとほぼ同じだったが、全長は二七〇メートルほどと、やや大きい。いま開こうとしているようなハッチも出雲のモジュールにはなかった。

宇宙船とハッチの間には、一ミリほどの隙間があった。本来ならシール材が挟まっていたものが、風化して無くなったのだろう。隙間があるほうが、ハッチと本体が固着しないので好都合だ。

本体側には埋め込み式のクランクがあり、それを引き出す。足場を固定するためらしいフックがでているので、身体が回転しないようにそれに足をかけ、クランクを回す。するとハッチは少し浮いて、徐々に移動し、円形の開口部を見せた。

作業ポッドもかねるドローンが妖狐よりも先に入る。安全のためというより、凶狐の好奇心のためか。

妖狐が入ろうとすると、凶狐が止める。

「いま、レーザーレーダーで計測するから、少し待って」

すぐに内部の情景は宇宙服のバイザーで確認できるようになった。通路があるのは予想できていたが、出雲の減速モジュールにあったような、ありきたりの通路を妖狐は予想していた。

しかし、そこにあったのは、むき出しの構造部材で組み上げられた細長い空間であった。

妖狐は治安警察軍で類似の光景を見たことがある。

人間が行き来する地下通路ではなく、ガス管や電線などを通すための導坑だ。考えてみれば、核融合炉近くの放射線量も馬鹿にならないこんな場所に、人間用の通路は作らないだろう。

ともかく壁と呼べるものはなく、梯子のような梁が組み合わされている。開口部が並ぶばかりだが、機械の搬入や電線の引き回しには便利だろう。

細長い空間は、メンテナンスを行うためのものらしい。直線状の構造部材で作られた通路の両脇には、絶縁材で壁面に触れないように施工された電線のようなものがあった。左側の電線は太く、右側の電線はそれよりやや細い。

それらが本線とすると、三〇メートルほど進んだところから、ほぼ一〇メートルの間隔で本線から支線が走っていた。

「位置的に、船外のレーダーと通信モジュールに電力を供給する主電源のようです」

妖狐のいる位置から三〇メートルほど前方の船体に円形の開口部があり、そこに巨大アンテナを展開する探査システムが挿さるようにつながっている。支線はそこに電力を供給するためのものらしい。

つまり円形開口部の下に、主電源の支線が走っている構造だ。

船外から見えた円形の開口部は、こうしたモジュールを接続するために用意されていたものなのだろう。こうした汎用性は出雲で発見された減速装置にはなかった。

ドローンのレーザーレーダーによる計測で、通路の構造はかなり克明にわかってきた。

そしていまは消えているが、壁面や梁には色々な記号や文字が描かれていた痕跡があった。

妖狐は宇宙船の専門家ではなかったが、治安警察軍時代に対テロ任務の一環として、都市部のインフラ設備の基礎教育を受けていた。インフラの知識がなければ、何を守るべきか、相手が何を標的とするかの予測も立たないからだ。

そうした視点で見ると、このＳＳＸ４の機関部から派生する動力線には二系統あるようだ。比較的電力消費の少ない系統と、電力消費が激しい系統である。

船体の円形開口部は、どうやら円柱形のモジュールがそのまま嵌《は》め込める構造であるようだ。そこで二系統の電線から電力の供給を受けられる。

ただ想定している装置はよほど複雑なのか、冷却機構と思われる装置群とも接続される構造らしい。電力を大量消費すれば熱になる。単純な理屈だ。

播種船に敷島の観測データを送るために、外部から接続されたモジュールも、この大電力用の動力線の系統に繋がっていた。恒星間の距離を考えれば、当然のことだろう。

「変ですね」

凶狐が言う。

「何が？」

「大電力用の動力線です。一つは探査装置で塞がってますけど、まだ三つありますよね。何に使うんでしょう？」

そんなものどうでもいいと妖狐は思う。結局はソケットに過ぎないのだから、余分に用意しても問題はないだろう。しかし、凶狐にはそうではないらしい。

そしていままでの経験からして、技術的な直感は、凶狐のほうが自分より確かなことを妖狐は知っている。

「文字が書いてあったわよね」

妖狐は、レーザーレーダーが読み取った文字を視界の中に浮かび上がらせた。播種船の地球人の言語は、単語レベルで今日《こんにち》とほぼ変わらないものも多いという。

じっさい妖狐は、表示された単語を読むことができた。だから順番に読み上げる。

「誘導放出による電磁波を増幅して共振させる装置用の電源供給路……言葉としてはこな

れてないけど、そういう機械のための場所ね」

怪訝《けげん》そうに文字を解読する妖狐に、凶狐は言う。

「妖狐さん、それって、レーザー光線砲の意味です」

「レーザー光線砲……SSX4ってレーザー光線砲も搭載できるの？」

「少なくとも、その能力はあります。つまり播種船の減速モジュールはどれも戦闘艦に改造できるんです」

＊

「判断を仰ぎたいというのね？」

SSX4の調査に向かっていたライアン陣が、凶狐とともに極秘で執務室を訪ねてきたことに、バーキン司令官は既視感があった。コン・シュア上級主任から、SSX4は播種船の減速装置の一部だと報告を受けた時も、こんな感じだった。

もっともバーキンはこうしたことが繰り返されることは予想し、覚悟もしていた。敷島に想像もつかない生物や文明が存在しても、異星であれば不思議ではない。だが、その敷島に、人類の宇宙船が一隻といえども残されていることは大問題だ。

そもそもここにSSX4が存在すること自体がありえない。にもかかわらず存在することは、否応なく人類の歴史を見直すことにつながる。じじつライアンの持ち込んだ報告はそうした類のものであるようだ。それは彼の憔悴《しょうすい》した表情でわかった。

「危機管理委員会に報告する前に、調査をどうすべきか判断を仰ぎたいので」

「重要な新発見があった？」

ライアンは頷く。

「人類コンソーシアムの歴史そのものにかかわります」

大げさなと思ったバーキンだが、ライアンは真剣だ。

「歴史を通して、なぜ我々はかくも異星人侵略の可能性に病的なまでに怯えていたのか。その理由は、今回の調査でほぼ明らかになったと思われます」

「歴史の転換点に立ち会えというわけね」

「はい、機動要塞の司令官はあなたですから」


バーキン司令官は、役職は司令官のままだが、壱岐壊滅後の危機管理委員会により、階級は主計中将に昇進していた。内示はすでにあったので驚きはしなかったが、当初の予定より前倒しされていた。

バーキンは壱岐壊滅という状況では、昇進は遅れるものと思っていたが、危機管理委員会の判断は逆だった。ただ、それが意味するところは素直に喜べない部分もある。中将と言えば艦隊司令長官の階級だが、機動要塞の指揮官は司令官と決められていた。

危機管理委員会としては敷島星系に独立した艦隊を置くことが、後方の負担増大を招くことを嫌ったためだ。

だからバーキンの昇進は特例である。ただ、権限と言っても敷島星系には機動要塞しか施設はなく、昇進で目に見えて権限が拡大されるわけではない。

一方で、求められる責任となれば、中将相応に重くなる。そう、階級とは責任の重さと同義だ。

すでに惑星敷島に投入したドローンからは、ゴートの生態について、人類側の戦略の根幹を揺るがしかねない事実が明らかになっている。この情報に対して、何をどう手配するか、すべてはバーキンの権限と責任でなされる。

その衝撃の記憶も生々しいときに、こんどは播種船についての新情報だという。ライアンが直接、危機管理委員会に報告せずにバーキンにまず判断を仰いだのは、中将という階級の為せる業だ。

敷島の直接探査をドローンに任せ、調査対象を衛星美和のゴートとSSX４に絞ったことは自分でも正しい判断と思っている。それは危機管理委員会にも評価されているらしい。

だが、そのためにバーキン司令官の判断を、現場の調査チームがより重視することになる。もっとも壱岐壊滅で臨時政府や危機管理委員会も可能な限り、内政に専念したい局面であり、機動要塞への負担の転換は避けられない。それはバーキンもわかっていた。

「まず播種船の大きさや形状は今回の調査でもはっきりしません。ただ、全長で四、五キロあったという太古からの伝承とは矛盾しません」

ライアンは、判明している播種船の船首部分の映像を浮かべる。三基の減速装置がついた円錐だ。

「わかっているのは船首部がこうした円錐形で、主、補助、予備のリング状に、減速モジュールが三基装備されていた。

出雲の減速装置のログに、僅かではありますが、敷島星系での不自然な加減速が記録されていました。

当初、これは敷島星系を避けるための進路変更に伴うものと解釈されていました。より正確に解析したところ、軌道の微調整を行っているときに重量物を捨てたことで、播種船が軽くなり、その分だけ加速度が出たのだとわかりました。このような加速は二度記録されています」

巨大な宇宙船の加速度に影響するほどの物体を捨てた。無駄のない設計の播種船に捨ててよい重量物などない。考えられるのは減速装置だけだろう。バーキンはその考えが示す結論に恐怖した。

「惑星敷島に衝突し、その文明に大打撃を与えたものって……まさか」

「おわかりいただけたようですね、司令官。そうです。敷島文明を攻撃し、それに大打撃を与えたもの。我々はそれを小惑星と考えていた。しかし、それは播種船から分離された補助減速機だった。

宇宙船の一部とはいえ、それは相応の質量を持ち、しかも亜光速で飛行していた。その運動エネルギーは万単位の核兵器に匹敵するでしょう」

「なぜそれがわかるの？」

そう、どうしてそう言い切れるのか、物証が必要だ。

「まず、ＳＳＸ４は主減速機の一部でした。四八番目の減速モジュールでしたから。ならば消去法で補助減速機が衝突したことになります」

「いや、そうじゃなくて、どうして減速装置が惑星に衝突したと言えるのか？　それ以前に、どうして減速装置を衝突させる必要があるの？」

ライアンは頷く。それがもっとも重要な問題であることを彼も理解しているようだ。

「ＳＳＸ４が付属していた主減速機は、出雲で発見された予備減速機よりも、軌道変更に関するログは詳細でした。

それによれば、播種船はある段階から、惑星敷島に対する衝突軌道に乗っていた。

そして播種船は軌道の微調整を行い、補助減速機が分離された。補助減速機のログはＳＳＸ４には残っておりませんでしたが、敷島に衝突する軌道に乗っている段階で分離された以上、衝突したのは間違いないでしょう」

バーキンはライアンに話の続きを促す。

「重要なのは、主減速機と補助減速機の分離は、播種船のAIが持つ行動プログラムの一つであったということです。ある条件が成立したら、そのプログラムが発動する。AIは周辺状況に合わせて、そのプログラムの実現のための調整を行った。つまり地球を出発した時点で組み込まれたプログラムがあり、AIはそれを忠実に実行した」

「どんなプログラムなの？」

バーキンはライアンからの返答を聞くのが怖かった。

「具体的なプログラムの内容はわかりません。それは播種船のAIに記録されていましたから。SSX4のログでわかるのは、そのプログラムの名称です。

播種船を建造した地球人は、重要なプログラムには単純な記号ではなく、名前を与えていました。SSX4のログによれば、播種船のAIが減速装置を分離したのは、『植民地建設に脅威となり得る文明排除プログラム』を最優先で実行したためです」

「植民地建設に脅威となり得る文明排除……」

具体的なプログラム内容がわからないとしても、その名前だけで十分だ。播種船のAIは敷島星系に高度な技術文明が存在することを認識した。そして人類の植民惑星が文明を築いたとき、それが将来的に脅威となり得ると判断した。

だから敷島文明を滅ぼし、後顧《こうこ》の憂《うれ》いを無くして、出雲星系に植民地を建設した。

バーキンがプログラムの意味するところを理解したとわかると、ライアンは続けた。

「私見ですが、播種船のAIを設計した人間たちが、ことさらに好戦的であるとか、異星人嫌悪を持っていたとは思いません。そうではなくて純粋に播種船計画を成功させたかっただけのはずです。

ただ数千年はかかるかもしれない航行で、船の運命はAIに託すしかない。播種船のAIは、おそらく我々のAIよりも能力で劣るでしょう。

ならばこそ考えうるあらゆる問題について、人間の手を借りずにAIが自力で問題解決を行えるように、膨大なプログラムが用意されていたはずです」

「でも、それは異星人文明を問答無用で攻撃する内容だった」

「おっしゃる通りです。しかし、これは恐るべき偶然が生んだ悲劇だと思います。現在の我々も数千年も異星人探査を行いながら、ただの一つもそうした文明を発見できていません。

おそらく地球人もそうだったのでしょう。播種船が高い確率で地球外文明と接触すると彼らが考えていたならば、播種船計画は全く違った形になっていたでしょう。

播種船計画そのものが、地球外文明との接触の可能性は、ほぼあり得ないという前提で組まれていた。敷島文明のような存在を発見するなど、宝くじに当たるより低い確率だと。

だからこそ、地球外文明と接触したら攻撃して排除してしまえというプログラムが組めた。そんなことなどあり得ないから」

「だとしても、攻撃というオプションしかプログラムしないとは信じられないわ」

「司令官、重要な点をお忘れです。問題のプログラムが発動するのは、植民予定である星系の近隣星系に文明が存在した場合です。プログラムの名称から判断してそうなります。

敷島星系から壱岐星系は一八光年、出雲星系までは三六光年離れています。

もしも壱岐星系が存在していなければ、播種船は敷島星系を避けて、何もせずに出雲星系に向かったかもしれません。地球外文明が十分に遠ければ、脅威にはならないわけです」

「複数の植民可能な星系が隣接しているという条件と、その星系の少なくとも一つに高度な技術文明が存在するという条件の二つが成立した時、ＡＩは攻撃プログラムを実行した……」

「二つの極めて稀な条件です。播種船計画を成功させるために万全を期したＡＩの設定と、地球外文明という稀な存在が、植民に適した複数の星系の一つにあった。

これらの条件の一つでも欠けていたら、敷島文明が滅ぶこともなく、またガイナスが壱岐星系を侵攻することも起きなかった」

バーキンは軍人となって初めて、心の底から途方にくれた。人類とガイナスとの紛争、その前の敷島文明の崩壊。それはすべて播種船が引き起こしたものであるにもかかわらず、そこには敷島文明に対する明確な悪意はなかった。地球人は敷島文明の存在さえ知らなかったのだ。

一言で言うならば、運が悪かった。他に表現のしようがない。しかし、まともな人間なら、これを運が悪かったで納得できるはずもなかった。だが、ならばどうすればいいのか、それもわからない。だとしても、バーキンはここで決断をすべき立場にいる。

「概要はわかりました。あとは細目を説明して。

まず補助減速機が惑星敷島を直撃し、その文明に大打撃を与えたとして、SSX4が含まれていた主減速機はどうなったの？」

惑星敷島には、巨大な衝突痕は一つだけだった。しかし、ライアンによれば減速装置は二基とも分離されている。

「それについては私から説明します」

凶狐がはじめて口を開いた。そしてバーキンの視界の中に、敷島星系との連星系である伊王《いおう》の軌道図が現れる。

「伊王は比較的高速で敷島星系周辺を通過している連星系で、重力カタパルトとして活用することができます。それはノイエ・プラネットの軌道変更でも確認済みと思います。

現在、伊王は敷島星系から一光年ほど離れた位置におりますが、七〇〇〇年ほど前は、

○・五光年ほどまで接近していました」
敷島星系のモデルでは惑星も周回していたが、凶狐によればこの惑星配置は便宜的なものという。ただ重要なのは、播種船から見た惑星敷島の位置であるという。

それぞれの減速装置は、播種船から異なるタイミングで分離されたため、だんだんと互いの軌道が乖離していった。

補助減速機は惑星敷島を直撃し、主減速機はそこから離れた軌道を進み、若干の軌道修正の後で伊王に向かい、減速と方向転換を行って再び敷島星系に向かった。

おおよそ五〇年で敷島星系に戻った主減速機は、ここで分離し、二四基の減速モジュール群になった。モジュール群は独立した宇宙船としてそのまま航行を続けたが、モジュールをつないでいた構造部材はそれぞれが運動エネルギー兵器として、すべて惑星敷島を再度直撃した。

敷島文明は減速装置の衝突で大打撃を受け、その後の文明復興の過程で再び播種船の攻撃を受けた。惑星全体に展開する小さなクレーターは、減速装置の部材が直撃したものだったのだ。

ライアンがどう説明しようと、バーキンにはこの執拗な攻撃は、やはり悪意の発露としか思えなかった。

「状況からの推測ですが、亜光速で移動していた播種船が敷島星系の文明を発見し、対応を決定するまでに使える時間は長くても二四時間と思われます。　冬眠中の多数の人間を覚醒させ、意思決定を行わせる時間的余裕はありません。

このため『植民地建設に脅威となり得る文明排除プログラム』が起動しました。もしも冬眠中の人間を覚醒させる時間的余裕があったなら、歴史は違った展開を見たかもしれません。

敷島星系は最初の攻撃から五〇年後に二度目の攻撃を受けましたが、この時の攻撃も探知不能なレベルの高速をなお維持していた。ですから、敷島文明はこの攻撃を阻止することは不可能だった。おそらく自分たちを見舞った災厄について、何が起きたのかわからなかったでしょう」

一度、敷島星系に戻り、二四隻の宇宙船となった減速モジュールは、留まることなく、最大のガス惑星桜花《おうか》によるスイングバイで減速と進路変更を行い、再び伊王に向かった。

二四隻の宇宙船は、そこで再度の減速をおこない、二度目の攻撃よりおよそ一〇〇年後に再び敷島星系に戻ってきた。

「二度目の攻撃から三度目の来訪までに一〇〇年以上が経過しています。

そしてこの一〇〇年の間に、敷島文明はスキタイをつくり、惑星環境の再生を計画したが失敗し、残された資源で宇宙インフラに活路を見出そうとした。

重要なのは、敷島文明の担い手であったゴートは、自分たちの災厄が宇宙からの攻撃であるのを知らなかったこと。敷島星系のガイナス艦が非武装の汎用宇宙船として作られていたことからも、これはわかります」

「そして三回目の来訪があった……」

バーキンがそこにまたも播種船側の悪意を感じた。むろんすべてはAIのプログラムによるものであるから、三度にわたる攻撃であってもそれは単なる合理主義でしかなく、悪意と感じるのは彼女が人間であるためかもしれない。

ともかく、減速装置を用いた敷島文明への攻撃は一度では終わらずに、文明が復興しかけた頃に再攻撃を加え、徹底した消耗を強いるものだった。しかも、三度にわたる攻撃は、ゴートにとってはまったく予想もしていない形で行われたのだ。

「主減速機のモジュールには、レーザー光線砲などの武装を施す能力が備わっていました。実地調査では、恒星間通信を行うためにすべての電力が通信装置に投入され、SSX4は非武装でした。ただレーザー光線砲の砲座跡と思しき場所には、機械を撤去した痕跡が認められます。

どうやら播種船の減速モジュールは、戦闘の可能性も考え、最初から武装が施されたようです。

第三回の来訪で、減速モジュールの艦隊は星系内に宇宙インフラを認めた。宇宙に居住するゴートたちに、それが察知できたのかどうかはわかりません。

状況から察すれば、難しかったでしょう。ゴートの宇宙インフラは、この第三波の奇襲攻撃で完膚なきまでに破壊された」

「一つも残らなかったの？」

とはいえ、バーキンもその答えは知っている。敷島星系にめぼしい宇宙インフラはないに等しい。

「不幸なことに、ゴートは幼年期を海洋生物として過ごします。スキタイが陸上を支配しても、海洋生態系さえ無事ならゴートは生息できますが、宇宙インフラは惑星敷島から離れるには限界がある。

ですから比較的狭い領域に集中しており、攻撃する側には好都合だったはずです」

第三波の宇宙船は、それでも敷島星系に留まるには高速すぎ、再び敷島星系を飛び去った。

「SSX4のログはあくまでも加減速に関する記録であり、航法装置のログは完全ではありません。目的地を再設定するごとに上書きされるようなので。

ただここで再現した航路図は、ログのデータともっとも整合性の高いものです。

一つの問題は絶対時間が不明なことです。このため、惑星桜花の軌道上で発見された恒星間宇宙船であるSSX1が建造されたのが、来訪三回目の前なのか、後なのかがはっきりしません。

これは、ガイナスが敷島から壱岐に移動した時期と動機にも関わります」

凶狐の指摘は重要だった。

SSX1の恒星間宇宙船出発前の先遣隊としてガイナス船団は出動したが、そこで本隊が襲撃され、壊滅した。先遣隊のガイナス船団は本隊と合流できないまま恒星間を渡ることを余儀なくされた。これが一つのシナリオだ。

だが、SSX1をはじめとする宇宙インフラをすべて破壊されたために、ただただ災厄から逃れるための船団が、準備不足のまま恒星間を渡ったというシナリオも考えられた。

しかし、それ以上に重要なのは、敷島文明は人類の播種船により破壊されたことだ。しかも文明が復興しかけたタイミングで奇襲を受けて、文明の芽を踏み潰されてきたのだ。

「ここまでの解析は、あくまでもSSX4のデータのみで行われています。ですから二四隻の宇宙船がどれだけ健在か、敷島文明から反撃は受けたのか、それはわかりません。ただ三回の攻撃でも敷島文明を根絶できなかったと、宇宙船のAIは判断したのでしょう。だからこそSSX4は敷島星系に留まり、播種船に星系内の文明の動きを報告し続けた」

「どうやってSSX4だけが留まることができたの？　他の宇宙船はどうなったの？」

バーキンの質問に凶狐は、敷島星系の図に複雑怪奇な曲線群を描き出す。

「第三回の攻撃を終えた時点でも、減速モジュールの戦闘部隊は敷島星系に留まるには高速すぎました。なので、それらは再び伊王に向かった。

しかし、SSX4だけは、およそ考えられる限りの複雑怪奇な軌道運動を行い、スイングバイを駆使して減速を繰り返し、一〇〇年以上かけて星系内に留まることに成功しました。時にはガス惑星の大気制動も利用したようです。

SSX4の船体表面が、微細な傷で満身創痍なのは、それが理由でしょう。

なぜSSX4だけが残されたのか？ それは、モジュール艦隊が伊王による減速を行い敷島星系に戻るとなると、数千年かかってしまうからです。伊王自体が高速で移動しているためと、敷島星系の外縁部を周回して軌道調整をした関係で、帰還時間が急激に伸びてゆくわけです。

播種船にとっては、数千年にわたって敷島星系の監視ができなくなるのはまずい。監視装置であるSSX4だけは、複雑怪奇な軌道を選択するとしても星系内に留まってもらう必要があったのです」

「だとすると、減速モジュールの艦隊はいまも？」

「はい、いまから一二〇年後に、四回目の接近を果たし、やっと星系内に留まれます」

バーキンは、その報告になんとも言えぬ疲労感を覚えた。一つの文明と種族の歴史を徹底的に破壊したことを何も知らないままに、自分たちの歴史は成り立っている。

それだけではなく数千年前のプログラムに従った減速モジュールが、いまも健在で与えられた任務を果たそうとしている。あたかも亡霊のように。

「我々の文明が、誕生した瞬間から異星人の攻撃を恐れ、それに対抗するために社会を構築してきた。黎明期人類の狂信的とも言えるその情動の理由は、今日では謎とされてきました。

しかし、いまの仮説が正しければ、すべてに説明がつきます。いまとなっては我々の祖先が、どの時点でAIの行動を知らされたのかはわかりません。ともかく彼らは、自分たちが一つの文明に壊滅的な打撃を与えたことを知った。

しかも、その文明は完全には滅んでおらず、復興しようとしている。彼らが復讐のために人類文明を滅ぼそうとするかもしれない。だからこそ、彼らは異星人の攻撃を前提に文明を構築しなければならなかった」

そしてバーキンは決断した。

「すべてのデータを危機管理委員会に提出します。あなたたちもそのために壱岐に戻ってください」

バーキンにはそこまでしか言えなかった。そこから先のことは、自分でもわからない。いや、わかる人間などいるのか？

知らないとはいえ、自分たちの文明は敷島文明崩壊の上に建設された。ガイナスの攻撃が始まったのも、根本はそこが出発点だ。

我々は倫理的に、ゴートやガイナスに対して、どう向き合うのが正しいのか?

「この倫理問題は、敷島文明が我々に突きつけた最大の復讐かもしれない」

武力と物量だけを考えていればよかった、あの幸せな時代はもう戻ってこない。バーキンはそう思った。

## 5　第二四電子戦戦隊

「電波通信は相変わらず低調ですが、超長波通信は行われています」

グレアム・チャップマン少将は、巡洋艦アゾバのエリック広川《ひろかわ》艦長から報告を受けた。

艦長は部下とともに発令所にいたが、チャップマンは司令官室に一人だった。本来いるはずの先任参謀はいまはいない。

第二四戦隊は部隊表記は通常の戦隊と変わらないが、任務内容は違っていた。彼らは電子戦専門部隊なのである。

通常、巡洋艦内の意思疎通は仮想空間で行われるが、通信情報収集に従事する第二四戦隊の軍艦は、余計な電磁ノイズを放射しないことに神経質であった。だから電磁情報の最大の発生源であるコンピュータに無駄な負荷をかけないために、仮想空間も止めていた。

ただ、アゾバ艦内の各部署は、分散配置で被害を限局化する設定なので、ブリッジに幹部が集まって声を掛け合うようにはなっていない。このため艦長と司令官も旧式のTV電話で会話していた。

軍艦の改造は原則認めないコンソーシアム艦隊だが、各星系に最低一つはある電子戦部隊に関しては、外装モジュールの追加による機能向上は認めていた。

ガイナスとの戦闘以降、追加モジュールは電子戦のための兵装だけでなく、レーザー砲や対艦ミサイルの類《たぐい》の兵装モジュールも含まれていた。

艦隊戦になったら味方を見捨てても、情報だけは持ち帰れというのが彼らの任務であり、同時に、味方の支援が期待できないのが彼らであった。兵装モジュール追加による重武装化とはそういうことだ。

じっさい第二四戦隊には、九隻の巡洋艦、駆逐艦が含まれているが、通常任務では単独行動が当たり前だった。

今回の任務も、久々に戦隊の九隻すべてが一つの戦域に集まってはいるが、互いの距離は果てしなく遠い。

「超長波通信か……誰を警戒しているのだ？」

チャップマンは、狭い画面の広川艦長にそう問いかける。

「誰をというより、自分たち以外はみんな敵ってことじゃないですかね」

広川艦長は、戯《おど》けてみせようとするが、成功していない。チャップマンもそんな艦長に軍人らしくしろとも言わない。彼は彼で苦悩しているのだ。

――周囲はみんな敵か……そうかもしれんな。

チャップマン司令官は言葉にせずに、こう思う。我々には味方はいるのか、と。

「それと、ごく小規模な戦闘が行われたような反応が認められます。部隊規模というよりも、一隻、二隻という単位での戦闘と思われます。第二拠点の狭い領域ですが、複数回、観測されています」

第二四戦隊が総出で情報収集にあたっている理由は、第二拠点でガイナス同士が戦闘状態にあると思われるためだった。

通信電波や電磁ノイズの傍受から、第二拠点は狭い領域に二つあることがわかってきた。一つはGA70というタングステンが豊富な小惑星、もう一つはGA65という、チタンと銅が豊富な小惑星だった。これらの小惑星は本来は一つの微惑星であったが、過去に起きた別の微惑星との衝突で砕け散った破片と考えられていた。

またGA70は一つの小惑星と考えられていたが、GA65については場所によって組成が違いすぎ、もともと異なる小惑星が重力で引かれあい、一つになったと考えられていた。

降下猟兵旅団の重巡洋艦スカイドラゴンが、第二拠点の最有力候補としていたのはGA70であったが、GA65も候補には上がっていた。

ただ、両者は比較的近い軌道上にあり、GA70の監視は必然的に、GA65を監視することでもあった。ガイナス拠点が複数の小惑星をワイヤーで結んでいたことを考えれば、近距離の小惑星は第二拠点の一部と漠然と考えられていた。

だが、観測していてわかったのは、二つの小惑星は近い領域に存在していても、かつてのガイナス拠点のように一つの構造物ではないこと。そして、どうやらそれぞれを拠点として、二派が対立しているらしいことだった。

「それはどういうことなんだ？　ガイナスが分裂しているということは、壱岐を攻撃したのもガイナスの総意ではなく、どちらかの陣営の勝手な行動だとでも言うのか？」

チャップマンの指摘は、広川艦長にはなかった視点だったのだろう。しかし、彼の返答はいつも決まっていた。

「何にせよ、敵はガイナスです。それに違いはない」

第二四戦隊の士気は下がっていた。戦隊司令官のグレアム・チャップマン少将自身、軍人としての義務感で自分を持たせているありさまだ。先任参謀は軍医に鎮静剤を処方され、自室に籠もっている。本来なら後送するところだが、今の自分らには部署を離れることは許されない。

それはある意味で避けられない話だった。この第二四戦隊は、壱岐方面艦隊所属の部隊ではあったが、星系防衛軍所属の巡洋艦、駆逐艦で編成していた。現在その部隊が方面艦隊に編組《へんそ》されていたのだ。このため乗員のほぼ全員が、壱岐の出身だ。

そして幹部の多くが首都圏に住んでおり、家族もいる。だから壱岐壊滅という報告は、そのまま家族の訃報を耳にするのと同じであった。

チャップマンは妻子がカランザ在住なので、そちらは無事だったが、自分と妻の両親は壱岐とともにその人生を終えた。

先任参謀は妻子や親兄弟すべての家族を一瞬で失い、天涯孤独の身となった。

対照的にエリック広川艦長は、家族も親戚もカランザとバクシャーに住んでおり、首都壊滅でも失った家族はいない。しかし、多くの乗員が大なり小なり喪失感を抱える中で、艦長の家族が無事という事実は、艦内の一体感には大きな逆風だ。

それでも乗員たちは任務に没頭することで、何とか精神の均衡を保っていた。

チャップマン司令官も一度は部隊の交代を考えた。しかし、意味がないことにすぐに気がついた。星系防衛軍には第三戦隊という電子戦専門部隊があるが、首都壊滅で肉親を失った点では彼らも同様だ。部隊を交代させても問題は何も変わらない。

「司令官、発令所にいらっしゃいませんか？　そちらでは情報が遠いと思うのですが」

「発令所か……そんなに私はやつれて見えるかな」

「指揮官の顔ではありります」

どうやら広川艦長から見ても、自分は憔悴《しょうすい》しきっているのだろう。先任参謀は引き籠もってしまい、執務室には自分しかいない。それを彼は心配しているのだ。

「なるほど、それは軍人冥利に尽きるな」

チャップマン司令官は、執務室から発令所に移動した。

第二四戦隊を構成する九隻の軍艦は、禍露棲から六九天文単位近く離れた領域に散らばり、ガイナスの第二拠点の動静を窺っていた。それを行うのは、星系防衛軍の部隊が良いだろうという判断だ。

特にこの第二四戦隊は、電波信号の傍受などについて各艦艇に増設モジュールを装備するなど、電波情報傍受部隊として運用されていた。もっともそれはガイナスとの戦闘が始まる前からのことだ。

この高度な電子情報収集システムは、遭難した宇宙船の早期発見を意図したものだ。遭難宇宙船の電波を傍受し、位置を特定したら、すぐにAFDで現場に赴き、救助にあたる。だから警備艦ではなく軍艦に搭載されている。

また星系外縁の演習では、臨時の通信中継局としても活用されていた。いずれにせよ異星人との戦闘では確実な通信の確保が重要であり、そのため専用部隊が用意されていたのである。

そうした部隊であるから、ガイナスの第二拠点の動静を探るために投入されるのは当然のことだった。

総攻撃を準備している中で、相手の動きを監視、分析するのは当たり前のことだが、今回は特に情報収集が求められた。

シャロン紫檀を指揮官とする部隊がガイナスの第二拠点をほぼ絞り込んだとき、そこで彼女らが目にしたのは、瑞穂星系に向かう恒星間宇宙船を攻撃するガイナス巡洋艦の大部隊だった。

その恒星間宇宙船は、ガイナス拠点に存在していた五賢帝を簡略化した集合知性を維持していた。それらは人類に救援を求めてきた。

問題は、集合知性のマルクスが「自分たちは人間である」と主張し、「ゴートに攻撃されている」と述べたことだった。

シャロン旅団長は、ゴートの細胞を手に入れた第二拠点の獣知性が、そこからゴートを再現し、人間の細胞から作り出したガイナス兵は不要として、粛清が行われていると解釈した。

シャロンが記録した恒星間宇宙船とガイナス巡洋艦との戦闘は、そうした解釈に確かに説得力をもたせていた。

だが、危機管理委員会の科学者グループの幹部であるキャラハン山田らからは、異論も出ていた。

つまり獣知性やそれを母体とする集合知性はゴートであれガイナス兵であれ、知性体集団の上で誕生するメタな知性体であり、種族とか血統というようなレベルの具象的な話は理解できないというのだ。

すでに獣知性自体が、ガイナス兵の集団からガイナスニューロンの集合体に主軸が移っており、種の違いで粛清が起こるなら、ガイナスニューロン誕生の時点で起きていたはずというものだ。

さらに獣知性が仮に純血主義的な価値観を抱くとして、現在のガイナスが人間のクローンの量産で維持されているのは間違いなく、それなのにゴート細胞を純血と考えるだろうか？　というわけだ。

恒星間宇宙船での戦闘は内紛であるのは間違いないとして、それが純血主義によるものとする根拠は、集合知性マルクスの「ゴートに攻撃されている」という情報だけである。

集合知性は嘘をつけないと分析したのは、他ならぬキャラハンのチームだが、集合知性の言葉を額面通りに受け取れないことも彼は指摘する。

「我々はゴートと聞くと敷島星系の知性体と考えるが、マルクスにとってもゴートがそれを意味するかはわからない」

さらにキャラハンは、純血主義による粛清説にはもう一つ否定材料を指摘した。

「輸送艦キーロフを襲撃してゴート細胞を奪ったのは、ガイナス兵であり、それを決定した獣知性である。だとすると、彼らは自分たちが粛清されることを理解した上で、ゴート細胞を奪ったことになる」

こうした事実関係から、純血主義による粛清説は根拠が薄弱とキャラハンは主張した。

ただ彼も、シャロンの仮説を全否定はしなかった。なぜならガイナス兵が武力を行使してゴート細胞を奪ったのも、また事実であるからだ。つまり問題の本質は、ゴート細胞の強奪という行為の意思決定は誰が行なったのか？　になる。これはガイナスについて、いまだ解決されていない問題とも重なる。

曰く、誰がガイナス兵を作り出したのか？　ＡＩではできない様々な意思決定を行う存在がなければ、ガイナス兵も、ガイナス拠点も存在しない。

壱岐星系に到達したガイナス船団で、最初に意思決定を行った者。それはどんな存在かがわかっていない。あるいはその「最初の知性体Ｘ」が純血主義を持っているなら、粛清説も起こり得る。

ただ「最初の知性体Ｘ」説にも問題はある。それが成体のゴートだとして、どうして自分たちのクローンを量産しないのか？　人間をクローン化して改変するより、ずっと技術的ハードルは低いはずだ。

結局、シャロン旅団長の報告は、事実関係の記録としては正確であっただけに、謎を深化させる結果に終わっていた。

だからこそ、ここは情報収集に傾注することになったのだ。そのための第二四戦隊の投入だったのだが、壱岐壊滅という事実は、部隊のパフォーマンスを最低にまで下げていた。

「敵を全滅させるとして、急所はどこにあるか、それを明らかにすることこそ、我々に期待されている任務です！」

発令所に入ったチャップマン司令官が目にしたのは、艦内モニターに映る船務長のコニー田中《たなか》の姿だった。仮想空間を使わないため、発令所には各部門の映像がモニターに表示されている。発令所入口の正面にあるのが船務科のモニターだった。

「艦長……」

「コニーはできる奴ですよ。逆境にも挫《くじ》けないガッツがある。船務長がこの状況でやる気を出してくれたなら、司令官、大丈夫です、我々は負けません」

広川の説明に、チャップマンは首都壊滅という事実に対して、自分のように打ちひしがれる人間だけではないことを知る。コニーのように、復讐を考える人間もいるのだ。

もちろん彼女とて、辛い現実に傷ついているのは自分と同様だろう。ただそこから先が違う。そう、彼女には現実と向き合い、為すべきことを決める強さがある。しかし、それでもなお自分たちがプロの軍人である以上、感情に流されるわけにはいかないのだ。

だが、チャップマンも頭ではわかっているものの、復讐を誓うことで、艦内の士気が高まりつつあるのも認めざるを得ない。コニー船務長の動きは危険かもしれない。それでもなお自室で引きこもる先任参謀よりは、ずっとましだ。少なくとも彼女は己の本分を尽くそうとしている。

もっとも、現実に巡洋艦アゾバにできることは限られている。艦の火力を総動員してもガイナスの第二拠点は壊滅できないだろうし、それは戦隊の火力を集めても同じだ。だから復讐を誓っても、自分らができることには違いはないのだ。チャップマンはそう思っていた。

ただ、コニーたちの動きから、チャップマンは別の可能性に気がついた。星系防衛軍で復讐を誓った軍人は少なくないはずということだ。

そして、臨時政府の首班も危機管理委員会の議長もタオ迫水だ。ならば危機管理委員会の決定として、復讐戦としての第二拠点への全面戦争も起こり得る。

だとすると第二拠点を監視する自分たちの存在は、今まで以上に重くなる。復讐心に駆られて軽率に全戦隊が動くなどということは、あってはならない。

自分自身が復讐に共感を覚えている一方で、チャップマンはそれに自分が流されることが、人類の運命を左右しかねないことも自覚していた。

「司令官、敵の拠点はやはりＧＡ７０とＧＡ６５の二点に絞り込めそうです」

コニー船務長が、発令所のチャップマン司令官にいきなり話しかけてきた。通常は広川艦長に報告すべき立場だ。戦隊旗艦だから艦長と司令官が乗船していても、守るべき原則はある。しかし、コニーはそれを無視し、広川も気にしない。

「わかったのか？」

それを尋ねたのは広川艦長だ。チャップマンは復讐で結びついた艦内に、規律が失われつつあることを感じた。

「信号解析によれば、超長波は通信目的ではなく、一種のレーダーのようです。分解能には劣りますが、発信元の位置座標も割り出しにくい。そして星間物質に影響されない透過性には優れてます。

二つの陣営が、互いにそれで相手を探っているというのは、深刻な対立があり、戦力が均衡してるのでしょう。時折観測される小規模な戦闘は、威力偵察の類かもしれません」

チャップマンとしては、組織の序列を無視した会話を認めたくはなかったが、その話題には参加しないわけにはいかなかった。

「シャロン旅団長らの報告では、マルクスを有していた恒星間宇宙船は破壊されたというが、それでも戦力は拮抗しているのか？」

「恒星間宇宙船が破壊されたのは事実ですが、それにより力の均衡がどう変わるのかまではわかりません。対立グループは三つあり、マルクスを起動した恒星間宇宙船のグループはその一極だったが、崩壊して二極になったのかもしれません。

あるいは二項対立の中で、恒星間宇宙船が失われたくらいでは、決定的には力の均衡は崩れなかったとも考えられます。

ただリスクマネジメントを考えるなら、敵対する勢力が存在する中で、たった一隻の恒星間宇宙船にすべてを託すとは思えません。強行突破というハイリスクを冒すというのは、他にも恒星間宇宙船があるからと考えるのが自然です」

「あの恒星間宇宙船の目的地は瑞穂星系とマルクスは語っていたが、そうした脱出を試みたグループと、壱岐に残ろうとするグループの対立か……」

チャップマンはそう考えたが、広川は異を唱える。

「瑞穂に向かうグループがいたとして、それを攻撃するのは不合理では？　あの戦闘で恒星間宇宙船は失われ、攻撃した側も多大な損失を被《こうむ》った。ガイナス全体で見れば、大きなマイナスにしかなりません。

損得勘定に長《た》けたガイナスなら、恒星間宇宙船を放置したでしょう。対立軸が瑞穂星系に行くか行かないかだけなら。

そうではなく敵の力を削ぐことに価値があるという戦いなら、対立軸は別にあることになります。恒星間宇宙船は一種のリスクヘッジであり、その敵対勢力には恒星間宇宙船を攻撃することに意味があったのではないでしょうか」

「損得勘定か……」

それでもチャップマンには、しっくりこないものがあった。

「艦長、損得勘定だけでガイナスが動くとして、同士討ちをするだろうか？　それこそ、ガイナスにとって算盤《そろばん》が合わない行為じゃないか？　私には、むしろ彼らが感情的に振舞っているように見えるのだが」

彼はそう口にすることで、自分の違和感が整理されるのを感じた。シャロン旅団長が観測した戦闘は、それまでの合理的に行動するガイナスの動きとは違う。

「感情的な集団と、合理的な集団あるいは損得勘定で動く集団でもいいが、そうした存在がガイナスの中にいたとして、彼らはどう動くと思う？」

チャップマンの問いかけにコニー船務長が動く。情報収集分析は船務科の担当だからだろう。任務の性格上、アゾバにも幾つものシミュレーションパッケージが用意されている。

チャップマンは、ガイナスが二大陣営に分かれていることに最後の期待を持っていた。ガイナス全体が壱岐攻撃の意思決定をしたならば、人類との関係は抜き差しならないものとなる。しかし、攻撃をした陣営とそうでない陣営がいたならば、攻撃を行わなかった陣営とは、まだ話し合いの余地がある。

それとて楽観的すぎる解釈かもしれない。しかし、全面戦争を避けられる可能性があるならば、それを追求するのが指揮官としての自分の義務と思うのだ。

発令所の空いているモニターに船務長がグラフを表示する。一つはジグザグを描きながら右肩上がりに伸びているが、突然、ほぼ垂直に落下するグラフ。

もう一つはコブのような盛り上がりが起きるが、やがてゆっくりゼロに向かうグラフだった。

「単純なモデルですが、大きく二つのケースに分類されます。

行動の意思決定が感情優位として、一つの強い感情が動機である場合と、利得損失を考えることなく快不快を動機として、相手の行動に反応するリアクション連鎖の二つです。

前者の場合、理性的な相手の行動に対して、感情的欲求を満たすことが最優先されるので、局所的に相手のダメージが最大になるように行動します。ですが、大局的には自分たちの損失も無視できない。

誤解を恐れずに言えば、偏執的な人間が隣人への執拗な嫌がらせを繰り返すのに似ています。彼らは明らかに自分自身をも傷つけているのに、嫌がらせをやめない。ですが、隣人を困らせる効果的な手段を考えつくだけの合理性は働くわけです。

結果として、相手が倒れるか、自分たちがリソースを消耗し尽くすまで争いは終わりません」

それが右肩上がりに伸びて、急降下するグラフの解釈らしい。

「この収束に向かうグラフはリアクション連鎖なのか？」

「そうです、司令官。こちらの場合は、感情的な側が何によって刺激されるのかを理性的な側が学習さえすれば、相手を刺激しない対処法を選択できるので、闘争は収束します。両者の関係性が改善するかどうかはまた別の話ですが」

コニー船務長の話にチャップマンは、紛争が一時的に収まっている現在は、彼女のいうリアクション連鎖の段階と解釈した。だが船務長の分析は違っていた。

「現状は両陣営が、超長波により相手の出方を窺っています。ですがリアクション連鎖でなら期待できる、話し合いのための通信のやり取りは認められない。そうであるなら、これは戦闘のための事前の情報収集と解釈できます。この場合、先のモデルに従えば、少なくとも片方の陣営は一つの強い感情に支配されていることになります」

モデルの話はわかったものの、チャップマンには根本的な疑問があった。

「合理的に振る舞う陣営はともかくとして、感情的になっている陣営とは何なのだ？　集合知性ではないとすれば獣知性だろうが、獣知性は感情を持つのか？　どちらが壱岐攻撃という選択肢を選ぶ？」

チャップマンの疑問に対して、船務長も艦長も黙っていることしかできなかった。

「小職の説明にも不備があったことを、まず司令官にお詫びします。ここで安易に感情的という単語を用いたのは不適切でした」

やがてコニー船務長は、言葉を選ぶように自分の考えを述べた。

「烏丸司令官の分析を信じるなら、ガイナスの第二拠点には、万単位のガイナス兵の肉体が連携して作り上げる一つの情報処理機構、いわゆる獣知性が存在します。それが拠点の意思決定を行っている。

ですから、感情的に振る舞う主体は獣知性以外にはありえません。だとすると問題となるのは、感情的という表現が実態に合っているのか否か、ということです」

「必ずしも感情的ではないというのか、船務長？」

「そうなります、司令官。我々は理性的あるいは合理的の対語を感情的という。このため合理的な対応をしないとなると、それは感情的反応となる。合理的か、さもなくば感情的です。

行動の主体が獣知性であり、それらがあくまでも合理的に振る舞うとするならば、我々が彼らの行動に感情的な反応を読み取れるのは、それは我々の認知の歪みに過ぎません」

チャップマンはガイナスの行動に違和感を覚え、それを感情的と解釈した。しかし、船務長をはじめとして、アゾバの幹部たちはそうした認識を最初からしていなかった。少なくとも自分と彼らとの間で、感情的という言葉の意味は同じではなかった。

「感情的な行動でないとすれば、今の船務長のシミュレーターは何を想定していたのだ？」

「合理性を、目的達成のために最小限の労力で実現しようとする動機と定義したときに、二つの陣営が異なる目的を持てば、双方は対立し、時に戦闘になることもあるでしょう。

先ほどの二つのモデルにしても、目的は異なるとしても、獣知性の合理性のロジックは全く同じです」

チャップマンは話が隘路《あいろ》に嵌《はま》ったと感じた。結局、どちらが壱岐を攻撃したのか、行動だけでは判断できない。

ならば今ここでなすべきは、モデルの議論ではなく、まず事実としてガイナスの動向を探ることではないか？

「ガイナスが我々を探知している可能性はどうだ？」

チャップマンは、隘路に入ったなら、基礎的なことから積み上げるのが事態打開の最善策であることを、長年の軍人生活の経験より学んでいた。

「彼らは我々の存在を認知しているはずです」

コニー船務長は即答した。

「まずガイナスはシャロン部隊のことを知っています。マルクスがコンタクトを取ってきたことでもそれは明らかです。

シャロン部隊が撤退したとしても、第二拠点の領域がほぼ露呈したことも彼らは知っている。対立する陣営のどちらも知っていると考えるべきでしょう。

ならば、どちらにとっても人類が脅威である以上、ここが攻撃もしくは監視対象であることも理解しているはずです」

「船務長の分析は妥当とは思うが、推論ではなく根拠となる事実はないのか？」

気がつけばチャップマンも艦長をさしおいて、船務長と直接のやり取りを行なっていた。しかし、広川艦長はこの状況ではそれが正しいと思っているのか、あえて口を挟もうとはしなかった。

「事実としては提示できません。ガイナスが我々を探知しているのかどうか、それは現状ではガイナスにしかわかりません。

彼らが我々にコンタクトを求めてきたならば、認知していると断言できますが、それがない以上は、能力で判断するしかありません。そして彼らには、探知能力がある。これまでのガイナスとの戦闘を考えるなら、それは間違いないでしょう」

「だとすればガイナスの反応は矛盾している。少なくとも一つの陣営は、マルクスを再現し、人類とのコンタクトを取ろうとした。恒星間宇宙船を失ったとしても、勢力の均衡を維持できるだけの力がある。そのうえで我々の存在を認知しているなら、なぜコンタクトしてこないのだ？」

それはチャップマンには矛盾だったが、船務長には違った。

「先ほど説明したように、対立するガイナスの二大陣営はそれぞれの集団の目的こそ違えど、構造は同じ獣知性のはずです。

ならば、どちらもマルクスのような集合知性のアプリケーションを活用できるでしょう。

そして集合知性もそうであったように、獣知性も嘘はつけない。ですから、彼らの一方が我々に接触を試みたとしても、その通信内容は対立陣営に知られてしまう。
嘘がつけないガイナスにとって、戦術的優位を維持するためには情報を与えないことを優先するしかありません」

「我々からコミュニケーションを取るべく働きかけたらどうなる？」

チャップマンの言葉に、広川もコニーも驚きの表情を向けた。

「こちらから情報を出してよろしいんですか？」

広川艦長が真顔で尋ねた。第二四戦隊は徹底して受け身での情報収集を要求されていた。
チャップマンの発言は、その大前提を覆《くつがえ》すものだ。

「我々の装備でどこまでできる？」

「烏丸司令官の収集した情報から、定型文の送信と、それに対する返信の限定的な解釈なら。さすがに重巡クラマほどの解析能力は本艦にはありませんので」

船務長の説明に、チャップマンはうなずく。

「ならば送信してくれ。戦隊司令官としての小職の権限で命じる。こちらの呼びかけに反応するかどうか、それで相手を解析する重要な情報が得られるはずだ」

「わかりました、早速手配します」

コニー船務長は、画面の向こうで敬礼した。乗員たちの内心はわからないもののチャップマンは、コンタクトでガイナスの情報を得るという命令により、艦内の空気の変化を感じた。

復讐に支配されていた乗員たちは、いまプロフェッショナルとしての矜持《きょうじ》を取り戻しつつある。

ただ、問題があった。こうした展開は予想外であったため、こちらからアプローチをかけるとして、何と呼びかけるか？　それについて何の腹案もチャップマンにはなかった。

ただ複雑な質問ができるほど、この問題に精通していない自覚はある。また烏丸司令官の集合知性とのやり取りが、論理と事実関係の組み合わせであることも理解していた。

だから、安全策を考えるなら、既存の質問の流用とするのが常道と思われた。

それを思うと、自分で文面を考え、集合知性に対応したシャロン旅団長の力量に、チャップマンも羨望を覚えずにはいられない。自分が似た状況に置かれているからこそ、彼女の直面した問題の難しさがわかるのだ。

色々と検討した中で、「名前を名乗れ」と「そちらの状況を伝えよ」が候補に残った。

最初の案は「マルクス」という返答が届くかどうかを確認する。「マルクス」であったなら、集合知性のアプリケーションは継続していると判断できる。

二番目の案は、「状況」とは何か、そうした情報を得るためのものだ。質問一つでより多くの情報を引き出すことを期待してだ。

もちろん返事など戻ってこない可能性も少なくないが、それはそれで情報となろう。

ただ、この二つから一つに絞り切れないので、名前を聞いてから、状況を尋ねるという流れとなった。

チャップマンは戦隊の各艦に、周辺の索敵にも注意を促す。ステルス性能の高いガイナス巡洋艦が密かに接近するようなことがあってはまずい。

しかし、ガイナス巡洋艦や戦闘機の類は、どの艦からも報告されてはいなかった。安全を確認し、メッセージが送られる。

「そなたの名前を名乗れ」

この信号に対する返答は、概《おおむ》ね三〇分後に届いた。第二拠点領域までの距離を考えたなら、こんなに時間はかからない。巡洋艦アゾバからの信号を傍受し、それを解析するのに時間がかかったのか？

「我はトラヤヌス」

返答はマルクスではなく、トラヤヌスであったが、それから一分も経過しないうちに、もう一つの返答が届いた。

「我はハドリアヌス」

電波の送信位置は第二拠点領域ではあるが、座標は異なっていた。一つはＧＡ７０、もう一つはＧＡ６５からだった。

「なぜ、マルクスではないのか？」

確実なところから攻めようと思っていたチャップマンだったが、名前を尋ねただけで当惑する結果になるとは思わなかった。

「五賢帝のメンバーを名乗った点で、アプリケーションはシャロン旅団長が報告したマルクスと同じだと考えられます。それなのにトラヤヌスやハドリアヌスと返答してきたのは、実はガイナスは、第二拠点ができた時点で三派に分裂していたのではないでしょうか？」

それがコニー船務長の見解だった。

「どういうことだ、船務長？」

「便宜的に三派をマルクス派、トラヤヌス派、ハドリアヌス派と称します。

恒星間宇宙船を建造したマルクス派は、トラヤヌス派とハドリアヌス派の連合により粛清された。この時点で集合知性のマルクスは消滅した。

我々はガイナスの派閥に呼びかけを行なったつもりでしたが、ガイナスはあくまでも集合知性への呼びかけと解釈した。

言い換えれば、我々は集合知性というアプリケーションを稼働する獣知性へ呼びかけたが、メッセージを受け取った側は、あくまでもアプリケーションに処理させた。

トラヤヌスというのは、集合知性にとっては非マルクスの意味だった。ところがハドリアヌス派もアプリケーションで我々に対応しようとした。

ロジックは同じです。マルクスでもトラヤヌスでもないので、ハドリアヌスと名乗る。非マルクスで非トラヤヌスであるという意味で」

「必要なら集合知性を作り出すことが可能な両陣営は、私には同じ存在に思える。つまり非常に同質的じゃないか。しかも、彼らは基本的に同じ獣知性から生まれたわけだろう。封鎖を突破し、第二拠点で再構築された獣知性だ。

周囲の環境は同じはずだ。なのに、どうして戦闘を行うほどの目的の違いが生じるのだ？」

「そこまでは解りかねます。

ただ、一つ考えられるのは、GA70とGA65の距離の隔たりです。最初のガイナス拠点で、小惑星と小惑星の距離はせいぜい一〇〇キロ前後でした。

ここの二つの小惑星は近いといっても五〇万キロは離れています。電波通信の遅延を考えるなら、獣知性であれ集合知性であれ、領域全体で一つの意識を維持するのは困難です。否応なく小惑星ごとに、獣知性は独立して行動することになる。

この通信時間の遅延に由来する情報誤差の蓄積が、獣知性の目的の違いを生んだのかもしれません。

数学的に言えば複雑系として説明できそうです。初期値のわずかの差異が、急激に拡大し、ついに相容《あいい》れないほど異質な行動原理に拡大したわけです」

チャップマンは両陣営にコミュニケーションが可能なことが確認できた中で、次の質問を行った。

正直、尋ねたいことは他にもある。しかし、名前を尋ねる程度のことで、ここまで予想外の返答が戻るなら、十分な経験のない自分たちが不用意な質問をするのは、ハイリスクと判断したのだ。

「トラヤヌスの状況を述べよ」

「ハドリアヌスの状況を述べよ」

チャップマンたちがこの質問で予想した展開は、トラヤヌスやハドリアヌスが自分たちの状況を伝えるというものだった。

だが、戻ってきた返答は違っていた。

「トラヤヌスはハドリアヌスの攻撃に備え、ハドリアヌスはトラヤヌスの攻撃を準備している」

「ハドリアヌスはトラヤヌスの攻撃に備え、トラヤヌスはハドリアヌスの攻撃を準備している」

内容はどちらも同じで、要するにどちらも戦闘準備を進めているというものだった。獣知性も嘘はつけないなら、どちらも事実なのだろう。

チャップマンは、トラヤヌスからはトラヤヌスの事情が、ハドリアヌスからはハドリアヌスの事情が返ってくると思っていた。だが二つの集合知性はどちらも、自分と自分から観測した相手の状況を述べている。

確かに、自分と相手のことを含めて状況であるというのは間違いではない。チャップマンはそれでも、ガイナスとのコンタクトが抱える難しさを、改めて認識した。

既知の文言でさえ、思慮が足りなければ、予想外の返事が戻ってくる。烏丸司令官がどれほど困難な作業を行なってきたか、彼はこの時、実感していた。

そして自分で何をすべきかがわからなくなった。トラヤヌスだけ、あるいはハドリアヌスだけと会話するというのは無理だ。通信文は両方が傍受するだろう。

そしてどちらの陣営も、自分の返答を相手が傍受することを知っている。ならば相手に手の内を明かそうとはしないだろう。

「壱岐を攻撃したかどうか、それを尋ねてはどうでしょうか？」

コニーが提案する。それは確かに一番知りたい情報だったが、烏丸の報告では、集合知性は嘘はつけないが、不都合な事実に関しては無駄に詳細にこだわるか、抽象的すぎてほぼ情報のない返答をよこすという。

だから「壱岐を攻撃したか？」という情報は、決定的質問であるがゆえに、不完全な返事がなされる可能性は高いと思われた。チャップマンはそのことをコニーに指摘した。

だが、彼女には別の考えがあるという。いささか博打《ばくち》だがチャップマンはやってみることにした。

「トラヤヌスは壱岐を攻撃したか？」

コニー船務長によると、この質問の意図は、誰が壱岐を攻撃したのかを明らかにすることではなかった。経験が乏しい自分たちに、それを明らかにできるかどうか自信がないというのが、彼女の率直な見解だ。

彼女の主眼は、トラヤヌスやハドリアヌスが、壱岐攻撃という事実を認知しているかどうかの確認にある。

集合知性が攻撃の事実を認知していなければ、彼らは嘘をつけないのだから、両者の返答は「否」という否定で共通する。

だが攻撃事実を理解しており、人類がそれに対する報復を行うと予測している状況で、トラヤヌスだけを名指ししたことは、二つの集合知性は異なるメッセージとなるはずだ。トラヤヌスもハドリアヌスも、反対陣営が人類との関係を悪化させることが自分たちへのメリットとなる。

結果は興味深いものだった。二つの集合知性は全く違った返答をしてきた。これで壱岐攻撃を認知していることがまず確認できた。

トラヤヌスの返答は、「トラヤヌスが人類と戦闘状態に陥った記録はない」であった。

ハドリアヌスの返答はトラヤヌスより遅れて届いた。相手の返答を待っていたのだろう。

「ハドリアヌスは、トラヤヌスが壱岐攻撃に無関係ではないという記録をもつ」

返答をそのまま解釈すれば、トラヤヌスは攻撃を否定し、ハドリアヌスはトラヤヌスも攻撃に関わっていたと主張する。ハドリアヌスの意図が、トラヤヌスと人類の関係を悪化させようとしているのは明らかだった。

チャップマンの許可を得て、コニーはこの返答に対して、今度はこう尋ねる。

「ハドリアヌスは壱岐を攻撃したか？」

これに対してハドリアヌスは、「ハドリアヌスが人類と戦闘状態に陥った記録はない」と返し、トラヤヌスは「トラヤヌスは、ハドリアヌスが壱岐攻撃に無関係ではないという記録をもつ」とのメッセージを寄越した。

「集合知性は嘘をつけないはずだったな」

これがガイナスでなければ、人を馬鹿にするなと一喝するところだ。だが、チャップマンはこの返答が矛盾しない状況に気がついた。

「壱岐攻撃を決定した時点で、第二拠点の獣知性は一つだった。GA70が拠点で、GA65が資源採掘鉱山でしかなかったとか、そんな関係だろう。まぁ、65が先で70が後かもしれないが、それは重要ではない。

だがGA65の開発が拡大し、作業効率を上げるために、GA70の獣知性の一部だったものが、独自の獣知性として発展していった。結果として、GA70と65の両方に異なる目的で動く獣知性が誕生し、対立した。

だから分裂前に行った意思決定の記録を、分裂後の獣知性は自身の活動としては記録していない。だが、分裂前の獣知性が壱岐を攻撃したことは知っており、分裂後の獣知性も無関係ではないということだ。嘘は言っていないが、著しい事実の歪曲とは言える」

広川艦長もコニー船務長も、チャップマン司令官の仮説に異議は唱えなかった。

「それで次の一手はどうするんです、司令官？」

そう尋ねる広川に、チャップマンは言う。

「ここから先は専門家に委ねるべきだ。烏丸さんに出陣願うさ」

＊

「主計上級中将の壱岐方面艦隊兵站監として、カザリン辻村主計少将をこのアザマ兵站基地の司令官に任ずる。正式な諸手続きは、伝令艦が出雲に帰還し、軍務局人事部のデータリンクで承認された時点で為されよう」

火伏は、ガイナスの第二拠点領域より九〇〇万キロ離れたアザマ兵站基地の司令部にて、部下のカザリン辻村主計少将を迎えた。

「本分を尽くします」

普段は軽口を叩いている彼女も、この時ばかりは神妙な面持ちだった。将官になり、基地の司令官となった。それだけなら素直に喜べただろう。

しかし、首都が壊滅し、ガイナスの第二拠点が明らかになり、大規模な艦隊がここに集結しようとしている。

その艦隊を支える最前線のアザマ兵站基地が、どこまで機能するか？　それは人類の命運を左右しかねない。

だから任官を拒否するという選択肢もあった。しかしカザリンには、それはできなかった。すでに親友のバーキン大江は敷島星系の機動要塞指揮官として、その職に就いている。音羽定信《おとわさだのぶ》や白子忠友《しらこただとも》にしても、それぞれの部署で重責をこなしているのだ。

その中で自分だけが逃げるわけにはいかない。それに自分の代わりが務まるものがいるかと言えば、思いあがっているわけではないが、否というよりないだろう。

「しかしカザリンは、こういう仕事を任せて、期待を裏切ったことがないな」

火伏はあくまでもごく普通の調子で、そう彼女を褒めた。為した仕事の大きさに比して反応が薄い気がしないではない。しかし、違うのだ。

火伏の反応が薄いのは、カザリンならこれくらいのプロジェクトは成功させられると考えているためだ。それが彼なりのリスペクトなのだ。

「箱物はできましたけど、中身はまだです。専門スタッフを配置して、部門が機能して、初めて完成と言えるんです。そちらは、どうなってるんです？」

カザリンが自分の成果に必ずしも満足していないのは、施設のハードウエアだけは完成させたものの、そこで働く人員の手配は火伏が担当していたことだ。

アザマ兵站基地は、梁材を組み合わせた一辺三〇〇メートルの立方体で、それが四基、相互距離六〇〇メートルの梁により正方形型に配置された構造だ。

施設と施設の間の空間が多いが、それは艦艇などが補給や修理のために連結することを想定したものだ。

四つの立方体は、便宜的に司令部棟、造修棟、居住棟、補給棟と呼ばれていた。そこからわかるように、兵站を構成する全ての要素が、このアザマ兵站基地には組み込まれていた。

対応するモジュールは全て装備されていたが、そこで働く人材はまだ配置についていない。だから兵站基地が稼働するのは、人材が揃ってからとなる。

「あちこちからやりくりしてる。人が足りないのは司令官だってわかるだろ？」

「そうですね……バーキンから、機動要塞に転属しないかと冗談めかして言われたことがありましたけど、目が笑ってなかったですね」

「とりあえず司令部棟から人員を移動させてる。通信隊も仕事を始めたはずだが」

「はい、通信隊が稼働したら、二四戦隊はどうするんですか？」

カザリンはそれが気になった。通信隊に関しては、恒久的な巨大基地のほうが艦艇の増設モジュールより高性能なのは言うまでもない。

だからアザマ兵站基地が稼働すれば、第二四電子戦戦隊の必要性は下がるはずだった。

ただ、特殊装備の戦隊の兵站を支えるのは彼女なのだ。電子戦戦隊は兵站負担の高い部隊だけに、ここの動向は他の戦隊の兵站支援に影響する。

「特に部署に変更はないらしい。アザマ基地と連携してガイナスの情報を収集する。人類の記録だよ」


アザマ兵站基地の設置場所は、ガイナス第二拠点より九〇〇万キロと、通常の前線基地と比較してかなり近い位置にあった。これはAFD搭載艦はもとより、通常の警備艦に対しても兵站支援が可能な距離として設定された。警備艦でも第二拠点からアザマ兵站基地まで半日で到達できる。

それはガイナス艦隊が侵攻してきても、時間的余裕は半日程度しかないことも意味した。極端な話、秒速五〇〇キロで壱岐を攻撃したガイナス巡洋艦なら、三〇分で到達できる。

もちろんそうならないための布陣は十分為されている。そもそもそんな奇襲を許すようでは、戦闘の勝敗はすでについたも同然だ。

この施設は、敷島星系の軌道要塞を除けば、兵站基地としては最大規模のものだ。整備、修理用のドックはもちろん、野戦病院や保養設備までついている。

ここはガイナスとの戦闘に終止符を打つための施設であり、それだけ重要な存在だ。だからこそ施設名は、壱岐星系政府統領アザマ松木の名前を冠していた。

同時にここは通信拠点でもある。電波情報はもちろん、伝令艦も複数が待機し、危機管理委員会との通信連絡にあたっていた。

さらに第二四戦隊などのために、電子戦支援業務もこの基地には期待されていた。ガイナスのステルス技術に対抗するため、広範囲で高精度の星間物質密度の計測も行われていた。

そうした地味な調査の蓄積があれば、敵艦の動きも予測できるのだ。

ただカザリンが司令官として着任した時点で、アザマ兵站基地は人員数も半分しか赴任しておらず、稼働しているのは通信隊くらいだった。

これから大規模な戦闘が起こると予想される以上、情報収集分析に穴があってはまずい。壱岐壊滅後は、それが艦隊全体のコンセンサスと言えた。

カザリンにとって幸いなのは、基地司令官こそ彼女であるが、火伏も兵站監として指揮にあたることだった。

つまりアザマ兵站基地内の管理はカザリンの職掌としても、基地までの人材や物資の手配は火伏兵站監の責任というわけだ。

火伏は基地の準備が終われば壱岐の宇宙要塞に戻ることになっていたが、代わりに副官の主計大佐として吉住二三四《よしずみふみし》が赴任するという。現場主義のカザリンにとっては、どんな仕事も着実にこなす吉住の赴任は誰よりもありがたかった。

そうしている時、その報告は為された。

「第二四電子戦戦隊が、集合知性とコンタクトをとってるですって？」

それは、アザマ兵站基地で活動中の通信隊より為された。通信隊の指揮官は、カザリンが全体指揮をとる体育館ほどもある作戦室の中に、アバターとして現れた。

本来は方面艦隊司令部直属部隊の通信隊だが、司令部が進出するまではカザリンの傘下に置かれていた。方面艦隊司令部の幕僚も移動中で、それは一時的な措置であった。司令部の移動が完了するまでの二日ほどの間に、大きな動きはないだろうという読みだ。

通信隊の報告は機密管理が厳格なので、一〇〇人近いスタッフが分散して作業している中で、アバターが視界に再現されたのは、カザリンのほか数名だけだった。

「メッセージのやりとりが確認されています。トラヤヌスとハドリアヌスの二つの集合知性が存在しています」

「二つの集合知性とコンタクトをとったの……越権行為じゃないの？」

「規則によれば、チャップマン司令官には、必要なら積極的なコンタクトを行う権限があります。威力偵察の一種として」

通信隊指揮官もそう返答するものの、こうした事態を予想していなかったのは明らかだ。

「確認だけど、ガイナス側の集合知性から戦隊に接触してきたってこと？」

「いえ、通信傍受の範囲では、チャップマン司令官の側からメッセージを送っています」

通信隊指揮官は、第二四電子戦戦隊がトラヤヌスとハドリアヌスという二つの集合知性と交わした概要を伝えた。正直、カザリンにはそれほど大きな収穫が得られたとは思えない。

「それで、現状はどうなの？」

「コンタクトは中断しています。どう対処すべきか、あちらもわからなくなったのでは？」

「そうなるのは最初から明らかじゃない。烏丸さんが何のためにクラマみたいなコンピュータ軍艦を持ち込んでると思って。

いいわ、司令官権限で、艦隊後方部と第二一戦隊の烏丸司令官に状況を報告する」

「チャップマン司令官には？」

それに対してカザリンはこう答えた。

「こちらが第二拠点や電子戦戦隊の通信傍受していることを、わざわざガイナスに教える必要はありません」

## 6 反撃艦隊

「旅団長、出動要請と出動命令が届いています」

旅団長附のマイザー・マイアからその報告を受けた時、降下猟兵旅団のシャロン紫檀旅団長は、旗艦である重巡洋艦スカイドラゴンの発令所にいた。

スカイドラゴンは宇宙要塞からは離れていたが、壱岐の周回軌道上に今も留まっていた。地上高四〇〇キロという、比較的、他の船舶や衛星の邪魔にならない低軌道である。その軌道を概《おおむ》ね一時間半で一周するこの巨大宇宙船は、子供の教材程度の望遠鏡でも、その姿を見ることができた。

シャロンの考えは、降下猟兵旅団の旗艦が軌道上を遊弋《ゆうよく》することで、臨時政府に反対する武装勢力を威圧する意図である。それはつまり、方面艦隊が臨時政府を支持していることを目に見える形で示すことでもあった。

誰に頼まれたわけでもないが、誰からもクレームが来ないので、スカイドラゴンはこの軌道を維持していた。待機せよという命令には反していない。そんな時に要請と命令が届いたのである。

「誰からの要請？」

シャロンはそれだけを尋ねる。彼女に命令できるのは方面艦隊司令長官だけだし、その命令といえば出動命令しかあり得ない。

それよりも、待機中の降下猟兵旅団に要請をする相手が気になった。自分の要請をシャロンは無下《むげ》にしないとの読みがあるのだろう。そんなことができる相手はそういない。

「第二一戦隊司令官、烏丸三樹夫少将です」

「烏丸先生か」

確かにシャロンも彼から出動を要請されたなら、従わないとしても検討はする。

「内容は？」

「旅団の制空隊を二一戦隊に編組《へんそ》したいとのことです」

「光栄なことね」

シャロンは何となく状況が見えてきた。スカイドラゴンと烏丸司令官の重巡クラマは、概ね同程度の能力を持つ。X線自由電子レーザー砲搭載も、コンソーシアム艦隊の中でこの二隻だけだ。

最強火力の軍艦二隻で一つの部隊を作るというのは、かなり危険な任務ということだ。第二拠点攻撃の先鋒でもおかしくない。自分の背中を任せられるのはシャロンだけということか。だとすれば光栄の極みだ。

ただ、本当にそうなのかはシャロンも疑問ではあった。そういう戦い方は烏丸らしくはないからだ。

しかし、水神司令長官から命令が出たとなれば、優先順位はそっちになる。

「で、命令は？」

「第二一戦隊に合流して、その指揮下に入れとのことです」

「烏丸司令官も水神司令長官も宇宙要塞よね」

シャロンはマイアに確認する。烏丸は先に壱岐に戻っていたが、重巡クラマを収容できるとしたら宇宙要塞しかない。彼女はそう考えていた。するとシャロンの視界の中に、二人の所在地が浮かび上がる。水神司令長官は宇宙要塞だが、烏丸は惑星アシハマの研究施設にいた。ブレンダ霧島と情報交換をしているのかもしれない。

「旅団長附、水神司令長官には二一戦隊司令官の要請に従い合流すると伝え、烏丸先生にも要請に従うと連絡して」

「旅団長……艦隊司令長官の命令より、戦隊司令官の要請を優先するんですか？　まぁ、どっちも似たような内容ですけど」

「わからないのか旅団長附？　司令長官の命令なら、我々は烏丸先生の命令下になる。烏丸先生の要請なら、編組であるから司令部として対等に持ち込める。どっちがいいかは明らかだ」

烏丸司令官には出雲星系まで伝令艦を飛ばさねばならなかったが、水神司令長官にはすぐに返答できた。水神からは了解したとだけ返信があった。

シャロンが考えた細かい違いが了解されたのか、そもそも最初から水神も深くは考えていなかったのか、そこはわからない。

ただ相手が集合知性となれば、主体となるのが烏丸司令官なのは動かないところだ。そんな彼女の考えを読んだかのように、伝令艦が戻ってきた。

時間を考えたなら、シャロンが了解するよりも先にこの伝令艦をアシハマから送ってきたことになる。メッセージが短いのもそのためだろう。

「アザマ兵站基地で合流されたし」

＊

「依頼の件ですが、一応の結論が出ました」

重巡洋艦クラマは惑星アシハマの低軌道を周回していた。烏丸司令官は先任参謀の三条とともに司令官室にて、仮想空間上のブレンダ霧島と部下のキャラハン山田より、依頼した調査報告の説明を受けていた。

主に説明するのはキャラハンであった。彼が実務の中心人物だからだ。三条は、正直、これほど早く結論が出るとは思ってもいなかった。

何しろ周回軌道に入ってから、惑星に降り立つ前に結果が戻ってきたのである。三条としては、地下都市の猫喫茶で、子猫の頭の一つも撫でるくらいの余裕はあるかと思っていたのだ。

何しろ、第二四戦隊の報告を受けた三〇分後にはAFDでアシハマまで移動するという慌ただしさだ。第二四戦隊が電子戦部隊とはいえ、集合知性とのコンタクトには経験がなく、どこまで精度の高いデータが取れたのか疑問というのもあった。

しかし、問題の重要性からキャラハンやブレンダは最善を尽くしてくれたらしい。

「第二拠点のGA70とGA65に、トラヤヌスとハドリアヌスという集合知性が稼働している。そしてそれらを稼働させている獣知性は、基本的な構造はどちらも同じである。これが前提です」

三条の考えとは関係なく、キャラハンは説明を続ける。

「GA70とGA65の二つの小惑星は五〇万キロ離れており、両者を支配する獣知性は本来は一つのシステムだったが、分離した。そして今現在、極端に目標が異なる二つの獣知性となっている。トラヤヌスとハドリアヌスの反応の違いは、それらが立脚する獣知性の性格の差である。これが第二四戦隊の分析であり仮説です」

「それで、キャラハン殿の見解は？」

鳥丸に尋ねられ、キャラハンの表情に緊張が走る。

「まず、トラヤヌス派とハドリアヌス派が、戦闘を起こす程度に互いを異質に認識しているという状況分析は間違ってはいないでしょう。小規模とはいえ、互いに戦闘を行っているのは事実としても観測されています」

「なら第二四戦隊の分析は妥当とな？」

鳥丸に対してキャラハンは首を振る。

「妥当なのは事実認識だけです。問題は一つの獣知性が分裂し、互いを攻撃し合う理由です。

現時点までに行った全てのシミュレーションで、このような対立構造は生まれません」

「試行回数はどれほどかな？」

鳥丸の問いにキャラハンは答える。

「各種パラメーターを変えて一〇万通りの試行を行なっています。パターンとして見落としはないはずです。

まずほとんどのパターンで、分裂そのものが起きません。多くの場合、GA70とGA

65は通信時間の隘路《あいろ》を解消するために、接近します。幾つかのパターンがありますが、最終的に両者はワイヤーで繋がれ、一つの構造物となります。ガイナス拠点のような」

「なるほど」

三条が意外に思ったのは、烏丸がその結論にさほど驚いているようには見えないことだった。

「それでも、分裂が起こる場合もござるのか？」

「かなりパラメーターをいじりますが、分裂することはあり得ます。ただし、この場合も長続きしません。

最大の要因は資源と生産力に勝るGA70が数の優位を生かして、GA65を最終的に吸収してしまうからです。しかもGA65の側も、この吸収に抵抗することはなく、協力関係に向かいます。

理由は単純です。分裂した獣知性にとって再統合が有利だからです。資源の効率化からそうなります。

動かし難い事実として、GA70とGA65の鉱脈が含む金属資源が全く違う。片やタングステンであり、片や銅とチタンです。鉄などはどちらも別の鉱山小惑星から入手できるとしても、協力関係こそ合理的なのです」

「そうであろうな」

烏丸は現実と異なるシミュレーションの結果に納得しているように、三条には見えた。

「司令官、これはどういうことでしょう？　我々は何か見落として居るのでしょうか？」

「そうさな、三条殿。問題がないのが問題かもしれぬ。シミュレーションに間違いがなく、しかし現実と違うなら、前提が違うということじゃ」

「参考までに、全く別のシミュレーションも行ってみました。依頼内容とは異なるので、試行件数は一〇例ほどです」

ブレンダがそこで初めて口を開いた。そして三条の視界の中に、八個の仮想の画面が現れる。二つの色の違う円があり、それらが互いに面積を拡張しようと衝突している。ただし、それらの多くも均衡状態になるようだった。

ブレンダのシミュレーションは、もっと複雑な内容だろうが、自分たちに見せるために簡略化した――三条はそんな印象を持った。

「一〇個試行して、二個は最終的に共存に移行しました。闘争になったのはこの八個です」

「して、その違いは？」

「対立するグループの片方に、非妥協的にバイアスをかけたのです。それでもバイアスが弱ければ、最終的に共存に舵を切ります。あくまでも合理性を優先する知性体なので。ですが、バイアスが強ければ、永続的な戦闘状態になります。ただしこれもバイアスの強さで、両者の関係性はかなり異なります。

一番多いのが没交渉です。共存には動かないものの、合理主義的判断から全面的な武力紛争にもならない、没交渉が安定解となる。ただ判断の難しい条件が一つある」

「それは何かな、ブレンダ殿？」

「資源の欠乏です。文明を維持するのにGA70とGA65の両方が使えるなら好都合ですが、どちらかが非妥協的なら、資源をめぐる闘争になる。資源欠乏のリスクと戦闘によるリスクとの比較になりますから」

烏丸はブレンダの話に少し考え込んでいたが、再度、こう尋ねた。

「トラヤヌス派とハドリアヌス派のどちらかが非妥協的として、資源の欠乏状態が慢性化していたならば、資源確保のための戦力も確保できないのではないかな？」

ブレンダは烏丸のその指摘に、明らかに敬服していた。つまりその疑問は彼女も感じていたのだろう。

「一例のみのシミュレーションですが、現状に合致するパターンがあります。ただ純然たるシミュレーションというより、現状に合致するシナリオを恣意的に加えたとも解釈できるので、それはここには出しておりません」

「やはりそうした試行がなされておりましたか。で、結果は？」

「二大陣営ではなく、三極対立が最初にあった場合です。戦力比が一対一対二という割り振りです。

この場合、戦力二の強者に対抗するために、戦力一の弱者が同盟する必要がある。この段階で、資源が融通され、ストックされる。

戦闘になり一強が倒され、残り二大陣営が必要な資源のストックにより戦力を構築する。きっかけさえあれば、武力紛争になる」

「恒星間宇宙船でマルクスが逃げようとしたのを、トラヤヌス・ハドリアヌス連合軍が撃破し、そこで彼ら同士の対決になった。なるほど、面白いのう」

烏丸があまりにも感心するので、不安になったのかブレンダは言う。

「あくまでも現実に追躡《ついじょう》した恣意的なパラメーター設定によるものです。獣知性がなぜ、そうした異なる目的意識を持つようになったのか、その理由は説明できません。キャラハンのシミュレーションでは、そんな差異は発生してません」

「いやいや、お二人とも見事な仕事でござった。身共《みども》もこれで確信が持てた。これより部署に戻ろうぞ、なぁ、三条殿」

「ええと、司令官、部署と言いますと……」

「まずは、アザマ兵站基地じゃよ」

＊

アザマ兵站基地は、シャロン旅団長が思っていた以上に完成度の高い前線基地に仕上がっていた。全長四〇〇メートル以上あるスカイドラゴンの停泊地点こそ定められていたが、他の駆逐艦、巡洋艦は比較的自由な場所にドッキングできるようになっていた。航路管制も完備しており、基地への接合はデータリンクを開放して、航行システムを基地側に委ねるようになっていた。基地周辺には化学推進式のタグボートも用意され、必要なら基地の航行システムが操作することで、小回りの利かない艦船を動かすことも可能だった。

ここまで調整するのは、基地の比較的近くに全長数十キロに及ぶ通信アンテナ群を展開しているためだった。ガイナスの通信情報を雑音も含めて傍受する施設だ。

面積こそ大きいが、髪の毛よりも細い電線を展開させているので、可能な限り宇宙船と距離を置く必要があった。何しろ華奢《きゃしゃ》な構造で、「電波を傍受したら、その反動でアンテナが動く」というジョークが交わされるほどだ。

「旅団長、我々の制空隊を除いて、現在、アザマ基地で待機しているのは五個戦隊程度ですね。四五隻です。我々を加えてやっと五〇を超えるくらいです」

旅団長附のマイザー・マイア中尉は、ガイナス第二拠点への総攻撃と聞いていたのに、アザマ兵站基地に集結した軍艦が五〇隻規模ということに驚いていた。

彼は最近になって中尉に昇進し、部下を持つ立場になった。旅団長附が増員され、五人の班となり、彼はその班長も兼ねていた。

旅団長附が増員されるのは、この総攻撃に合わせたものだが、ならば兵力は最大規模にならねばおかしい。

増員や戦隊の新設もあって、壱岐方面艦隊の軍艦は優に一〇〇隻を超えている。壱岐への再攻撃を阻止すべく戦力を残置するとしても、五〇隻程度ということはないはずだ。

しかし、シャロン旅団長の意見は違っていた。

「前線基地にこれ以上の戦力を集結させて、どうするというのだ、旅団長附？」

「どうって、総攻撃に五〇や六〇の軍艦は少なくないですか？」

「一つの基地に艦隊の全戦力を集めろとでもいうのか、旅団長附？　士官学校で何を習った？」

「いえ、僕は士官学校じゃなくて、大学で将校課程を学んで任官したんですが……あっ、ごめんなさい、そういう問題じゃありませんね」

マイアもシャロンの思考が読めるようになってきた。

「要するに、過度に部隊を密集させたら、奇襲に弱いということだ」

しかし、マイアはあえて反論する。

「言い換えれば、ここに味方が集結していたら、敵部隊がやってくるから、一網打尽にするチャンスでは？」

シャロンの雰囲気がちょっと和《やわ》らいだのがマイアにもわかった。

「そうしたやり方も確かに、考えられないではない。しかし、アザマ兵站基地はそこまで縦深《じゅうしん》の深い防衛線ではないし、そもそも我々の目的は、ガイナスとの関係性を良好にすることで、壱岐の復讐ではない。復讐など続けていけば、果てしない消耗戦に突入だ」

「ということは、少なくともここに集結する軍艦は、現状のまま」

「そうだろうな。編制を見てみろ、旅団長附。第二一戦隊から二五戦隊まで五個戦隊。それに我々が加わった。あとは烏丸先生の重巡クラマが到着すれば、今回の部隊編制は完結するはずよ」

壱岐方面艦隊は第一艦隊と第二艦隊よりなり、どちらも司令長官は水神だったが、第一艦隊は主として進攻作戦、第二艦隊は防衛作戦の戦力とされた。

この関係で一〇番台の戦隊は第一艦隊所属、二〇番台の戦隊は第二艦隊所属とされた。

無論これは便宜的なもので、戦隊番号とその運用は厳格なものではない。

集合知性との交渉を行った烏丸司令官の部隊が第二一戦隊であり、敷島星系の機動要塞の護衛戦力が第一二戦隊なのもこの関係だ。

こうした観点で考えるなら、アザマ兵站基地に集結した五個戦隊がすべて防衛作戦戦力を意味する二〇番台の戦隊なのは、偶然とは言えない。それがシャロンが指摘した点だ。

マイアはもう一つ気になる点があった。水神司令長官が今もってアザマ兵站基地に到着していないことだ。基地機能もまだ建設中としても、司令部は移動してもよいころだ。一時的に滞在していた兵站監が後方に戻るのは、任務の内容からすればまだ理解できるが、司令長官がいないというのはなぜか？

その理由は、意外な形で明らかになる。重巡洋艦クラマがAFDを終え、アザマ兵站基地のデータベースに接続されると、ドナルド・マッキンタイア軍務局長と水神司令長官の連名による辞令が公開された。

アザマ兵站基地に集結している軍艦により反撃艦隊を編成し、烏丸三樹夫少将を司令長官代行に充《あ》てるというものだった。

早い話が、ここに集結している五〇隻余りの軍艦は、烏丸少将の指揮下に入るということだ。

「烏丸先生、中将にはならないんですかね？」

「なるわけがなかろう。少将と中将では軍における立場が違う。中将になったら科学者の仕事はまず無理だ。だいたい士官大学校の校長が少将なのに、教授が中将とはいくまい」

「なるほど」

通常なら臨時編成とはいえ、艦長や司令部職員が顔合わせをするところだが、烏丸司令長官代行はそんな真似はしなかった。

士官大学校の教授であるから、艦隊戦について誰よりも理解しているはずの彼が命じたのは、教科書から逸脱した布陣であった。

この段階で烏丸司令長官代行の傘下の戦闘艦は、五個戦隊、四五隻の軍艦と、降下猟兵旅団制空隊の七隻を合わせた、総計五二隻を数えた。通常なら戦隊単位で運用される軍艦を、烏丸は大きく組み換えた。

まず電子戦戦隊である第二四戦隊の各軍艦を、第二拠点を監視できるように広範囲に展開させた。

そして単艦で展開したそれらの軍艦を警護するように一個任務隊、つまり巡洋艦一隻に駆逐艦二隻の部隊を配置した。

電子戦担当の軍艦一隻に護衛艦艇三隻の、計四隻が一つの単位となった。これが九つで三六隻が電子戦の支援にあたる形だ。

ついで残存一六隻の中で、四個任務隊一二隻を先鋒隊として再編した。つまり、いわゆる戦闘部隊は全体の四分の一もない。しかも、この一二隻は基地よりも後方に配置されていた。

そして部隊で最強の火力を持つ重巡洋艦クラマとスカイドラゴンは、駆逐艦カゲロウとフブキを伴い、独立した部隊として第二拠点に最も近い配置に就いた。

「大学の将校課程の授業でも、こんな艦隊配置をレポートで提出したらリジェクトされますよ。士官学校なら通るんですか、旅団長？」

「士官学校でもリジェクトだ。ただし、士官大学校なら違う。どうしてこんな布陣にしたのか、泣くまで説明させられる。もちろん烏丸さんは、笑って説明するでしょうけどね」

「旅団長、わかるんですか、この布陣の意味？」

マイアには、シャロンならわかっているだろうという予感があった。

「烏丸さんじゃないのに、わかるわけなかろう。ただ、推測はつく。

まず烏丸さんがここにいる五二隻すべての采配を握るというのは、水神司令長官の了解がなければできない。

電子戦用軍艦にAFD搭載軍艦を組ませるというのは、かなり強力な電子戦能力を持たせることになる。高性能のスパコンがなければAFDは使えないからな。

そして我々だ。クラマとスカイドラゴンはX線自由電子レーザーを搭載するだけでなく、軍艦としてはトップレベルのスパコンを搭載している」

「集合知性ともコンタクトできるくらいの？」

「そうだ。今まで単独でコンタクトを取ったことはあるが、二隻が連携した事例はない。それがいまデータリンクで一つのシステムとして統合されている」

そこでマイアは、烏丸が以前に唱えていた仮説を思い出す。

「あれですか、ガイナスに武力的な圧力を加えて、集合知性による交渉を行わせようということですか？」

だが、シャロンは小さくため息を吐くだけだった。

「それは考え難い。なぜならGA70のガイナスもGA65のガイナスも、すでに集合知性を持っている。今さら圧力をかける必要はないだろう。アザマ兵站基地の存在で、ガイナスは十分に圧力を感じているはずだ」

「トラヤヌス派やハドリアヌス派はすでに集合知性を起動させている。でも、交渉に応じようとはしてませんよね」

「まぁ、それに対する仮説はなくもないが……」

シャロンは珍しく言葉を濁す。

そんな時、スカイドラゴンの指揮官室の中に、VRによる烏丸司令官の姿が浮かび上がる。烏丸はシャロンにだけ何か話しているらしい。

マイアには二人の姿は見えるが、会話内容まではわからない。状況から、烏丸司令長官代行がシャロン旅団長に作戦を説明しているように見える。

それは別に驚くべきことではないだろう。驚くべきは、シャロンが烏丸の説明に納得しているように見えることだ。つまり烏丸の不可解な布陣の意味をシャロンなりに解釈し、どうやらそれが当たっていたらしい。

そして烏丸の姿は消え、シャロンの声が聞こえた。

「旅団長、烏丸先生は何だと？」

「作戦の全貌を知るのは烏丸さんと自分だけだ。もちろん通常の作戦計画では関係者全員が作戦内容を知るべきだ。

しかし、獣知性の場合は、その常識が逆に弱点になる可能性がある。練度の高い部隊ほど、動きに無駄がない。そこから獣知性が、こちらの意図を読み取らないとも限らない。だから、作戦の全貌を知るものは烏丸先生と自分だけでよい」

「少将は他にもいるのに、なぜ旅団長なんでしょうか？」

「万が一にもクラマが失われるような事態になったなら、スカイドラゴンは全部隊を率いて撤退し、何が行われたかを証言する。そういうことだ。すべてを記録する能力があるのは、クラマとスカイドラゴンだけだ」

実際はもっと言葉が交わされたのだろう。しかし、シャロンはそれ以上は触れなかった。

そして烏丸司令長官代行より、先鋒隊の一二隻に命令が下された。

「一時間、加速せよ」

一二隻の軍艦は、アザマ兵站基地より七万五〇〇〇キロほど離れた領域に集結していた。第二拠点に向けて加速との命令だが、一二隻の艦長らが当惑しているだろうことは、マイア中尉にも予想がつく。

第二拠点は九〇〇万キロ離れているのだ。一時間加速し、後は慣性航行を続けても、到達するのに三日近くかかる。

それにガイナスに気取《けど》られないように接近するならAFDを使えばよいわけで、こんな遠距離で加速する意味がわからない。

「旅団長、烏丸さんは何をどうするつもりでしょう?」

「わからないか、旅団長附?」

「わかりません」

マイアがそう言うとシャロンは笑みを浮かべる。

「それでいい。人間の貴様にもわからないなら、ガイナスにも理解できまい」

一二隻の軍艦はそのまま加速を続けた。五〇分後に、天体破壊用ミサイルの準備が命じられる。それも運動エネルギー兵器で、天涯攻略戦で用いられた対地ミサイルの改良型だ。ブースターの増強や弾頭の強化などで従来の倍の大きさとなり、軍艦でも二発しか搭載できない。

ガイナスが小惑星に拠点を構築していることから開発されたものだ。ただし、このミサイルを装備しているのは、現時点では先鋒隊の一二隻だけだった。

加速から五五分後に、全部隊の艦艇に命令が下される。四分後にAFDにより、一斉に移動する。僚艦がどこに向かうかはわからなかったが、スカイドラゴンは第二拠点より三〇〇万キロ離れた領域へ移動を命じられる。艦長のファン・チェジュ大佐はすぐに艦内各部に命令し、AFDの移動に備える。

三〇〇万キロというのは、現時点では接近しても直接戦闘は行わないという意味だろう。ただ情報収集の条件は良くなる。当面はそれが中心となるというのは間違いあるまい。マイアは作戦の説明を受けていなかったが、烏丸がかなり慎重にことを進めているのはわかった。

ＡＦＤを終えると、部隊はすぐに僚艦とのデータリンク構築にかかる。それに数秒かかったが、やはり電子戦軍艦を中心に、広範囲に散った布陣のままだ。つまり最初の位置から六〇〇万キロ前進しただけと言える。

だが、マイアはすぐに異変に気がついた。一二隻の加速中だった先鋒隊がいない。

「旅団長！　先鋒隊が見当たりません！」

「慌てるな旅団長附、もうすぐわかる」

シャロンの言葉と同時に、データリンクが先鋒隊と繋がったことを告げる。そしてマイアは、それらが表示されるまで時間がかかった理由がわかった。

一二隻の軍艦は二波に分かれ、それぞれがＧＡ７０とＧＡ６５から一〇〇〇キロ未満の位置に進出していた。

ＡＦＤは出発点から計測した宇宙船の速度ベクトルをそのまま維持するので、再実体化した時点で秒速四〇キロ近い速度を持っていた。その状況で、さらに天体破壊用ミサイルが発射される。

六隻の軍艦よりそれぞれ二発の計一二発のミサイルが、GA70とGA65の両方に撃ち込まれる。

ミサイル発射を終えると、先鋒隊は再びAFDにより消えた。

「彼らは、兵站基地でミサイルを補充した後、我々と合流する」

マイアに教えるように、シャロンは三次元の戦況表示を見ながら呟く。

第二拠点のガイナスにとって、こんな形でのミサイル攻撃は全く予想していなかったらしい。何もないところから宇宙船とミサイルが現れたことで、GA70とGA65のガイナスは思考停止にでもなったのか、何らの反撃もできなかった。

あるいはレーザー光線砲を展開するなり、巡洋艦を出すなりの対策は思いついたのかもしれない。しかし、リアクションタイムがあまりにも短すぎたのか、一波と二波を合わせ二四発のミサイルはすべて小惑星に命中した。

ここで再び烏丸司令長官代行からの命令が下った。

「最大限の注意を払って、ガイナスの動静を探られたし」

二四発程度のミサイルで小惑星が砕け散ることはなかったが、赤外線放射の強い部分を狙って衝突したため、多くが小惑星の壁を貫通し、その内部で起爆した。

GA70からもGA65からも、大量の空気の漏出が認められた。この空気のために、周辺の星間物質密度は一気に高まり、ガイナス巡洋艦の動きもはっきりと確認できた。

拠点にとどまるのは不利と判断したのか、ガイナス巡洋艦が次々と小惑星の外に展開する。ただマイアには、その数が意外に少なく見えた。マルクスを載せていた恒星間宇宙船を攻撃していた時、ガイナス巡洋艦の数は一〇〇隻を超えていた。

それは恒星間宇宙船の反撃でかなりの数を減らしていたが、それでも八〇隻以上はあった。これまでのガイナスの生産力を考えれば、二〇〇隻程度の巡洋艦があってもおかしくない。

だがいま確認できる範囲で、AIはガイナス巡洋艦の数を一二三隻と割り出した。GA70からのものが五九隻、GA65からが六三隻である。それ以上は増えないので、どうやら拠点から出撃できたのはこの一二三隻が全てらしい。

「トラヤヌス派とハドリアヌス派の対立は、両者の資源の供給を寸断するほど深刻なのよ。だから手持ちの資源を使い切ったなら、それ以上の宇宙船は製造できない。烏丸仮説は、現時点では当たっているわね」

シャロンはそれ以上の説明をマイアにはしなかった。秘密にするというより、烏丸仮説を彼女自身が信じ難いと思っているためらしい。

そうしている間に、スカイドラゴンをはじめとする部隊は、第二拠点から一〇万キロまで前進する。そしてその一分後に、再び先鋒隊一二隻に攻撃命令が下る。

一二隻はAFDを利用し、再び第二拠点から一〇〇〇キロ前後という至近距離からGA

70に対して、天体破壊ミサイルを放った。そして、再びAFDにより後方に退避する。先鋒隊は二四発のミサイル全てをGA70に放ちながら、GA65にも、ガイナス巡洋艦部隊にも攻撃を加えなかった。

GA70側の巡洋艦部隊は、接近するミサイルに対して迎撃態勢をとった。第一撃に比較すれば、宇宙船の加速がない分だけミサイルの速度も遅い。さらに二度目となれば、防御は可能だった。

ただ、AFDを利用した一撃離脱には十分に対応できず、一六発は迎撃できたが、八発は撃ち漏らし、GA70に命中した。この一部始終を記録したのち、重巡クラマやスカイドラゴンを中心とする部隊主力は、第二拠点より三〇〇万キロの位置まで下がった。

指揮官が烏丸三樹夫少将でなかったなら、意味不明の行動の連続に、命令への不服従さえ出てもおかしくない状況だ。だが、戦隊司令官たちは、ほとんどが士官大学校にて烏丸の教えを受けた人間であり、「烏丸はこういう人」という共通認識を持っていた。自分らにはわからないが、烏丸ならちゃんと考えがあるはずだ。それが彼らの信頼だ。

そして烏丸司令長官代行は、クラマからあるメッセージを第二拠点に向けて送った。

「我はトラヤヌスともハドリアヌスとも闘わず。生産設備の拡大を望まぬのみ」

このメッセージを即時に解釈できたのは、僚艦であるスカイドラゴンだけだった。電子戦戦隊の軍艦に解読能力はあったが、かなり限定的な解析しかできなかった。巡洋艦アゾバが行った集合知性とのコミュニケーションは、あれでもかなり健闘した部類だ。

「ついに仕掛けたのね」

シャロンが呟く。

「仕掛けたとは？」

「烏丸先生には、集合知性とのコミュニケーションにあたって、徹頭徹尾、守ってきた原則がある。それは相手に対して誠実であること。嘘をつかず、誠のみで対する」

「それは確実な事実関係を積み上げて、ガイナスとの確実な意思疎通を図るためですね」

その時、シャロンがマイアに見せた笑顔は、この場に似つかわしくないものだった。彼女はマイアを愛《いとお》しんでいるというか、可愛いと思っている。

「集合知性も獣知性も、嘘をつけない。そして彼らから見た唯一のコミュニケーション相手も嘘はいわなかった。避け難い状況から、結果、嘘になってしまったことはあってもね」

「それが、何か？」

「集合知性はね、人間が嘘をつく存在であることを知らない。烏丸先生は、誠実に向かい合うことで、最後の一戦で使うための切り札を研ぎ澄ましていたのよ」

シャロンの言葉が終わらないうちに、第二拠点では戦闘が始まった。

トラヤヌス派もハドリアヌス派も烏丸のメッセージを傍受し、理解した。人類の艦隊は自分たちの闘争に干渉しない。両陣営はそれを信じた。

そこで、人類の攻撃により拠点であるGA70を破壊されたトラヤヌス派に対して、GA65のハドリアヌス派が総攻撃を仕掛けてきた。

それまでガイナスは二派で対立していたものの、人類という共通の敵に対しては、共闘しないまでも内紛を中断する決断をしていた。

このためガイナスの巡洋艦集団は、一二二隻で一つの艦隊を編成し、人類に対峙するようなことはしていない。それぞれが自分たちの拠点である小惑星を防衛するように、艦隊戦力は分散された格好だった。

そこに、人類は不干渉であるとの烏丸からのメッセージが伝えられると、拠点の被害が少ないGA65のハドリアヌス派が攻勢に出た。GA70を守る五九隻の巡洋艦に、六三隻の巡洋艦が攻撃を仕掛けたのであった。

ただ、両陣営ともに拠点防衛に重点を置いていたために、艦隊が接触するまでには時間がかかった。しかし、ハドリアヌス派は移動を優先するためか、巡洋艦の隊列は無秩序に見えた。

「トラヤヌスは、以下のように布陣すべし」

烏丸はここでトラヤヌスに対して、ハドリアヌスの攻撃に対する、最も合理的な陣形を図に描いて送った。

その意味はすぐに理解されたのだろう、トラヤヌスの陣形は組みなおされ、ハドリアヌスを迎え撃てる態勢が出来上がった。無秩序に直線状に前進するハドリアヌス派の巡洋艦を包囲する形の布陣である。

もとより人類に備えてトラヤヌス派は部隊を配置していたので、烏丸の提案に従うのは容易であった。

マイアは烏丸の冷徹なまでの論理性に圧倒された。普通の人間であれば「我はトラヤヌスともハドリアヌスとも闘わず」を不干渉と解釈し、陣形の提案を干渉と判断し、騙されたと感じるだろう。

しかし、獣知性の論理では、闘わないとはそれ以上の意味は持たない。干渉しないという意味は含まないのだ。それだけ烏丸は、ガイナスを相手にするときは人間的な先入観を切り捨てているのだ。

「ハドリアヌスは、以下のように布陣すべし」

烏丸は今度はハドリアヌスに対して、同様に最適な陣形を図示して送った。

「何がしたいんですか、烏丸さんは？」

人間的な先入観を切り捨てているのはわかったものの、肝心の烏丸の意図がマイアにはさっぱりわからない。トラヤヌス宛とかハドリアヌス宛といったところで、メッセージそのものはすべて双方に伝わっている。

だから最適な布陣を教えたところで、対立する相手もそれを知るわけだから、効果的な陣形にはならない。どちらも相手に対する対抗策を組める。

「それに、連中は礼の一つも言ってこない」

「獣知性は礼など言わんだろう」

最初のマイアの質問を無視し、シャロンはその疑問に反応した。

「獣知性に、人類との共存の意思はない。先ほどから何の返信もしていないでしょ。先制攻撃を仕掛けてきて、生産設備を大破させた相手との共存は望めない。だからコミュニケーションを取ろうとしない。

第二四電子戦戦隊とコミュニケーションしたときとは、状況が違うのよ」

「どう違うんですか？」

「アザマ兵站基地の建設は、彼らからすればガイナス拠点が奈落《ならく》基地により完全封鎖された記憶を呼び起こし、それは第二拠点封鎖の先駆けに見えたでしょう。

だがGA70とGA65の交通さえ確保できたなら、周辺を封鎖されても自給自足できる。ならば人類からの直接的な拠点攻撃さえ回避できれば、トラヤヌス派とハドリアヌス派の共闘関係は、資源入手の面で利点がある。

しかし、人類がGA70とGA65を攻撃し、生産設備の破壊が目的と言われれば、ガイナスが望む形での共存はできない。だからコミュニケーションも取ろうとしない。ただ、集合知性のアプリケーションは作動するから、こちらの言っていることはわかる」

「つまり烏丸さんのメッセージは、先の拠点攻撃と合わせて、内政不干渉を言っているように見えて、実は敵陣営の弱体化に伴い、それを占領させようと誘導したということですか？」

何をやっているのかわからなかった烏丸の攻撃命令に、そんな意図があるとはマイアは思ってもいなかった。

「だったら、我々が前進したり後退したりしているのも意味があったわけですか？」

「獣知性は多分に目先の現象に行動を左右される傾向があるのよ。先鋒隊の拠点攻撃前に我々が前進すれば、獣知性の注意はこちらに向けられる。

そして先鋒隊の作戦終了後に我々も撤退すれば、獣知性の脅威度判定は、人類に対するものより、対立する身内の方が高くなる。拠点を破壊され、自分たちの資源を欲している敵対陣営が人類よりも近くにいるわけよ。

まぁ、本当に人類より身内を脅威と感じるかは博打《ばくち》だったけど、烏丸先生はその賭けに勝ったということね」

スカイドラゴンの戦術AIは、電子戦戦隊からのデータを分析し、獣知性同士の戦闘を見ていた。

正直マイアは、五二隻の軍艦だけで、しかも指揮官が烏丸少将という第二艦隊の編制に、強い不安を覚えていた。X線レーザー搭載軍艦が二隻あるとはいえ、拠点攻撃の戦力としては十分と言えず、さらに烏丸少将が艦隊指揮官として適任かについても疑問はあった。

しかし、それはマイアの認識不足であった。烏丸少将は教科書的な艦隊戦をするつもりなど最初からなかったのだ。知性体としてのガイナスの特性を見極め、彼らの弱点を突く。それが烏丸の目的だ。

ただ烏丸少将が、トラヤヌス派とハドリアヌス派を戦わせている理由はやはりわからない。合理的なガイナスが、共倒れするまで戦うとは思えない。

あるいは消耗させ、戦いで勝ち残った陣営に対して、再び人類との共存を選択させようというのか？

烏丸少将は、両陣営に対して何度となく、最適な部隊運動を図示していた。ただ、どちらの陣営も相手の最適な手の内がわかるため、烏丸の提案も決定打にはならなかった。

それでも、トラヤヌス派は拠点のGA70のダメージが大きいのか、全般的に守勢に回っていた。

巡洋艦の数は何とか五〇隻を維持していたが、ハドリアヌス派の六〇隻と比べれば、戦力差の拡大は明らかだ。トラヤヌス艦隊はGA70の周辺まで撤退する。

トラヤヌス艦隊の撤退が急激であったために、ハドリアヌス艦隊との間に距離が開いてしまった。しかしハドリアヌス艦隊は、小惑星周辺でトラヤヌス艦隊を殲滅《せんめつ》するつもりなのか、包囲するような布陣を始めた。

この段階では、烏丸少将も戦術の提案を止めていた。すでにトラヤヌス派もハドリアヌス派も、完璧ではないにせよ自分たちの戦術を会得《えとく》していたためだ。

「頭のいい連中ですね」

それはマイアの率直な意見だったが、シャロンはなぜか辛辣だった。

「実に合理的に動く、しかし、最適化されすぎているな」

マイアはその意味を尋ねたかったが、彼女の周囲には質問を許さない空気があった。何かに怯えているのか？　マイアはそれが気になった。

トラヤヌス派はここでGA70を中心に、複数の防衛線を用意して、縦深を深める布陣で待ち構えた。

そしてハドリアヌス派の部隊が接近すると、GA70が爆発し、巨大な破片が周囲に飛び散る。

マイアは、それは岩石を運動エネルギー兵器としたのかと一瞬思ったが、そうではなかった。

GA70に巨大な空間が顕《あらわ》になった。そしてそこから、以前に集合知性を載せていた恒星間宇宙船によく似た大型宇宙船が現れた。

形勢は逆転した。巨大宇宙船の火力により、接近していたハドリアヌス艦隊の巡洋艦が次々と破壊され始めた。

ハドリアヌス派は予想外の大型宇宙船の登場に、明らかに混乱していた。集団としてではなく各個に、巡洋艦はGA65に向けて後退してゆく。

敗走するハドリアヌス派をトラヤヌス派が追撃にかかる。すでにハドリアヌス艦隊の戦力は四〇隻を切っている。そしてようやく陣形を整え、GA65で防御態勢を敷くような布陣を始めた。

そして今度はGA65でも爆発が起こり、そこからやはりデザインは異なるが恒星間宇宙船のような大型宇宙船が現れた。

「どういうことでしょう、旅団長？」

「我々は、マルクスが大型宇宙船で瑞穂星系に向かうと聞いたが、それはトラヤヌス派もハドリアヌス派も傍受していたはずだ。

そして彼らは恒星間宇宙船と戦闘を行い、勝ちはしたものの、甚大な損害を被《こうむ》った。

そこで彼らは、人類とは全く異なる観点で学んだのよ。マルクスとの戦闘の教訓から、両陣営は費用対効果で大型戦闘艦が有利だと判断した。

しかし、マルクスの恒星間宇宙船が破壊されたように、宇宙空間での建造は敵に攻撃され、破壊される恐れがある。だとすると安全に建造できるのは、小惑星の中。基地の構造と一体化すれば無駄もない。そんなロジックではないか」

「トラヤヌス派とハドリアヌス派で大型宇宙船のデザインが違うのは、それぞれが個別に同じ結論に達したため？」

「徹頭徹尾、あの両派の獣知性は基本構造が同じということなのだろう。まぁ、仮説に過ぎぬがな」

トラヤヌス派もハドリアヌス派も、共に自分たちの拠点を捨てたためか、母船と艦隊が正面からぶつかり始めた。

大型宇宙船はハドリアヌス派が有利で、巡洋艦艦隊はトラヤヌス派が優っていた。

「本気で同士討ちをするつもりなんですか、しかし、獣知性は合理的な判断をするのでは？」

「獣知性の合理性は、戦術レベルの合理性だ。ここまでの戦い方を見ただろう。最初は素人くさかった陣形も、今では自分たちで学び、最適な陣形を組めるまでになっている。問題はだ……」

「何でしょう？」

「トラヤヌス艦隊は劣勢に見せかけてGA70までハドリアヌス艦隊を引き込み、大型宇宙船で返り討ちにした。GA70はミサイルで痛打されていた。大型宇宙船は破壊されていたかもしれないし、破壊されていなかったかもしれない。外からでは判断できない。

トラヤヌス派は、明らかな劣勢でもギリギリまで大型宇宙船を投入せず、あたかもそれが破壊されたかのように見せかけた。

これは騙すという行為と解釈すべきか、それとも単なる情報秘匿か」

「騙すはないでしょう、獣知性は嘘がつけないのですから」

「なら情報秘匿か？　だがな、そうだとするとだ、トラヤヌス派はハドリアヌス派がどう考えるのか知っている、つまり共感力があることになる。あるいはそうした知性体が別に存在するか」

「別の知性体というと集合知性ですか？　いや、旅団長。そんな共感力という話じゃないと思います。トラヤヌス派もハドリアヌス派も、異なる獣知性ですけどアーキテクチャーは同一です。なら相手の考えくらい予測できるのでは？」

「アーキテクチャーの共通性か……そうかもしれんな」

シャロンが全くその意見に納得していないことをマイアは感じた。ただ一緒に生活しても感じるが、彼女は物事を複雑な構造で考えすぎる癖がある。マイアは今回もその類《たぐい》と考えた。

その間も戦闘は続いていた。トラヤヌス艦隊もハドリアヌス艦隊も無傷の宇宙船は一隻もない。恒星間移動も可能だろうと思われた大型宇宙船も、すでに半壊状態だ。どちらの陣営にも稼働可能な巡洋艦は二、三隻しかない。

そしてトラヤヌス艦隊もハドリアヌス艦隊もほぼ同時に残存戦力を統合すると、互いに真正面から相手の宇宙船に突進していった。

「何を考えてるんだ！」

マイアは叫んだ。どちらの宇宙船も体当たりしようと急激に接近している。完全に自滅するのは明らかだ。にもかかわらず両陣営の宇宙船は接近をやめない。

「旅団長、止めなくていいんですか！」

「マイア、止めるってどうやって？　あれは彼らの意思なのよ」

マイアが何も言えないなかで、大型宇宙船は衝突し、その中に巡洋艦も突っ込んでいった。

そして戦闘は終わった。戦術ＡＩは、周辺で活動するガイナスの宇宙船が〇であることを示していた。

三分後、烏丸司令長官代行より、作戦終了が宣言された。

＊

巡洋艦アゾバは小惑星ＧＡ７０の周辺を航行していた。最大長五〇キロの小惑星、その巨大さを感じるほどの至近距離にアゾバはいた。

「我々は、仇をとったことになるんですかね」

船務長のコニー田中中佐が、グレアム・チャップマン司令官にモニターを介して話しかける。

周囲には駆逐艦エレバンとバクーが航行しているが、どの軍艦も自分たち以外の機械の活動を探知していなかった。つまりGA70は完全に死んでいる。

「仇は打てたさ。奴らが自滅したのも、結局のところ、我々の活動があればこそだ。勝てないとの状況認識が、彼らを自滅に追いやった」

チャップマンは立場上、そう言ったものの、彼自身が自分の言葉に納得していない。

ガイナスとの戦闘開始から二年近い歳月が流れるが、その間の死闘は枚挙にいとまがない。にもかかわらず結末といえば、侵略者であるガイナスが自滅して終わりだ。

いったいこの二年間とは何だったのか？　全てが無駄とは言わないが、相手が自滅では、異星人から文明を守ったという高揚感も随分と割り引かれる。何より壱岐の人間である自分たちは、首都を失っているのである。

しかし方面軍や第三管区は、お祭り気分は大げさとしても、安堵の気持ちに満ちている。しっくりこない終わり方だが、ともかくガイナスは全滅した。

それでも第二四戦隊だけは、電子戦部隊として第二拠点の調査にあたっていた。残存基地の類がないか確認するためだ。現時点では、そんなものは一つとして見つかっていない。

「ミサイルの一発も撃ち込みたかったんですけどね」

「無茶を言うなよ、船務長。我々はそういう部隊じゃないだろう。我が戦隊のエンブレムがウサギなのは、可愛いからじゃない、耳をそばだて、敵の動静を探るためだ。要するに味方の命を守るためさ」

「その耳も壱岐までは届かなかった、それが無念でね」

それにはチャップマンも返答のしようがない。正直、いつまで引き摺ってるのかとも思う。ただいずれにせよ、それは船務長が自分で克服すべき問題だ。

「司令官、GA70の内部映像です。ドローンが送ってきました」

発令所のモニターにドローンからの映像が送られてきた。小惑星基地の掘削したトンネルの内壁には、基地のインフラや通路などが宇宙船の船体と一体化されていた痕跡が濃厚に残っていた。

小惑星の爆発も、宇宙船を取り出すための外壁の爆破ということらしい。

ただ小惑星内部のすべてが宇宙船ではなく、掘削して与圧しただけの通常の生活空間も多い。

「ここにはガイナス兵ばかりですね。あの人間から改造したやつ」

コニー船務長が言う。確かに宇宙服が急な減圧で破裂したのか、ガイナス兵の死体が空間を漂う場所も幾つかあった。ただ、いずれにせよガイナス兵しかいない。

「ゴートの細胞をクローン化した、新しいガイナス兵がいるはずって説があったが、あれは間違いか？」

「それはわかりません。GA65のほうにはゴート兵みたいのがいっぱいいかもしれません。それなら同士討ちの理由もわかるんですけどね」

それから一時間ほどして、僚艦である巡洋艦バャーンからデータが届く。彼らはGA65を調査していた。

「司令官、これを見てください」

船務長がGA65からのデータを表示する。それもまた小惑星内部の状況だ。そこにも夥《おびただ》しい死体が浮かんでいる。

「これはどう見ても……」

「ガイナス兵です、ゴート兵なんかいません！」

船務長は、そう言いながら死体を拡大する。それは、人間を改造したガイナス兵以外の何者でもなかった。

# 7　37番小惑星

「本当に、この調査結果なのか？」

タオ迫水臨時政府統領は、カランザ市長であり、臨時政府副統領のホッジス山岡にそのデータの真偽を確認する。二人は別々の執務室におり、やりとりはVRにて行われた。

「間違いありません。我々のスタッフの能力はご存知と思いますが」

「あぁ、わかっている。だから厄介なんだ」

タオはホッジスが提出した、新政府首班として誰が望まれているかの調査結果を前に、考えあぐねていた。客観的に見れば、その結果は妥当と思う。

問題は、タオがその結果に客観的になれないからだ。なぜなら新政府首班として惑星壱岐の市民に最も支持されていたのは、妻のクーリアだったからだ。

首都壱岐が壊滅して半年。壱岐の臨時政府は重要指定都市カランザを暫定的な首都と定めた。

このため、暫定統領のタオ迫水も今はカランザに事務所を構えていた。暗黙の了解で、カランザが新しい首都になると多くの市民が考えていた。

理由の一つは、壊滅した首都壱岐の復興がほぼ絶望的であることが明らかになったためだ。壱岐には二つの大河が流れていたが、宇宙船の衝突で生じたクレーターに水が流れ込み、巨大な湖になっていた。更地《さらち》に都市を再建するのではなく、河川の大改修が必要で、さすがにそれは無理だと結論されたためだ。

この影響は顕著で、半年前には三五〇万だったカランザの人口は、すでに四二〇万を数えていた。市内には議事堂を含む、多くの公共施設の建設が続いていた。

そうした中でタオ迫水の目下の仕事は、新政権の準備であった。次期首班の事前の世論調査もそうした仕事の一環であったが、この結果は予想外であった。

クーリアの力量を疑ってのことではない。彼女は閣僚だし、首都壊滅後の壱岐において多くの経済成長につながる施策を行なってきた。しかし、それでも政府首班に選ばれるほどの政治基盤はない。有力家族である安久家の当主でも、政府首班に選ばれるためには年単位の準備が必要だ。

だがタオはここで気がついた。有力家族の当主云々というのは、過去の政治の話だ。異星人との武力紛争という特殊状況だけでなく、壱岐市民の意識が大きく変容しているのではないか。

建前ではなく、真の意味で自分たちが政治の主権者であるという意識の変容が、従来では考えられなかった動きとなっている。クーリア待望論とは、つまりそういうことではないのか。

「新政府ができたら、自分は産業管理協会の職員にでもなるか」

タオの言葉をホッジスは妙な冗談と思ったのか、特に反応もしない。

しかし、タオは半分は本気だった。待望論は待望論として、新政府首班が遭遇する問題は少なくない。臨時政府が機能している理由の半分は、難問を新政府へ先送りしたためでもあった。

だからこそ新政府の抱える難問がわかる。クーリアがあえて火中の栗を拾うと言うなら、パートナーとしてそれを支えないわけにはいかぬ。退職により執政官としての助力が無理なら、民間組織からの支援しかあるまい。自分以上に政府首班のサポートに長《た》けた人間はいないはずだ。

タオはざっとそんなことを考えたのだ。

「しかし、統領」

ホッジスが呼びかける。臨時政府の首班なのだから、統領に間違いはないが、タオはいまだにこの呼び方に慣れない。

「方面艦隊が完全に引き揚げるのはいつでしょうね？」

ホッジスはタオに方面艦隊の現有戦力を提示する。八島《やしま》星系や瑞穂星系のような経済規模の小さな兵力はすでに母星に帰還していたが、出雲星系からの部隊は、いまだ留まっている。

「戦時経済から民生主導に切り替えねばならん。出雲からの兵力が最大規模である以上、彼らの経済民生化には我々以上に時間がかかろう。AFD搭載軍艦を建造できるのは、いまだ彼らだけだ。建造中の軍艦をどうするか？　それだけでもかなり頭の痛い問題であるはずだ」

タオはそう解釈したが、ホッジスは違っていた。

「それはわかるんですが、降下猟兵旅団が留まっているのは面白くありませんな」

「我々の政変にでも備えているというのか？」

「他にありますか、降下猟兵の使い道に？」

ホッジスは、疑問をぶつける。ふとタオは、自分やホッジスがまだ若かった二〇年前のことを思い出す。若手の執政官だった頃から、彼ははっきり物を言う人間だった。だからこそ信頼できる部下だった。

「答えはまさに君が言っているじゃないか、ホッジス。武力介入以外に降下猟兵の使い道などない。

そんな連中が頭の上を宇宙船で飛び回っている。臨時政府を武力で倒そうとするような勢力がいたとして、彼らは我々の武力だけでなく、頭の上にも注意しなければなるまい」

「つまり、あれは我々を守るため？」

「そうじゃない」

タオはホッジスに指摘する。

「何人《なんぴと》であれ、壱岐で騒ぎを起こすなということだ、我々も含めてな」

＊

ガイナスの第二拠点であるＧＡ７０およびＧＡ６５は、第二四電子戦戦隊による徹底した領域調査によっても、一切の活動が認められなかった。

さらにドローンだけではなく、完全武装の降下猟兵による徹底した内部調査でも、活動するガイナスの姿は全く見られなかった。

獣知性たちがＧＡ７０やＧＡ６５に温存されていた巨大宇宙船を投入したことで、小惑星の内部には、ほとんど何も残されていなかった。生産設備や居住設備は宇宙船の内部に構築され、小惑星内部に残されていたのは、鉱石採掘用の機械や作業員らしきガイナス兵だけだった。

さらにＧＡ７０でもＧＡ６５でも、ガイナスニューロンを収容していた巨大な空間が発見され、どちらの獣知性も人間のクローンから量産されていたことが確認された。

これにより敷島で回収されたゴートの生きた細胞から、ゴート兵が量産されているのではないかという仮説は否定された。二つの獣知性、トラヤヌス派とハドリアヌス派が、何が原因で共倒れするほどの戦闘状態に陥ったのか、それは解明できなかった。

ガイナス兵もガイナスニューロンも一つとして生存しておらず、頼みの綱のコンピュータも、破壊された巨大宇宙船に搭載されていたらしく、小惑星では単純な制御装置以上のものは発見されていない。

結局、ガイナスとはなんであり、何を目的として人類との戦闘を続けていたのか、壱岐を壊滅させた理由は何か、ほとんどの謎が謎のまま残っていた。

強いて言えば、GA70とGA65の小惑星をガイナスがどのように活用するのか、その建築様式がわかったくらいだ。二つの小惑星でほぼ同じ様式であり、このことからやはり、両者の獣知性は同じ構造であることを示唆するものと思われた。

ガイナスの集合知性とのコンタクトが続いていたこともあり、軍や各星系政府代表者は、漠然とこの紛争は話し合いで解決可能と思っていた。それが壱岐が破壊されたことで、一転して長期戦もやむなしという意見が主流になりつつあった。

だが、それから程なくして、よりによってガイナスが二派に分かれて対立し、内紛の果てに自滅した。それはまさに自滅としか言いようのないものだった。

されていた。
ガイナスとの武力紛争はともかく終了が宣言されたが、危機管理委員会は解散せず維持最大の理由は壱岐の復興と、戦時経済から平時経済へのソフトランディングの問題があった。この問題の解決には星系政府相互の調整を行う必要があり、それには危機管理委員会が最適と判断されたのだ。

もう一つの問題は、本当にガイナスが自滅したのかどうか、確信が持てないということもあった。危機管理委員会の視点では、今まで何度となく煮え湯を飲まされた相手だけに、万が一にも残存勢力がいれば、という懸念が払拭《ふっしょく》しきれないのであった。

さらに無視できないのは、播種船の問題だった。そもそも播種船のAIが「将来的な植民地の安全のため」という理由で敷島文明を攻撃しなければ、ガイナスが壱岐で武力侵攻を開始することはなかったのだ。

この衝撃的な事実を知っている人間は人類全体ではごく限られてはいたが、調査活動が大規模なために、万単位の人間がその情報に触れていた。人類史の根幹にかかわりかねないこの歴史的事実を、どのような形で公開するか？　これに対する方針は危機管理委員会内部でもコンセンサスは得られていなかった。

この播種船問題は、敷島星系の機動要塞をどうするかという問題とも連動していた。軌道要塞については、解体せず維持することだけはコンセンサスが得られていたが、そこから先は決まっていない。

例えば衛星美和のゴートに対しても、コンタクトすべきかすべきでないかの意見も纏《まと》まっていなかった。それはゴートの現在の状況が、人類に倫理的問題を突きつけるためだった。

むしろ危機管理委員会は、広範囲な情報公開が行われるまで、敷島星系については手をふれないという暗黙の了解があった。

そして第二拠点の戦闘から半年が経過したが、ガイナスが活動している痕跡はどこにも見られなかった。

そして危機管理委員会も、ガイナスは自滅したという前提で、巨大化した傘下の組織を整理し始めた。壱岐星系方面艦隊は戦力を半減され、さらに順次削減されることが決まっていた。

ただ、艦隊司令部は概《おお》ね残されていた。これは艦隊削減の事務処理や機動要塞を維持するための兵站部門が必要だからだ。

コンソーシアム艦隊としても、艦隊の増強と支援組織の拡大で大量に将校や下士官を養成したわけだが、それらを平時も維持するのは難しい。

さりとていきなり民生部門に転職というわけにもいかない。だから艦隊の削減は復員先の確保と連動していた。また軍需から民需に経済を移すソフトランディングのためにも、ある程度以上の規模で艦隊を維持する必要があったのだ。

それでもなお、最初に解隊されそうな降下猟兵旅団は、今も壱岐の宇宙要塞を中心に留まっていた。

＊

降下猟兵旅団のマイザー・マイア中尉は、届いたばかりの軍務局からの辞令が信じられなかった。

「旅団長、中将の内示が届きましたが」

マイアは当然、シャロンも驚くと思っていた。旅団長附として、参謀本部や軍務局からシャロン宛に届く通信文の管理をしている自分にも寝耳に水の話なのだ。

だが、シャロンの反応は薄い。

「あぁ、そうなのね」

それが彼女の反応の全てだった。まるで予想していたかのようだ。だがそれならそれで、やはりマイアには理解できない。極論すれば、昇進の辞令よりも予備役編入の辞令のほうがまだわかる。なぜなら、それが降下猟兵の置かれている立場であるからだ。

ガイナスが内紛で全滅して以降、マイアはずっと、降下猟兵旅団が解隊され、自分たちも除隊となり、母星へ復員すると考えていた。ガイナスとの戦闘が終了したからには、そうなるのが当然だと。

準惑星天涯での戦闘でこそ、降下猟兵は目覚ましい働きを示した。あの戦場では降下猟兵なしの作戦など考えられなかったのは間違いない。

しかし、いま考えれば目覚ましい活躍というのは、それくらいしかない。敷島星系の探査ではウンベルト風間《かざま》の捜索中隊が活躍したが、目立つのはそれくらいだろう。

むしろ戦闘の終盤は、降下猟兵旅団制空隊という艦艇部隊の活躍だけが目立っていた。

だから武力紛争が終わったなら、降下猟兵は縮小されるはずなのだ。シャロン旅団長にしても、いきなり予備役編入ということは十分あり得る。

それでも方面艦隊司令部からは、臨時政府への支援の意思表示として、降下猟兵に待機を命じている。現に、この重巡洋艦スカイドラゴンは他の衛星の邪魔にならないように、周回軌道にあった。

ことほど左様に、降下猟兵は世間から恐れられ、はっきり言えば危険な部隊と思われている。旅団規模の降下猟兵なら、首都を占領するくらいの芸当はやってのけられる。

ガイナスが現れるまで、降下猟兵が中隊単位でしか運用されなかったのもこのためだ。ガイナスとの戦闘では有用だった戦力も、それがいなくなれば不要になる。狡兎《こうと》死して走狗《そうく》烹《に》らるというやつだ。

実際、降下猟兵の一部は出雲星系などに戻っていた。今は戦力も半数程度しか壱岐には残っていない。だから自分の予想どおりの展開だろうと思っていた。

ところがここにきて、軍務局は予想外の辞令を続発していた。まず、シャロン紫檀は中将になった。まずこの意味がマイアにはわからない。

普通は中将といえば師団長だ。降下猟兵旅団はいずれ師団になるという話は出ていたらしい。だが、今それをすべき時期とは思えない。

「旅団長附、強襲隊の状況は？」

シャロンもそれは把握しているはずだが、こうした基礎的な部分を確認するのが彼女の流儀だ。

「第一強襲隊が壱岐にいる降下猟兵の全てです。一応、連隊規模ですが、平時編制に切り替わっているので、戦時の連隊で言えば、戦力は半減しています」

降下猟兵旅団の組織は創設時より細かい改変があった。人材育成目的の部隊を増やされたりしたためだ。四個中隊で一個大隊、三個大隊で一個連隊、二個連隊で一個旅団である。

しかし、戦時編制から平時編制に切り替わり、一個大隊は二個中隊となる。だから旅団の階層は従来どおりだが、中隊数が平時編制になれば、戦力はほぼ半減だ。

通信隊など旅団の支援部隊は今のところ人員の削減はないが、それとて時間の問題とマイアは思っていた。

「第一強襲隊は平時編制としても、前線に投入できる降下猟兵は一〇〇〇人はいるな」

「強襲隊には三隻の強襲艦があり、一隻あたり三五〇名ですから、一〇五〇名が使えます。これに支援部隊が加わりますが、そちらの兵力は戦場次第ですね。艦隊の兵站組織が使えれば、話は違ってきます」

マイアはそう説明したが、こんな話は釈迦に説法というものだ。

強襲艦に乗せられる降下猟兵もかつては二〇〇名程度だったが、今は三五〇名に増えている。おおよそ二個中隊規模であり、だから平時編制では強襲艦一隻で一個大隊が運べる計算となる。

半減したとはいえ降下猟兵一〇〇〇人といえば、かなりの戦力になるはずだ。しかし、マイアはだんだんと不安になる。どうしていま、そんな話をするのか？

「旅団長附、ガイナス拠点と第二拠点の小惑星データを確認して。第三管区かどこかに詳細なものがあるはず。まぁ、烏丸さんが用意してくれるとは思うけど」

「烏丸三樹夫少将ですか？」

「他にどんな烏丸がいるというのよ。命令があり次第、第一強襲隊と制空隊は出動できる準備をして」

「いつまでに？」

「自分を中将にしようというのだ、二四時間以内だ」

はたしてそれから一八時間後、壱岐方面艦隊司令部より降下猟兵旅団に対して出動命令がでた。さらにアザマ兵站基地にも分遣隊の派遣が命令された。施設の一部を解体移動し、後方支援基地を作るというものだ。

不可解なのは、これらの命令が伝令艦を介して行われ、電波通信ではなかったことだ。機密管理というのはわかるが、それは誰に対してか？

「旅団長、これから何が始まるというんですか？」

そんなマイアを不思議そうに見ながらシャロンは言う。

「降下猟兵が戦闘以外の何をするというのだ？」

＊

重巡洋艦クラマの作戦室には、室内の半分の空間を占領するほどの大きさで、小惑星の姿が映し出されていた。かつてガイナス拠点の一部を構成していた３７番小惑星だ。それほど大きくなく、長辺で二キロ、短辺で一キロ程度の小惑星である。全体的な印象は四角い箱だろう。

三条先任参謀は、烏丸司令官がなぜこんな小惑星にこだわるのかがわからない。ガイナス拠点の中では比較的古くから活用された小惑星と思われたが、人類に発見されたときは、ほとんど活動していなかった。数少ない活動は、第二拠点から送られてきたらしい氷宇宙船を収容したことだろう。

ガイナス拠点が戦闘機群により襲撃された時、蜘蛛の巣のように配置されていた多数の小惑星がバラバラにされ、破壊され、飛び散っていった。

拠点を構成していた小惑星については比較的調査しやすいものを除いて、ほとんど手付かずだった。突然の出来事で、調査スタッフも機材もまるで足りないためだ。

このため飛び散った小惑星の追跡だけは行われていたが、乱戦であり、破片となったものも多い。小さな小惑星の中には戦闘機の衝突で砕け散ったものもある。

調査可能な小惑星だけでも、分析チームが悲鳴をあげているほどなのだ。どれが原型を留めており、どれが戦闘で破砕したのか、その分類さえ先延ばしにせざるを得ないのが現実だった。

しかも第二拠点の戦闘で、GA70とGA65という新たな調査対象が出現し、37番小惑星のことはコンピュータの記録以外では、人々の記憶からも消えていた。

その小惑星をクラマは追尾していたのだ。降下猟兵部隊とともに。

「何がいると思いなさる三条殿？」

烏丸はそう言うが、そもそも三条には、何もいないとしか思えない。

「何もいないのでは？　使用されていなかった小惑星ですし、拠点から切り離されては何もできないと思いますが。現に活動している兆候もありません」

三条が不思議に思うのはそこだ。クラマの高度なセンサーで観測しても、37番小惑星には顕著な赤外線放射など全く見当たらない。多少は温度は高くも見えるが、ガイナス拠点の一部であったことを思えば、多少の熱が残っていても不思議はない。

「そう、そこが夷狄《いてき》の狡猾《こうかつ》なところ。三条殿でもわからねば、他のものにもわかるまいて」

「司令官はなぜこれが怪しいと？」

烏丸は、三条の視界の中に小惑星の軌道図を描かせる。

「これは……」

驚いたことに37番小惑星の進路は、まっすぐ準惑星天涯へと向かっていた。

「夷狄がずっと求めていたのは、内部に地熱と海を持つこの天体じゃった。ならばここを目的地とするのは不思議ではあるまい。そこなら誰も気がつかぬ。よもや壱岐の海に向かうわけには行かぬからの」

「あの小惑星は宇宙船だと？」

「考えてもみられよ三条殿、ガイナス拠点より天涯までの距離は二八天文単位もござる。だが現在位置は、一・三天文単位にまで迫っておる。夷狄の拠点が破壊された時、飛び散った小惑星の速度は秒速にして一キロもござらぬ。だがいまあの小惑星は秒速で二〇キロは出ておる。これが人為的なものでなくて何であろうや？」

なぜこの小惑星に誰も気がつかなかったのか？　三条はそれがわからない。しかし、そんな考えを読んだかのように、烏丸は言う。

「夷狄も最後の賭けに出たのじゃよ、三条殿。拠点が崩壊した時、37番小惑星は加速し、あの領域から急激に離脱したのじゃ。

　他の小惑星の速度など知れておる。捜索範囲が限られているなら、可能な限り離れるのが安全のために必要なことなのじゃ。そして夷狄の試みはある程度までは成功したわけじゃ」

「なぜ、司令官はそれがわかったのです？」

「拠点が粛清される直前、あの小惑星だけが外部からの物資を受け入れた。不自然な行為の後に拠点の破壊が行われた。

　ここで視点を変えてみるとどうなるか？　37番小惑星を脱出させるための陽動が、拠点の破壊であったとしたらとな」

「37番小惑星が拠点で一番重要だった？」

　三条には他には思いつかない。

「それもある。思い出されよ、拠点破壊の時にマルクスは我らに支援を乞うた。攻撃を受けてからではなく、攻撃の前にじゃ。

　だが冷静に考えれば、あの時点で夷狄の艦隊に対して、マルクスが自分たちが粛清されると解釈する根拠はないのじゃ。そして拠点は攻撃され、37番小惑星はここにある。

つまり、すべてがこの小惑星を天涯へと逃すための策動であれば、マルクスの助力や拠点攻撃さえ我々を騙すための仕掛けよ」

しかし、三条はそれには納得できなかった。

「ですが司令官、ガイナスの獣知性も集合知性も嘘をつけません。攻撃前に助力を要請したのも、我々の知らない情報をマルクスが知っていたためとすれば、不思議はありません。彼らには粛清されると信じられる根拠があったのでしょう。事実、拠点は攻撃された。37番小惑星の脱出が目的としても、ガイナスは嘘はつけなくとも情報を隠せるのですから、我々が知らなかったとしても、それは受け手である我々の解釈の問題では？」

「三条殿の解釈は、それ自体においては間違ってはおらぬ。だがまだ十分とはいえぬな」

「と、いいますと？」

「なぜマルクスは37番小惑星で逃げなんだ？　何よりマルクスは37番小惑星のことを認知しておったのか？」

「具象的なことは、集合知性は理解できないのでは？」

烏丸はうなずく。

「そうじゃ。そしてそれは拠点を攻撃した獣知性の艦隊も同様であろう。彼奴《きやつ》らの拠点攻撃は、単純な機械的行動であった。攻撃目標は抽象的存在で、具象的な意味は理解されていない。だから攻撃手法に多様性はなかった。

つまりな、攻撃する側も攻撃される側も、37番小惑星という具象的存在は認知できない。では、この小惑星が天涯に向かうという意思決定を為したのは何者か？　人類、集合知性、獣知性、それらに歪んだ情報を提供し、自身の思い通りに誘導した者がおる。大嘘をついたのは、其奴《そやつ》じゃ」

「何者なんです、それは？」

三条も烏丸の仮説にはついて行けない気がした。すべてのシナリオを描いた黒幕がいると烏丸は言ってるようなものだ。それでは安っぽい陰謀論ではないか。

「何者かはわからぬ、ただ其奴には自意識があるはずじゃ」

＊

マイアが睨んだ通り、シャロン旅団長の少将から中将への昇進にはやはり裏があった。まず危機管理委員会により「最終コンタクト戦隊」が編成されるという。

この戦隊は、主隊、制空隊、強襲隊の三つよりなる。主隊は重巡スカイドラゴンを旗艦とし、これに重巡クラマと駆逐艦二隻が伴う。そしてスカイドラゴンに座乗するシャロン紫檀中将が、部隊全体の指揮をとる。

つまり階級が同じ少将では烏丸に命令できないので、シャロンを中将にするという理屈である。通常ならこんな無茶な理屈で、就任したばかりの少将を中将にはしない。

それを危機管理委員会や軍務局が実行したのは、行われる作戦の重要度のためらしい。

マイアが旅団長附の権限で各方面に探りを入れたところでは、この人事の発案者は烏丸三樹夫少将だという。単に自分が中将になりたくないから……という子供じみた話ではない。烏丸司令官は最前線に出る腹を決めており、だから自分が最高指揮官では万が一の時に部隊が総崩れになるから、中将クラスの指揮官が別に必要という理屈だ。

それがシャロンになったのは、作戦に降下猟兵が不可欠であることと、その能力を見込んでのことらしい。特にGA70探査時のガイナスの内紛における集合知性とのやりとりを、烏丸は非常に高く評価していた。それが一番の理由だという。

降下猟兵の制空隊は二個任務隊で、つまり巡洋艦二隻に駆逐艦四隻。強襲隊は強襲艦三隻とそれで運ばれる降下猟兵三個大隊である。

これらの部隊の目的は一つ。烏丸司令官の安全確保。それが意味する点は一つ。烏丸司令官は37番小惑星への突入を計画しているということだ。

無論、天涯攻防戦における小惑星要塞で、降下猟兵が調査不足で大敗した記憶はいまも生々しい。それだけに事前調査は入念に行われた。

「旅団長、計測結果が出ました。クラマとスカイドラゴンの計測データと比較して、やはりレーザー干渉計に有意なズレが認められます。ブレンダ博士らの仮説の予測と合致します」

若い頃は科学者志望だった旅団長附のマイア中尉は、やや興奮気味にその報告を行った。

「奴ら、凄い技術持ってますよ。ある部分は人類より優れてる。いいですか、あの小惑星を駆動しているのは核融合推進じゃないんです。ある種の粒子加速器です。通常の物質とは相互作用しない、運動量だけを持つ素粒子を生成して噴射するんです。だから電磁波も出なければ、プラズマの噴射もない。余程のことがなければ発見できない」

かなり低い加速水準ではあるが、それでも37番小惑星が加速を続け、天涯の手前まで進出できた理由は何か？　烏丸司令官は、未知の推進機関の可能性をブレンダ霧島博士に検討依頼した。

返答は伝令艦ですぐに戻り、強力なレーザー発振装置を持つ重巡クラマとスカイドラゴンが周辺の空間を調査した。

問題の素粒子が通常物質と相互作用しなくとも、ダークマターとなら作用する可能性があった。その場合、空間のダークマターに局所的な濃淡ができる。

それは重力場の濃淡として観測できるはずだから、レーザー干渉計で分析できるはずという仮説である。そして二隻の重巡の調査により、仮説は検証された。

「楽しそうだな旅団長附。なら訊くが、運動量しかない素粒子を生成したとしても、機械を動かせば赤外線が出るだろう。それはどうする？」

「えっ、赤外線ですか……」

「運動量だけの素粒子も我々の素粒子理論では、存在は予言されていた。ということは、運動量保存則や熱力学の法則にも従うわけだ。で、排熱はどうなる？」

「ええと……」

言われてマイアは気がついた。それは完全に見落としていた。

「馬鹿者、３７番小惑星は内部に氷宇宙船を収容したことを忘れたのか？　排熱は氷に吸収させられるだろうが！」

「あっ……」

いつもながらマイアは旅団長に感心する。自分が考えている程度のことはすでに彼女も考えて、さらに先まで読んでいる。

「あの氷が吸収できる熱量と、加速に費やしたエネルギーから判断して、あの小惑星の内部はほぼ空洞だ。見かけよりかなり軽い。素粒子の実験装置としては興味深いが、運用には相当課題があるのだろう。小型化できないとかな」

「なぜです？」

「そんなに良い機械なら、すでに巡洋艦に投入されているだろう。瑞穂に向かった恒星間宇宙船すら核融合推進だった。あるいはそれは敷島から運んできた機械で、自分たちには製造できないのかも知れないな」

シャロンは未知の推進機関よりも、３７番小惑星そのものの解析を重視していた。ただこれもレーザー干渉計による調査と並行して行われた。

それは、恒星からのミューオンを利用して小惑星内部を計測するというものだ。これは鉱山の内部構造を調査するなど、比較的歴史のある手法である。

この調査と、ガイナス拠点の残骸やＧＡ７０やＧＡ６５の調査からわかってきた、ガイナスの小惑星基地の内部構造様式を合わせ、解析するのだ。

さすがに人体にＣＴをかけるレベルの分解能は望むべくもないが、それでも内部の通路などの構造はかなりわかってきた。中にミューオンでの解析精度が極端に悪化する直線状の部分が見つかったが、そこが重心を通過していることなどから、問題の素粒子推進器と思われた。解像度が悪いのは、素粒子推進器が発する何らかの場の干渉によるものと思われた。

問題部分は推定で一五〇〇メートルほどあり、確かに軍艦に搭載できる大きさではない。また排熱用の氷と思《おぼ》しき部分も巨大な空間も発見されていた。そこは氷しかないようで、居住部分として活用されているのは全体の四分の一ほどの領域らしい。

そしてついに３７番小惑星の内部構造の推測図が現れた。また表面の形状分析から、内部への進入路の候補も幾つか描かれていた。

「最大の開口部は艦船のドックらしい。第二拠点からの氷宇宙船が入港したのがこの場所だが、この内部は水没している可能性が高い」

マイアの視界の中に、37番小惑星の平たい箱のような形状が浮かび上がる。

「ドックの入口を便宜的に北とする。それ以外の出入口は二ヶ所。南東と南西だ。分析によれば、この二つの出入口はかなり大きな通路により連結されていると思われるが、隔壁もいくつかあるようだ」

シャロンは説明するが、マイアはその説明に不安を覚えた。作戦会議でのブリーフィングではない。なぜそんな話を自分にここでするのか？

「旅団長附、貴様、必要なら小隊指揮官として戦えるか？」

「お言葉の意味がよくわかりませんが……ええと、それは何かあったら、あの37番小惑星に突入しろという意味に解釈できるんですが？」

「素晴らしい理解力だ。旅団長附に自分の意図が正確に伝わって、これほど嬉しいことはないな」

「旅団長は行かないんですよね？」

「久々の鉄火場《てっかば》も面白そうとは思うが、烏丸さんの安全確保のために持ち場を離れるわけには行かぬからな。まあ、向こうから名指しでもされたら考えるが。

おそらく六個大隊で解決できない問題はないだろう。全員がPAT（動力支援歩兵：Power Assist Trooper）だから、相互連絡がつかなくて各個撃破されることもない。小回りの利かないAS（装甲兵：Armored Soldier）ではなく、偵察ロボットR2も動員する。装備、人材いずれもこれ以上は求められない」

「ですよね……」

マイアはほっとする。冷静に考えれば、この兵力であの程度の小惑星を攻略できないはずがない。

「だが、相手は未知の知性体だ。烏丸さんの予想では、一番狡猾で、嘘もつける。律儀に合理的なガイナスとは別物らしい。となれば予備兵力が必要だ。それも信頼できる精鋭を送らねばならん、わかるな」

「もしかして、珍しく、自分は旅団長に褒められているのでありましょうか？」

「おだてられ、乗せられていると解釈しない、その前向きさこそ、困難に直面した指揮官に求められるメンタルだ」

突然のことで最初は当惑し、正直、恐怖も感じたマイアだったが、状況を考えると面白いと感じている自分がいた。

「その場合、スカイドラゴンからも支援はありますよね？」

「無論だ。事態がそこまでいったら、手持ち戦力を総動員する。いいか、我々は運命共同体なんだ」

「運命共同体ですか……」

そこでふとマイアは思いつく。

「まぁ、自分が小隊率いて最前線に飛び込むのはいいんですが、危険手当みたいのは出ますか？　見返りというか」

「何が希望だ？　自分にできることなら聞いてやる」

「僕と結婚とか、どうです？」

シャロンは無言でマイアの後頭部を引っ叩《ぱた》く。

「作戦中に公私混同をするな、馬鹿もの！　そんな話は、生還して、プライベートな時に言え！　だったら考えてやる」

「ありがとうございます、是が非でも生還します！」

＊

「司令官、３７番小惑星の赤外線放射が増えてます」

三条先任参謀は烏丸司令官に報告する。

「やはり動いたか」

三条も烏丸も、３７番小惑星から、何らかの反応があることは予想していた。

何しろ重巡洋艦二隻に巡洋艦二隻、強襲艦三隻、駆逐艦六隻の一三隻の軍艦が、差し渡し二キロ程度の小惑星を包囲しているのだ。内部に何らかの知性体が存在するとしたら、攻撃を避けるためにもそれなりの対処が必要だろう。

小惑星の赤外線放射は氷点下を越えることはなかったものの、明らかに増えていた。そして表面には、明らかに人工的な金属状の構造物が現れた。

直径五メートルほどの半球状のそれは、レーザー光線砲の類《たぐい》と思われたが、小惑星の四隅に一基ずつしかなかった。武装はしているが、直接防御にあまり重きを置いていなかったのだろう。

ただ、防御火器を露わにしたことで、内部の何者かは隠れ切ることは不可能と判断したらしい。

そして小惑星からは、文字でメッセージが届いた。

「烏丸司令官とシャロン司令官をお招きしたい」

三条はその文面が信じられなかった。どうして烏丸やシャロンを彼らは知っているのか？　もちろんシャロンは中将であり、司令官ではなく旅団長だ。しかし、むしろそんな細目を把握していないことに、三条は相手が精力的に自分たちの情報を集めていることを感じさせた。

「司令官や旅団長の名前まで知っているとは……」

「さほど驚くことではあるまい。一般の民生回線では、シャロン旅団長はシャロン司令官として報道されておる。それを傍受しておれば、シャロン司令官と名指しされても不思議はない。

彼奴もシャロン司令官の本名がシャロン紫檀とは知るまいよ。高級軍人の個人情報保護のおかげじゃ。

それに星系防衛軍でも、降下猟兵の階級を正確に答えられるものは少ない。降下猟兵自体が組織改編が続いたからの」

烏丸がこの相手にまるで動じていないことが、三条には不思議だった。

「司令官は相手が何者か、ご存知なんですか？」

「無論、存ぜぬよ」

烏丸は当たり前だろうとばかりに言う。

「さりとて、身共《みども》を捕らえて頭から齧《かじ》りつくようなこともあるまい。

三条殿が彼奴だったとして、身共を迎え入れるのは何のためじゃ？」

改めてそう尋ねられると、三条もそう簡単な質問ではないことに気がつく。

37番小惑星の視点でみれば、状況は最悪だろう。戦闘になれば勝てる見込みはない。だから烏丸とシャロンを中に入れて人質にするというのは、すぐに思いつく。だが、これも良策とはいえない。

そもそも招きに応じてくれなければ、人質の活用という手段が成立しない。人質になってくれたとしても、烏丸なりシャロンとの交渉が何かの妥結に至ればよいが、決裂し、人質が席を立ったらどうなるか？

彼らの帰還を阻《はば》めば武力介入の口実を与えることになる。つまり選択肢は、交渉決裂なら二人を生還させることとなる。それは現状と何ら変わらないが、失うものはない。

「命乞いでしょうか。武力行使で勝ち目がないなら、安全を保証してもらうよりない。まぁ、壱岐に再攻撃をかけられる秘密兵器を用意しているとでもいうなら、話は別ですが……」

そして三条は気がついた。37番小惑星をここまで運んできたのと同じ素粒子推進器があり、それを内蔵している小惑星が壱岐を目指しているとしたらどうなるか？　力関係は再び変わる。同時に相手側も、人質の生還を必ずしも保証せずとも済む。

「おわかりになったようじゃの。相手は正体がわからぬ。集合知性のように嘘をつけないかも知れぬが、ぬけぬけと嘘をつけるかも知れぬ。

だから彼奴には切り札があるのかもしれないが、完全なはったりかもしれぬ。それがはったりなのか、切り札があるのか、その判断を混乱させるために、この小惑星は素粒子推進器を装備しているのやもしれぬ」

「司令官は危険を承知で招きに応じるのですか？」

「三条殿、身共が危機管理委員会を説き伏せてこの準備をしたのも、まさにそのためじゃ。

無論、彼奴が交渉に応じないという選択肢もあった。しかし、彼奴の所在が知れたからには、交渉以外に選択肢はない」

「この交渉が、少なくとも相手側から見て予想外のものなら、壱岐を攻撃する切り札などないのでは？」

「とは限らぬ。遅かれ早かれ彼奴の活動は人類に知れる。その時のために切り札を用意するのは合理的判断じゃ。

むしろ彼奴は我々に発見されたことで、戦略的にはかなり不利な状況に置かれておる。伏せておけばこその切り札。ここでその存在を明らかにするとしたら、切り札の価値は半減する」

「そういうことでしたら、憚《はばか》りながらこの三条新伍も……」

「それはならぬ！」

烏丸は議論を許さぬという強い口調で言う。

「三条殿にはここを守ってもらわねばならぬ。夷狄との交渉なら、三条殿より優秀な人材はおる。

しかし、今の状況で身共が安心して留守を任せられるのは、三条殿をおいて他にはござらぬ。

司令官として命令はせぬ、同志として、御頼み申す」

三条先任参謀は、柄にもなく、何か熱いものが胸の奥から湧き上がるのを感じた。

「司令官、わかりました。自分はこの部署を守ります。しかし、自分は何を優先すべきなのでしょうか？」

三条の問いに烏丸は即答する。

「生還することじゃ。ここでの作戦が失敗した場合、全ての記録を分析せねばなるまい。その采配は貴殿にしか頼めぬ。それに、ここにきて恨みを買いたくはないからの」

「恨みとは？」

「三条殿に何かあったら、猫のココちゃんに末代《まつだい》まで恨まれようぞ」

＊

「そなたの名前を教えよ」

部隊の指揮官として、シャロンは烏丸には相談せずに、３７番小惑星の知性体に通信を送った。

「我はロムルス・レムス」

戦術ＡＩは、それが地球の古代ローマを建設した人間の名前だという。ただし、それ以上のことはまるでわかっておらず、これが二人の人間の名前の可能性すらあるという。

「つまり、あちらさんのロムルス・レムスの知識も我々と同様ってことですかね、旅団長？」

マイアはその名前に深い意味を見出してはいなかった。結局、ガイナスが古代ローマの人名を名乗ったのは、人間と通信するのに都合がよいという方便に過ぎないからだ。しかし、シャロンは何度かその名前を呟く。

「行き当たりばったりの命名ではないとしたら、どうなる……」

「それはどういうことです、旅団長？」

「ガイナスがロムルス・レムスという名前を、我々との交渉のために名乗っているのは確かだろう。しかし、もしもそこに何かの意味を含ませていたらということだ」

シャロンはしかし名前の由来には深入りせず、すぐに交渉に入った。

「我々は身の安全を確保するために、必要最小限度の兵力を同行させる。その許可をいただきたい」

マイアはそれでいいのかと思ったが、シャロンによれば、烏丸ならこの程度のやりとりは織り込み済みという。

「むしろ相手の出方を見たい。これで普通に会話が成立するとしたら、相手はマルクスのような集合知性とは別物となるからな」

それはマイアには疑問だった。

「しかし、旅団長。そんな話の通じる相手がいるなら、今まで烏丸さんが集合知性とやってきた、あれこれの苦労は何だったんですか？」

「大事なことを忘れてるな、旅団長附」

「大事なことと言いますと？」

「この知性体の存在がわかったのはいつだ？　ガイナスが内紛を繰り返し、自滅した後だ。それが何を意味するかわからないが、重要なのは、相互理解可能な知性体がやっと現れたということだ。問題の根本解決がこれで図れるかもしれんのだ」

「彼我《ひが》の戦力差は明らかでは、旅団長？」

「37番小惑星だけが、あちらの手札の全てとなぜわかる？　それを確認せずにどうする？」

そして返答が届いた。

「ロムルス・レムスは分隊一つの警護を認める」

シャロンはその返答に目を細めた。

「分隊一つか……」

「一個分隊の兵員では、何かあったときに護衛に責任がもてるとは思いません！」

マイアは一〇人程度の降下猟兵では話にならないと思ったが、シャロンは違う視点で見ていた。

「マイア、分隊一つと一個分隊では意味が違うぞ。前者は艦艇の人数割りの単位だ。艦艇でも船務科は一分隊、航法科は二分隊などと分けるだろ。

・ロムルスは艦艇の組織については知っているが、降下猟兵部隊の知識はほぼないようだな」
そして彼女は「分隊一つ、三〇名を同行する」と送信する。ほどなくロムルスからは「然り」との返答が届いた。

「三〇名で一分隊なんて艦艇ありませんよね。あぁ、でも、軍港や要港部くらい規模があれば、そんな分隊もあるか」

「通信傍受だけで割り出したわけでもなさそうだな。不完全だが、そこそこ玄人《くろうと》臭い部分もあるな。ともかく、降下猟兵を内部突入させることには成功したな」

「では、自分も準備にかかります」

そう言って作戦室を出ようとするマイアを、シャロンは止める。

「準備って何の？」

「旅団長、言ったじゃないですか。自分が率いる予備兵力の降下猟兵は精鋭だって。最初に突入する三〇人を精鋭にせずにどうするんですか？」

「マイア……率先して危険に飛ぶこむなんて貴様、馬鹿だろ」

「馬鹿じゃなきゃ、シャロン旅団の旅団長附なんかやってませんや」

マイアは後頭部を引っ叩かれた。

「マイア中尉、貴様、生還しなければただじゃおかんぞ！」

３７番小惑星までの移動は、重巡スカイドラゴン搭載の連絡艇が用いられた。停泊中の艦艇の間を移動したり、救援や船体の修理点検などにも使う、汎用性の高い全長三〇メートルほどの小型宇宙船だ。

スカイドラゴンからシャロンとマイア指揮下にある降下猟兵二九名を乗せ、クラマで烏丸を乗せてから小惑星に向かう。

かなり異例だが、小惑星の周囲を固める艦隊の指揮は三条参謀が執ることとなった。ようするにこの作戦は烏丸プロジェクトの一つであったわけだ。だから部隊指揮はプロジェクトの次席が執るのである。

連絡艇は小惑星からの通信を直接は傍受できず、スカイドラゴンが傍受してから戦術AIが翻訳したものが転送された。

連絡艇は、スカイドラゴンから遠隔で操縦されている。指定された着陸点に正確に向かうためだ。

「これはミューオンの分析で、トンネルがあると解析されたところに向かってますね」

マイアはシャロンに対して、小惑星の立体図で該当箇所を示す。

「シャロン、なかなか優秀な部下をお持ちのようじゃな」

烏丸もその映像に目を細める。

「うちの精鋭です。だから死なれちゃ困るんですよ」

それを聞いて烏丸はカラカラと笑う。マイアは烏丸三樹夫と会ったことはなかった。

その噂から天才烏丸三樹夫は、無能な人間を視線だけで殺すような怖い人を連想していたが、なかなかの好人物に見えた。

「烏丸先生は何がいるとお考えですか？」

シャロンが神妙な表情で尋ねる。

「可能性は二つある。どちらも荒唐無稽な仮説じゃ。一つ言えるのは、自意識を持つ生物ということじゃ」

その可能性二つの中身までは、烏丸は語らなかった。やがて連絡艇は小惑星に接近し、その表面が肉眼でもわかるほどになった。

連絡艇の照明により、窓から灰白色の表面が見える。だいたいは天然の小惑星のありふれた表面だが、目的地に接近するにつれ、明らかに人工的に削られ、均《なら》されていた。

そして縦横一〇メートルほどの扉が見えた。それはゆっくりと観音開きに開くと、そこには小型宇宙船を収容できるような空間があった。

扉が完全に開くと、内部に照明が灯る。壁面に埋め込まれた、幅二〇センチほどの奥まで続くラインが白く光っていた。そんな照明が空間の四面の壁に二本ずつ走っていた。

その空間の奥行きは五〇メートルほどあるようだ。その先には三メートル四方のハッチがある。それがエアロックらしい。

烏丸司令官もシャロン旅団長もPATを装備していた。通常と異なり、あえて誰が指揮官かは外からわからないようになっている。

連絡艇が壁の一つに接触し、磁場で船体を固定する。観音開きの扉は閉まるかと思ったが、そんなことはなく開いたままだ。

そして空間奥の扉が横にスライドしたのが、連絡艇の窓から見えた。シャロンが身振りで合図したので、マイアは命じる。

「全員、下船せよ！」

あらかじめ決められた手順でPAT装備の人間たちは、R2偵察ロボットを連絡艇から降ろす。バギー型の小型車両で、最大で降下猟兵を四人乗せられる。過去の要塞攻略戦での反省から開発されたものだ。

「旅団長、ロムルスから通信がありました。R2は持ち込むなとのことです」

「やはり監視されているか。まぁ、しないほうがおかしいわよね」

マイアは、ボール型のカメラドローンを空間の奥にあるドアに投げ入れる。特に伏兵があるわけでもなく、そこは奥行き一〇メートルほどの部屋になり、突き当たりにやはり、三メートル四方のスライド式のハッチがあった。

どうやらこの一〇メートルほどの空間はエアロックであるらしい。なぜならかつてガイナスの地下都市でも確認された、与圧を示す記号がハッチに描かれていたためだ。

兵員全員が入ると、後ろのハッチが閉まり、内部に与圧が始まった。程なく内部は一気圧の空気で満たされたが、PATのヘルメットを脱ぐものは一人もいない。

やがて正面のハッチのマークが均圧を示し、ドアがスライドして開いた。

ある程度、予想されていたことだが、そこには銃を持った兵士がいた。ただし予想しなかったことに、そこにいたのはガイナス兵ではなかった。ゴートでもなかった。

身長一七〇センチ前後のゴートによく似た動物。機動要塞では猿と呼ばれていた生物だった。

猿たちはどこで覚えたのか、人間のような身振りで、降下猟兵たちに前進を促す。彼らが移動するとエアロックのハッチは閉じた。そしてそこから全員は猿に促されるまま、全長五〇メートルほどの通路を進む。

通路は小惑星を掘削したままではなく、化粧板のような白いシリコン素材で覆われ、天井からは淡い光があふれていた。ただ工事されてから長期間が経過しているのか、壁面の色はくすみ、劣化による凹凸も見られた。

通路の先には二〇メートル四方の天井の高い空間があった。そこにも正面に金属製の扉がある。縦横三メートルほどの観音開きの扉である。

扉には、ゴートと思われるレリーフが描かれていた。そこで、武装した猿たちは降下猟兵たちに銃を向けた。

「烏丸司令官だけこちらへ。シャロン司令官と警護の分隊はここでお待ちください」

どこからかそんな人間の声が聞こえた。

「では、仕事をして参る」

烏丸が歩き出すと、猿たちは道をあける。そして金属製の扉が開き、烏丸が通過すると、それは閉まった。

「旅団長、どうします？」

「まぁ、待ちましょう」

シャロンは落ち着いていた。

「よく落ち着いていられますね」

そんなマイアにシャロンは言う。

「精鋭部隊と一緒ですからね」

＊

観音開きの扉の向こうは、殺風景な部屋だった。一〇メートル四方しかなく、壁は白。ただそれだけの部屋だ。

その中心に、星系防衛軍警備艦長の制服を着た人間が立っていた。

「そなたがここにいる可能性は考えてはおったよ」

烏丸がそう言うと、その人物は慇懃《いんぎん》に敬礼をした。

「先生ほどの方が、私をご存知とは光栄です」

「科学者でそなたの名前を知らぬものはない。奥方のブレンダ霧島といえば、科学界では著名人、その夫として君は知られておる。そうは思わぬかね、フリッツ霧島殿」

# 8　最終段階

「旅団長の位置を特定しました」

重巡洋艦スカイドラゴンのファン・チェジュ艦長から、シャロン旅団長のPATに報告が入った。マイアはそれを旅団長と共有していた。

烏丸司令官との通信は途切れてはいなかったが、回線は著しく細くなっていた。現場は生存が確認できるだけだ。

そしてシャロンやマイアを含めた三一名の降下猟兵は、武装した二〇体の猿たちと対峙していた。

敷島星系の衛星美和の軌道上に設置されたSSX3には、制御装置として生きている猿が使われていた。

いま彼らの目の前にいるのは、その猿と酷似していた。ただ身長はSSX3の猿よりもやや高く、また完全に陸棲生物で、首筋にエラはなかった。

猿たちは肩から腰にかけて幅の広い茶色のストラップをしていたが、着衣に相当するものとしてはそれ以外にはない。

灰白色の皮膚をしており、体毛はない。頭部の様子は、大きさ以外はゴートのそれと酷似している。ただゴートが左右非対称の腕なのに、猿の両腕は同じ大きさだ。

猿が持っている銃は、ガイナス兵が末期に用いていた銃と似ていたが、猿でも扱えるように大きさは変えられていた。そうした部分での技術の継承はあるらしい。

マイアは自分たちのいる空間を見回す。縦横二〇メートル、天井の高さは五メートルほどの部屋だ。

数では猿のほうが劣勢だが、おそらく増援は呼べるのだろう。戦って負けるとは思えないが、それは重要ではない。

重要なのは、烏丸司令官を救助できるかどうかにある。

「艦長、赤外線源や電磁波の変化に注意して、おそらく烏丸先生は移動させられる」

シャロンがファン艦長に指示を出す。

「了解しました」

「旅団長、移動させられるとは？」

マイアの質問に対して、シャロンはそこにいる全員に考えを伝えた。

「武装した我々がここにいるのに、扉一つ隔てただけの部屋に、烏丸先生を置いておくとは思えない。まず我々の手の届かないところに連れて行くはずよ」

マイアは、シャロンがいつものように落ち着いていることに驚いていた。どう考えても危機的状況ではないか。

「しかし、この猿たちはどこから来たのかしらね？　クローンだとしても、奪われたのはゴートの細胞でしょ。でも、ゴートは成体になるまで陸棲ではない。猿の段階は、彼らの成体にはない」

「旅団長、そんな猿の由来よりも、我々はどうするんですか？」

「一度、通路まで下がる」

シャロンは広場に通じる幅三メートルの通路まで後退した。その意味はマイアにはすぐにわかった。

相手がどれだけ多くても通路に籠もれば、敵との接触は通路の幅だけしかない。彼我《ひが》の戦闘が幅三メートルの範囲なら、猿たちは増援を得たとしても、数の優位を活かせない。

通路の長さは五〇メートルあった。三一名の降下猟兵は、その中を確保した。

「連絡艇までのルートを確保するんですね、旅団長？」

「そのつもりだが、多分、あちらさんはそういう展開を望んではおるまい。

旅団長附、自分の予想が正しければ、お前たちを連れてきたことは失敗だったかもしれん」

「どういうことです、シャロン！」

自分がそう呼んだことにマイアは驚いたが、シャロンはなぜか嬉しそうに見えた。

「どうして私を名指しで呼んだのか？　仮に奴が本当に嘘がつける知性体で、感情を理解できる、それどころか感情に支配される存在だったとすれば、あまりにも単純な解答がある」

「なんです？」

「復讐よ。仲間の命を奪ったことか、あるいは自分たちの計画をことごとく邪魔したことに対してか。奴が一般メディアの通信を理解できるなら、憎き地上部隊の指揮官の名前を知らないはずがない。そして降下猟兵のうちメディアで名前がわかっているものは、私だけ」

「そんなの言いがかりみたいなもんじゃないですか！」

「復讐ってのは、ほとんど言いがかりみたいなものよ」

それでもマイアは努めて冷静に反論する。

「それだって仮説じゃないですか。ガイナスが復讐なんかしたことないでしょう」

そんな彼らのもとに、スカイドラゴンから通信が入る。ロムルス・レムスからのメッセージだという。

「一時間後に烏丸を処刑する。阻止したければ、助けに来い」

ロムルスは、小惑星内部の地図さえ用意していた。

「旅団長、この歳になっても学ぶことがありますね」

「何がだ、マイア？」

「底意地の悪い異星人なんているんだ」

＊

小惑星の中は弱い重力が働いていた。それは、小惑星の中心を走る素粒子推進器の副産物ではないかと烏丸は考えた。

その弱い重力の中、烏丸はフリッツ霧島に促され、さらに部屋から通じる通路を歩いた。

「なぜ烏丸先生は、私がここにいることに驚かれないのですか？」

「ガイナスの活動が始まったのは、そなたが警備艦ヤーチャイカで行方不明になってからじゃ。

そしてガイナスのロボットや自動機械は、意思決定をする存在がなければ何もできぬ。であれば、意思決定ができる人間という存在との接触は、ガイナスにとって転機となろう。人間の意思によって、全ての機構が動き出す。これが仮説一じゃな」

「仮説二は？」

フリッツは挑むように尋ねる。

「人間からガイナス兵を作り出せるほどの技術の持ち主であれば、本物のフリッツ霧島の複製を作り出すのも容易《たやす》い。これが仮説二じゃ」

「それは傑作だ！」

フリッツは手を叩いて笑う。

「よいでしょう、とりあえず私はフリッツのクローンということにして、クローンとして振舞うことで、オリジナルのフリッツであることを証明しましょう」

「その挑戦的な物言いは、昔と変わらぬな」

「よく覚えていらっしゃる。あれは禍露棲の第三管区の司令部が、地下都市ではなく、仮設基地程度の頃でした。

出雲から表敬訪問した巡洋艦、たしかイワテでしたね。その時の会食だった。あの頃は互いにまだ若かった」

烏丸はフリッツの言葉に目を細める。

「身共《みども》がある女性の説に反論した。すると、横にいたフリッツが激昂したのであったな」

「ブレンダという名前を期待していたならば、それは違いますな。彼女はスーザンだった。ブレンダと付き合う前の彼女です。このことは記録には残っておりますまい」

「左様、スーザンとのことは記録には残っていない。そもそも会食メンバーのリストにはなかった。フリッツが勝手に連れてきたのであったな」

「それは違う。スーザンが正規のメンバーで、私が飛び入りですよ。あの当時は警備艦の航法長でしかなかった。お歴々の会食に招かれるような立場じゃございませんよ」

そしてフリッツは烏丸の前に立ちはだかる。

「クローンがここまで詳細な事実を記憶できると思いますか？　いい加減、私を本人と認めてはどうです？」

烏丸は軽くフリッツを払い除け、前に進む。

「身共の、昔と変わらぬという言葉に、会食の話題を出してきたのはそなたではないか。それでは証明にはならぬ。

では、尋ねよう。そなた、身共とは何度面識がある？」

「二度、先ほどの会食の時と、その二年後に壱岐での学会の時。先生とスーザンが食堂で議論しているときに、私が現れた。先生が何を食べていたか、そこまでは覚えておりませんがね」

「そこまで深い関係だったスーザンと別れたとは、不思議なことよ」

「理由は言いませんよ、彼女の名誉のために。それに先生も理由を知らないなら、私が何を話したところで、証明にはならない。私も先生も、自身の命題を確認できない」

「なるほど、それは理屈じゃな。うむ、なかなか貴殿の記憶は鮮明のようだ、不自然にの」

「それは先生、言いがかりというものです。記憶が不鮮明なら怪しいと言う。さりとて鮮明でも怪しいと言われるなら」

烏丸は軽くうなずく。

「では、貴殿が本物のフリッツ霧島として尋ねる。貴殿はガイナス兵など量産し、何がしたかったのだ？　警備艦を修理し、人間社会に戻ろうとは考えなさらなかったのか？」

フリッツの表情に怒りの色が見えた。

「警備艦が遭難し、ガイナスのテクノロジーを活用するのが一朝一夕にできると思うのか？　ロボットや自動機械は唯一の生存者である自分に意見を求めていた。だからこそコミュニケーションが確立できた。

ですがね、それだって一年以上かかったんですよ。どうやって生きて行く？　ガイナスの宇宙船には私が使えるような食料も何もない。私は大破した警備艦の中で、酷寒の宇宙に晒《さら》され、凍結していた部下の死体を食べて生き延びるよりなかった。

そんな人間が、宇宙船を修理し、元の人間世界に戻れると思いますか？　門閥が幅を利かし、旧弊な価値観の壱岐社会で、私のような人間が受け入れられるわけがない」

「では、ガイナス兵を量産し、貴殿は何をしようとしていたのじゃ？」

「烏丸先生ほどの方がわかりませんか？　壱岐星系を支配することですよ。私が人間社会に復帰する方法はただ一つ。人間社会の側を私の勢力に取り込む。それが目的でした」

烏丸はそれを聞くと、感心したようにゆっくりと拍手をする。

「いやはや、多くの文化的背景が欠落しているクローン人間にしては、実に見事な演技でござった。いや、この烏丸、心底、敬服仕《つかまつ》った！」

「ちょっと待ってくれ！　どうして私がクローンだと言えるんだ！」

烏丸は教え諭すように、フリッツに向かう。

「そなたらがどのような技術で、フリッツ本人から情報を引き出したのかは解らぬが、何らかの拷問の類《たぐい》ではなかったか」

「なぜ拷問だと？」

「そなたらと人類は身体の構造があまりにも違う。それなのに人類の記憶を読み取るなどあり得ることではなかろう。それより痛みの反応を利用したほうが容易ではないか」

「だからどうして私がクローンだと言えるんだ！」

「そなたたちは人類と死闘を繰り返していたが、色々な事実関係から判断し、おそらくは同族の争いなども起こさぬ善良な知性体であったのだろう。

だからそなたらは戦いの技術で人類よりも劣るのじゃ。本物のフリッツ霧島は訓練された軍人であった。そして軍人とは、悪意のある存在に拉致された場合の対処法も訓練されるのじゃよ。それは、異星人に自分たちの悪意を投影したに過ぎないのであるがな。彼は自分の偽物が人類社会に送り返されることを恐れた。その時点で、彼は己が複製を目《ま》の当たりにしたのやもしれぬ。真相は解らぬが、そう考えるなら全ての辻褄が合うのじゃよ。

彼はある情報の中に、小さな嘘をちりばめていたのじゃ、一部の人間だけが検証できるような些細な嘘をの」

烏丸は拳銃を抜いた。フリッツはそれを見て驚愕している。

「本物のフリッツなら知っておるはずじゃ。スーザンは死んでいたのじゃよ、あの学会の直後にな」

フリッツは烏丸の銃弾に倒れた。

「博士には小細工は通用しないようですな」

通路にフリッツの声がした。見れば一〇メートルほど先にフリッツの立体映像があった。

「そいつを設《しつら》えるのには苦労しました。残された原型細胞もわずかでしたからね。さらに作り上げた複製に知識を教え込むのも容易ではなかった。原型の尋問で得た情報を解読できたのは、先生とのやりとりのおかげです。それまで五〇年、尋問内容はロムルスにも理解できなかった。

ですが、そこまでやった苦労は無駄だったのですね」

「なぜ、フリッツの映像を使う？」

「人間と会話するには、人間のモデルを利用するのが一番いいからです。それにロムルスが持っている完全な人体データは彼のものだけなのですよ」

そしてフリッツは改めて烏丸を案内する。

「どうぞこちらに、先生をお迎えする準備ができています」

＊

３７番小惑星を支配している知性体は、マイアがR２を移動させても何も反応しなかった。連絡艇には二基のR２が搭載されていた。降下猟兵の前方と後方にR２を配置して、指示された通路を前進した。

マイアは、この程度の小惑星に微弱でも重力が感じられることに驚いていた。

「どうして重力が？」

「貴様が言っていた素粒子推進器の影響じゃないのか、旅団長附。そいつから重力場が生まれている。我々が感じるのはそれだ」

マイアは先頭を行く分隊に、R２のデータを調べさせた。それによると重力場は位置により微妙に変化していた。機関部があると思われる場所から離れるほど重力は弱くなる。ただし、その数値は人間に感じられるほど顕著ではない。

「ちょっと特性を調べたいんですけど」

そう要求してきたのは、ラム浅井曹長だった。司令部要員としてはマイアの下で働いている。彼を今回の人選に加えたのは、その卓越した射撃の腕があればこそだ。

「特性ってなんのだ、ラム？」

「重力場のズレですよ。命中精度にどこまで影響するか調べたいんです」

「好きにしろ！　ただし、本来業務を忘れるな！」

マイアがR２を前後に配置しているのは、敵襲を警戒してのことだ。

烏丸を処刑するというメッセージとともに通行を指示された通路は、彼らの前に突然現れた。

武装した猿の集結する広場への入り口が突然ハッチにより閉鎖され、それと同時に通路の側面の壁がスライドして消えた。そして新しい幅五メートルほどの通路が現れた。

どうやら彼らがいるエリアは、本来は一〇〇メートル四方の領域で、壁を移動させることで、空間のレイアウトを変えられるらしい。そんな仕掛けの場所が幾つもあるなら、移動中にどこで奇襲を受けるかわかったものではない。

だから、R２のセンサーで周囲の異変をいち早く察知するのだ。

「艦長、この通信は届いてますか？」

マイアはスカイドラゴンのファン艦長と文字で連絡をとっていた。今のところ、連絡艇経由で通信は確保されている。ただいつまで続くかわからない。

「届いてます。そちらの位置も把握しています」

ファン艦長から、座標が届く。それはPATのコンピュータが処理して、小惑星のどこなのかバイザーに表示した。それはマイアの認識通りだ。

「前方、一〇〇メートルほどの領域に赤外線が強まってます。敵が襲撃してくるかもしれません」

ファン艦長の報告に、マイアよりシャロンが先に反応する。

「艦長、クラマの藤原《ふじわら》艦長とも連絡を取り、主砲の準備を整えよ。座標は追って指示する」

シャロンは続けて三隻ある強襲艦のうち、ワイバーンに命令を下す。

「降下猟兵を乗せ、降下モジュールを前進させよ。必要な場合には突入する」

強襲艦ワイバーンにはアンドレア園崎《そのざき》少佐指揮の第一大隊が乗っている。

戦力の三分の一しか使わないように見えるが、マイアにはその理由は理解できた。小惑星内部に突入する場合、突入口の大きさがネックになる。狭い小惑星内部の戦闘では、単純に兵力さえ多ければいいということにはならない。

シャロンがアンドレアを指名したのも、彼女は天涯の戦闘で小惑星要塞に突入し、最小限の死傷者しか出さずに生還した経験を評価してのことだろう。

「前進！」

マイアの命令とともに降下猟兵たちは前進する。烏丸の処刑時間まであと五〇分しかない。そしてそれに歩調を合わせるかのように、一〇〇メートル先で、通路両側の壁が移動し、広い空間になった。そこに武装した猿が待機している。数は一五〇体ほどだ。

マイアは最後尾のR２を前進させ、まず降下猟兵より先んじて武装したドローンを敵陣に突入させた。

猿たちは二輛のR２には攻撃を仕掛けなかった。これが武器であることが判断できないのか、降下猟兵だけを攻撃しろと言われているためか、それはわからない。

その代わり通路を囲むように猿たちは陣取り、銃撃を加えてきた。猿たちはこうした訓練をほとんど行われていないのだろう。照準をつけているのだろうが、銃の反動を制御できず、銃撃とともに弱い重力の中を転がってゆく個体が続出した。

対して降下猟兵たちは、背負っていたプラスチック製の盾を展開し、防御陣を作り、そこから反撃を試みる。

「戦術的に末期のガイナス兵より後退してますね。奴らには連携がありません」

一撃で、猿を倒しながら、ラム曹長が報告してきた。R２からの映像もそれを裏付ける。銃撃の反動で転がる猿が出ると、別の猿がその穴を補う。しかし、それはイワシの群れのような単純な行動原理の結果に見えた。

実際、猿たちは通路に群がるばかりで、全体を統括する指揮官は見当たらない。しかも、誰一人としてR2に関心を向けなかった。

「どういうことでしょう、旅団長？」

「我々が小惑星に飛び込んできて地上戦を行うことなど想定していなかった。そういうことじゃないか。簡単に言えば、プログラムが間に合わなかった、そういう話だろう」

ただ、通路を猿たちが塞いでいる限り前進はできない。すでに貴重な一〇分を費やし、残り時間は四〇分になっている。

「全員、防御体形！　姿勢を低くしろ！」

マイアはそう命じると、全員の安全を確認し、R2に対して後ろから猿たちへの銃撃を命じた。

狭い通路ならともかく、猿たちが攻撃を仕掛けているのは、体育館以上もありそうな空間である。そこがR2の機銃攻撃にも適した区間だ。

跳弾が通路に飛び込んだりしたが、ほとんどの銃弾が猿たちをなぎ倒す。突然の後ろからの攻撃に、猿たちはパニックになり、敵味方なく銃撃を始めた。

しかし、数が半分に減ったとき、猿たちは痙攣を起こしたようになり、そして嘘のように整然と並び、広い空間に突然現れた入り口に駆けてゆく。猿たちの収容を終えると、入り口は再び壁となった。

「こんなことが続くんですかね、旅団長？」

「ロムルスが馬鹿ならな」

そしてシャロンは続ける。

「ロムルスが賢いなら、同じ手は使わず、意表をついてくるはずだ。奴は戦闘で勝つ必要さえないんだ。ただ、我々の侵攻を遅らせ、烏丸先生の処刑を見せつければいい。

これはどうやら復讐らしいからな」

＊

長い通路を移動した先にあったのは、二〇メートル四方ほどの広い部屋だった。床は一辺二メートルほどの升目状に区切られ、その白いタイルのような素材からは淡い光が満ちている。

そして壁も天井もまた白い石材で、窓や扉を模したレリーフが施されていた。部屋の中央にも石材を加工した純白の晩餐会用のテーブルがあり、烏丸用らしい、やはり石材の背もたれ付きの椅子が用意されている。

全体に、出雲や壱岐の金持ちの邸宅の貴賓室という造りである。これはメディアか何かに流れていた画像からロムルスが再現したものと思われた。

なぜなら椅子やテーブルに企業のロゴまで彫られているためだ。ロムルスには企業ロゴも芸術上の装飾も、その区別はつかないのだ。

「これがロムルスの趣味なのか？」

「ロムルスの趣味ではない。あくまでも客人に合わせた。素材については我慢して欲しい。ここで手に入るのは石材くらいなのでな」

フリッツの姿をアバターとしてロムルスは答えた。そしてただ一つの椅子を烏丸に勧める。

本物は木材でできているのだが、この模造品は石材を削り出して作られていた。低重力なので立っていても疲れはしないが、申し出に従い、腰掛ける。

「先ほどから気になっておったのが、そなた、なぜ人間の言葉で語りかけられるのか？」

「その質問は二つの意味に解釈されるが、どちらも回答する。

まず一つ。ロムルスが人間の言葉を真の意味で理解できたのは、烏丸の働きのおかげだ。それまでロムルスは膨大な量の人類の情報を得ており、いくつもの断片については、意味の推測はついた。

だがその全体像を体系的に理解できるようになったのは、烏丸とのやり取りの成果だ。そう、ロムルスはそれまで理解したと言えるほどには人間の言葉を理解していなかった。

その二。仮にロムルスの言葉でロムルスのことを語ったとしても、この星系にそれを理解できる存在はおらぬ。ロムルスの同胞はこの星系から消滅した。

ゆえにロムルスがロムルスのことを語るのなら、人類の言葉を使うよりないのだ。人類しかロムルスの話の聞き手はおらぬ。なれば人類の言葉で語るしかない」

アバターの前に古風なティーポットが浮かび、烏丸の目の前のカップに注ぐ。紅茶も何もかも立体映像だ。

「実物がないのだ。映像だけで了解して欲しい。ロムルスには敵意はない。そのことを示したいのだ」

部屋の壁に丸い針式の時計が浮かぶ。針は一本で、どうやら分針しかない。六を指している。動いてはいるようだ。

「ロムルスとはなんぞや？　なぜ実体を見せぬのか？」

烏丸が問う。

「その問いに答えるには、長い説明が必要になる。一部については人類も知っている事実があるだろう。しかし、ロムルスが語れるのは、ロムルスの知っている話だけだ」

そして天井に映像が浮かぶ。恒星があり、その周囲を天体が周回する。ただし、表現形式が人類のそれとは異なるため、それが敷島星系を表しているとは烏丸もすぐには気がつかなかった。

「ロムルスはかつて人類が敷島と呼ぶ星系で誕生し、技術文明を築いていた。だが、それはある日、天変地異により大打撃を受けた。

何が起きたのか、当時のロムルスには全く解らなかった。何の予告もなく、文明の中心地が消滅した。

記録によれば、その後の五〇年ほどは苦難の歴史だった。惑星の陸上生態系は大打撃を受けた。気候も変わった。

それでもロムルスは文明復興の目処《めど》をつけることに成功した。文明の中心地を惑星の海岸沿い全体に分散したりもした。

だが、再びロムルスの文明はある日突然、何の予兆もないままに大打撃を受けた。多数の大都市が瞬時に崩壊した。

ただこの大災厄の日が、宇宙からの天体落下によりもたらされたことはロムルスもやっと理解することができた」

フリッツのアバターでは、ロムルスが何を考えているのか、烏丸にも解らなかった。彼らのいうロムルスという言葉も、今この小惑星にいる知性体の名前と、ゴート種族にあたる名称の両方の意味が区別されていないように思えた。

さらに重要なのは、彼らの文明衰退のきっかけとなった災厄が、人類の播種船によりもたらされたことをロムルスは知っているのか？　おそらく知っている。なぜなら、ロムルスは「全く解らなかった」と過去形で語っているからだ。

「この二度にわたる災厄により、惑星環境の悪化は目を覆うばかりだった。陸上生態系の悪化は、海洋生態系にまで影響しそうになった。

そこでロムルスは、二つの事業に着手した。その前に烏丸に尋ねたい、いま現在、敷島星系に人類は存在するのか？」

一つは、惑星環境の復興だった。その前に烏丸に尋ねたい、いま現在、敷島星系に人類は存在するのか？」


「いまこの瞬間も、敷島星系で人類は調査を進めている」

「調査か……ならば惑星敷島はどうなっている？」

「彼《か》の地は緑豊かな惑星へと復活を遂げている」

烏丸は、それだけを述べた。嘘は言っていない。正確ではないとしても。

「やはりそうなのか……では、ロムルスは失敗したのだな」

「何が失敗でござる？」

「ロムルスは自然の陸上生態系の上に、人工的な生態系を重層化させることを考えた。天体の衝突などにより、天然の生態系に空白地帯が生まれたとき、人工生態系が失われた動植物を作り出し、生態系のバランスを短期間で取り戻す、それがプロジェクトの骨子だ。また惑星の軌道上には、二つのリング構造も設け、惑星環境全体を宇宙から俯瞰する。必要なら、そのリングが災害時のシェルターになることも期待された。

だが、いきなりこれほど複雑なシステムが完成できるはずもない。さらに惑星環境の荒廃は深刻だった。だから第一段階として、惑星全土を森林が覆うようにした。それにより環境悪化を止め、以後、自然生態系の復旧のため、人工生態系を改良するはずだった。だが、ロムルスがこの壱岐星系に到達して幾星霜、惑星敷島を観測しても、第一段階より何一つ変化していない。烏丸の話どおりなら、ロムルスは失敗したのだ。敷島星系に文明は存在できぬ」

フリッツの表情が止まった。強張《こわば》ったのではなく、制御するのが中断されたかのようだった。それはロムルスの感情ゆえなのか。

「再度、烏丸に訊く。敷島に文明が存在しないなら、なぜ、ゴートの細胞など手に入ったのだ？　あの細胞は生きていた」

「それに答える前に、こちらからも尋ねよう。我らを迎えた、あの武装した猿たちはどうしたのじゃ？　よもやクローンではあるまい？」

「猿……あれは使役動物だ。医学の実験の過程で偶然に誕生した存在だ。だからゴート細胞で量産できた。それだけのことだ。烏丸たちがガイナス兵と呼んでいる存在よりも量産しやすく、扱いやすいのだ。

それで再度、尋ねる、あの細胞はどこで手に入れた？」

ロムルスがそれを執拗に尋ねる理由は、烏丸にも推測がつく。ロムルスは敷島にゴートは存在していないと思っている。にもかかわらずゴートの生きている細胞を人類が持っているとしたら、惑星敷島以外にゴートが生存していることになるからだ。

「ロムルスがその天体をなんと呼んでいるのか、身共にはわからぬが、我々が衛星美和と呼ぶ、内側から数えて四つめの惑星を回る、内側から二つめの衛星だ」

再びフリッツの映像が止まる。

「あの海のある衛星で、烏丸らはゴートと接触したのか？」

ロムルスは烏丸個人は認識しているものの、烏丸という呼び方と人類という呼称に明確な区別がないらしい。「烏丸ら」で「人類」とイコールということか。

「然り」

烏丸はそれだけを答える。

「ならば、美和のゴートも先は知れておるな」

そしてフリッツのアバターは動き出す。

「二つの事業のうち、一つは敷島の生態系復活だった。しかし、それは失敗した。もう一つが、壱岐への移住であった。惑星壱岐には海洋がある。ならばロムルスはそこで再興できるからだ。

ある事情から、ロムルスは海洋を離れるわけにはいかないのだ。だから宇宙空間に生活圏を完全に移すというのは容易ではない」

「敷島のリングは、惑星のゴートを宇宙に移動させるための中継点の役目もござったのだな？」

「否定はせぬ。ロムルスは恒星間宇宙船を建造した。技術の粋を集めた。建造場所は烏丸の言う四つ目の惑星だ。衛星からの氷の入手と核融合燃料の確保が容易だからな。

ロムルスは可能な限り文明の成果を運ぶことを考えた。この小惑星を動かす素粒子加速器もその産物だ。ロムルスの過去の科学の到達点にして、今の我らには複製はおろか、原理の解析さえできぬ機械だ。

ロムルスには初めての挑戦だった。だから計画は慎重に立てられた。恒星間宇宙船は複数が用意され、それらが時間をおいて出発する。

そして恒星間宇宙船の間を相互交流のための小船団が移動し、相互支援を行う。そうした計画であった」

「ロムルスは、その小船団で壱岐に到達したのじゃな？」

「それは烏丸らもわかっているだろう。

我らは本体に先んじて、技術試験を行う小船団として敷島星系を後にした。

予想外の事件はその後に起こった。高速で侵入してきた異星人文明の宇宙船が、出発間近だったり建造中の宇宙船などを奇襲し、完全に破壊したのだ。

そんなものがどこから来たのか、どうして攻撃してきたのか、まるでわからぬ。そもそもロムルスには、未知の宇宙船より攻撃された以上のことは全くわからなかった」

「で、ロムルスはどうしたのか？」

「敷島星系にはロムルスを攻撃してきた存在がいる。したがってロムルスには壱岐星系に向かうしか選択肢はなかった。

問題は、恒星間航行能力など考慮されていない宇宙船で恒星間を渡らねばならないということだった。

計算の結果、核融合炉を最も効率的に運転することで、燃料消費を抑えれば、冬眠しながら壱岐星系に到達できることがわかった。宇宙船は冬眠装置を稼働させる程度の電力で七〇〇〇年近い航行を乗り切った」

「それが今から五〇年ほど前のことか」

アバターは表情を消していた。さすがにロムルスの感情を人間のアバターで表現するには限界があるのだろう。

「冬眠から覚めたとき、ロムルスは二つの事実に驚愕した。一つは、惑星壱岐にはすでに文明が存在し、それどころか星系内で多数の宇宙船が活動していたことだ。

七〇〇〇年の航行の間に、壱岐の生物が技術文明を築くまでに進化してしまった。そのときロムルスはそう思った。

二つ目の事実は、ロムルスが七〇〇〇年近くも宇宙線に晒されたために、船団の乗員のほとんどが死んでいたということだ」

＊

「ロムルスは、この小惑星を完全には掌握していないのではないか？」

シャロンは前進しながら、そんなメッセージをマイアに送ってきた。

「そんな旅団長、我々は奴の掌の上にいるようなものでしょう」

「ロムルスはそう思わせたいのだ。実際に我々がいるのは、奴の掌の上じゃない、腹の中だ。貴様、自分の腹の中が見えるか？」

それがここまでの戦闘でシャロンが得た結論だった。たしかに一番最初に連絡艇から下ろしたR2の持ち込みこそ拒否したが、それ以降ロムルスは、降下猟兵の行動に何の異議も唱えていない。

冷静に考えれば、ロムルスは小惑星内部での白兵戦など想定してはいないはず。だからこそ小惑星の防御火器もたった四基しかない。

だとすると最初のR2持ち込みへの反応は、自分は降下猟兵を完全に監視していると思わせるためのハッタリだったのか。だから武装兵がいても、積極的な攻勢に出られない。監視カメラの類もほとんどないのだろう。外敵が侵入する可能性がないならば、監視システムなど不要だ。

シャロンはこの仮説に基づき、第一大隊のアンドレアに命令を下す。降下モジュールを小惑星の指定された場所に着地させ、部隊を降ろせと。

「どうしてそんな場所に着地させるんです?」

マイアにはそれがわからない。

「この小惑星のレーザー砲台は遠くから接近してくる敵を迎撃するものだ。地上戦で用いることは想定していない。だから地表の相手に対しては死角が多い。相互支援できる配置にもなっていない。その死角に降下モジュールを置く。

もしも攻撃されれば、降下モジュールが破壊され、攻撃がわかる。それと同時に、スカイドラゴンが砲台を潰す。ならば大隊は無事だ。砲台がないなら、降下猟兵の安全は確保できる。さすがにこちらから先に砲台を潰すのはまずいだろ。あくまでも反撃としてだ」

「なるほど」

降下モジュールをレーザー光線除けに使うとは、マイアも思わなかった。砲台ならレーダーか監視カメラの類がありそうだが、反撃で潰されることを恐れてか、砲台は監視していることを誇示するかのように左右に旋回してみるが、それ以上は動かなかった。

またロムルスから、降下猟兵の着陸に関して抗議もない。状況を黙認しているようだ。

「もしもロムルスにとって、降下猟兵がこの小惑星に侵入するような事態が全くの想定外としたら、あの猿たちは武装していたとしても、真空には出られまい。宇宙服の装備など持ち合わせていないはずだ。戦闘訓練さえ行ってないのだからな」

「だとすると、旅団長？」

「烏丸先生を処刑するという宣言の意味も違ってくる。ロムルスは烏丸先生が人質であると我々に思わせることで、移動ルートも指示してきた。自分たちに有利な環境に我々を誘い出し、そこで我々を全滅させ、その事実で烏丸先生に何らかの譲歩を求める」

「だが大敗したのは猿たちだった」

マイアはシャロンの言わんとすることがわかってきた。

「そういうことだ。我々が無傷でいることが、ロムルスにとっては最大の誤算だ。策士策に溺れる。奴は自分から脅威を招き入れてしまった。小惑星要塞での我らの敗北が、奴の認識にバイアスをかけたのだろうな」

旅団長附、この状況で我々は烏丸先生を救出したとする。それからどうする？」

「そりゃ撤退しますよ。こんなところ長居は無用です。猿だって万単位でいたら脅威です」

「そう、つまりロムルスにすれば招かれざる客が帰ってくれる。

玄関を力ずくでこじ開けられて、あちこち調べられるくらいなら、嫌な客でも応接室にあげて帰ってもらうのが、一番被害が少ない。そういう計算だろう。うまくいけば脅威を排除し、相手から譲歩を勝ち取れる。

とはいえ、こうなってしまうと一つ懸念がある」

「なんです旅団長」

「ロムルスが烏丸先生と直接コンタクトしたことで、先生の価値に気がついたときだ。つまり自分にとっての最大の脅威と理解したとき。そうなれば、先生は人質にされるか、最悪、処刑もハッタリではなくなる」

「結局、時間との勝負ですね」

それがマイアの結論だ。シャロンはすぐに計画を立て、小惑星表面のアンドレアに指示を出す。

第一大隊は、着陸場所にもっとも近いハッチと、少し離れたハッチに爆薬を仕掛けた。どちらも直径五メートルほどある、金属製の蓋だった。くすんだ金属の表面は、風化の跡を物語っている。何年も使用されていないのは明らかだった。

「起爆する！　退避！」

アンドレアが小惑星の表面で活動している状況を、マイアはPATのモニターで確認していた。

爆破が二度続いたが、ハッチは開かない。発破をかける場所を変更して起爆しても、ハッチはびくともしなかった。

「そこのハッチは開かない。それがわかったなら、プランBで行きます」

シャロンはそう部下たちに指示を出す。アンドレアが仕掛けた発破により、小惑星を伝わる衝撃波の状況で、近場の内部構造はかなり詳細にわかってきた。第一大隊はハッチの爆破に見せかけて、実は音響探査をしていたのだ。

そしてシャロンは、壁の薄い部分に爆薬を仕掛ける。

「ロムルスの指示には従わず、我々は最短コースで前進する！」

そうして爆薬が壁を吹き飛ばすと、そこには通路があった。どうやら一つの幅の広い通路を仕切りで隔てている場所がここらしい。

「旅団長、烏丸先生のバイタル信号を捕捉しました！」

真っ先に通路に飛び出した、ラム曹長が報告する。

「曹長！　命令前に突入するな！」

マイアが怒鳴る。しかし、ともかく烏丸先生の無事は確認できた。降下猟兵たちは、新しい通路に出る。

「小隊長、烏丸先生の足跡を発見しました！」

再びラム曹長が報告する。通路には、マーカーとしてPATの軍靴につけたマーキング装置が、通過した人物と通過時間を床に記していた。肉眼ではわからないが、紫外線の照射でわかる。

ゴートの死体の解剖から、彼らの視覚は紫外線域には感度がないことはわかっていた。

だから、このマーカーが察知されることはないはずだった。

「この先に烏丸先生がいるわけか」

そこの通路は三〇〇メートルは続いていた。そしてシャロンたちが前進を開始すると、一〇〇メートルほど先から彼らの居場所まで、二つの通路を隔てていた間仕切りが移動して消え、幅七メートルほどの広い通路になっていた。

そこに武装した猿の群れがいた。数は少なくとも一〇〇体を超える。そして先ほどのよりも、銃の構えが反動を意識したものになっている。猿たちは学んでいた。

「旅団長、どうやらあちらさん、烏丸先生の価値に気がついたみたいですよ」

そんなマイアにシャロンはメッセージを返す。

「気に入らない相手だが、ロムルスには一つ長所がある。奴は人を見る目だけはあるようだ」

＊

「乗員の大半が死んでいたということは、生存していたものもいたということじゃな」

当たり前すぎるくらい当たり前のことだが、烏丸は直感で、まさにこの当たり前の部分にこそ、すべての始まりがあるような気がした。

「それは真でもあり偽でもある。

すべてが完全に宇宙線のために死に絶えていたら、ロムルスはここにはいない。だが無事に覚醒したものが一人でもいたならば、ロムルスは存在しない」

それは人類の言葉では明らかに矛盾だ。乗員が全滅したらロムルスはここにいない。それは正しい。

問題は無事に覚醒したものが一人でもいれば、ロムルスは存在しないという意味だ。ロムルスの中では、これらは論理的に矛盾しないのだ。

「ただの一人も、無事に覚醒した乗員はいなかった。それゆえに、ロムルスは生まれねばならなかった——そういうことかの？」

フリッツのアバターが初めて笑顔を見せた。どこで覚えたのだろうか？　おそらく人類の笑顔とロムルスの解釈する笑顔では、必ずしも意味は一致すまい。しかし、ネガティブな意味はないだろう。

「然り。

すでに述べたように、敷島から出立した船団の宇宙船は、単独で恒星間を移動するようには作られていない。さらに七〇〇年近くも稼働させることなど想定していなかった。その想定外のことを乗員は選択せざるを得なかった。

乗員たちは船内のあらゆる空間に押し込められた。数多くの乗員を乗せるためだ。そして宇宙船の中心部の乗員だけが、壱岐に到着した時点で生きていた。死んだ乗員たちが宇宙線の遮蔽物として働いたために、中心部の乗員たちは、損傷を負いながらも生きながらえることができた。

生存していた乗員たちは、二つに分けられた。損傷した肉体を比較的損傷の浅い他の生存者からの臓器で置き換えるものと、それらに肉体を提供するものにだ。当然、前者が少数派で、後者が多数派だ」

「その臓器の提供を受けたのがロムルスか？」

「否。臓器の融通など一時的な対症療法に過ぎない。しかも、その時点でたとえ臓器移植をしても、歩いて作業が可能なのは五人だけだった。我々には、すでに生殖能力さえない。猿の量産も試みたが、尽《ことごと》く失敗に終わった。それだけ遺伝子が受けた損傷は大きかった」

「宇宙線か？」

「たしかに大きな要素だが、冬眠しても七〇〇〇年近い時の経過は、それだけで肉体を傷つける。肉体の劣化要因は単純ではない。

それでも作業可能な五体は、ロボットを製造し、それを操作することで、宇宙に居住区を作り始めた。

だが働ける五体は、一人減り、二人減りと、最後の一人だけになった。

ただ臓器を提供した何人かと、そうして働けなくなった乗員は意識はあった。脳というのはこの状況下で、思っていた以上に強い臓器だったのだ。

だから生存していた乗員たちは、肉体に機械を連結し、身体に損傷を負った生物の集団として一つの生存のためのコンビナートを構築した」

「その多数のゴート・機械の複合システムが、ロムルスか？」

「然り。

活動できた最後の一体は、事故により脳に損傷を負った。そこでロムルスが内包する複数の脳が、その一つの肉体を管理するようになった。

この段階でロムルスが最優先で考えていたことは、ロムルス自身の生存だった。そのために拠点としたのが、この小惑星だった。

今はその面影もないが、ここは彗星の核であり、当初は水や炭化水素が豊富だった。ロムルスは生き延びた。

だが、ロムルスは終末が近いこともわかっていた。そうした中で予想外の出来事が起きた」

「警備艦ヤーチャイカとの遭遇か」

＊

猿たちは銃撃を加えてきた。通路の幅が広くなり、猿たちはそこに横一列に並んで銃弾を撃ってくる。銃を持つ猿の背後にも猿がいたが、それらが支えることで、銃撃をしても先ほどのように猿が転がったりはしなかった。

マイアたちはR2を前面に立て、降下猟兵はその後ろから盾を並べながら前進した。都市部の治安維持活動で、こうした戦闘には慣れていた。

火力という点では、R2搭載の機銃の方が猿たちの小銃より優っていた。しかし、斃《たお》れても斃れても猿たちは交代して、前進してくる。

「天涯の戦闘を思い出しますね、旅団長！」

「天涯の時よりもガイナスは腕を上げているがな」

降下猟兵の死傷者は出ていないが、部隊はゆっくりとだが猿たちに押されていた。

そんな中で、ラム曹長は盾を持ってR2の上に乗り、猿たちを次々とアサルトライフルで仕留めていた。

「曹長下がれ！　怪我人一号になりたいのか！」

ラムがR2を降りると、すぐに十数発の銃弾が、ラムがいただろう空間を横切った。

「旅団長、このままだと入り口まで押し返されますよ！」

しかし、シャロンは落ち着いている。

「旅団長附、わかるか、猿たちは数が減る一方だ。ロムルスは予想外の事態に兵力を編成できない」

「まさか、こいつらが全滅するのを待つんですか！」

マイアは時間を確認する。ロムルスが宣言した時間まで、残されたのは一〇分程度だ。

「焦るな連隊長附、まだ一〇分ある」

「一〇分あるってことは、まだ時間は十分あるってことですね」

ラム曹長が通信に割り込む。

「曹長……黙ってろ！」

＊

「遭遇ではない。壱岐星系のあんな場所で、宇宙船と偶然出会うことなどあり得ぬだろう。あの領域では宇宙船は非常に目立つ存在だった。しかもそれは単独で航行していた。その宇宙船を我らに接近させるためには、不自然な電磁波を送信するだけで良かった。宇宙船は核融合を利用していることがわかった。だから我々はこの小惑星を動かしている素粒子推進器により、その核融合炉に干渉した。

ロムルスの計算では、我々の素粒子推進器の干渉で核融合反応は停止するはずだった。だが、現実には核融合プラズマは安定せず、宇宙船に甚大な被害を与える形で停止した。

その宇宙船を回収した時、生存者はフリッツ霧島と名乗る人間だけだった。

烏丸はロムルスがすぐにフリッツを殺したと考えているかもしれないが、ロムルスはそんなことはしない。フリッツは半年は生きていた。

その過程で、ロムルスはフリッツから多くのことを学んだ。ただし意味はわからなかった。互いに意思の疎通を図ろうとしていた。相互理解のためすべてが記録された。それでも、その意味がわかったのは、烏丸が現れてからだ。

しかし、フリッツがあの時点で嘘の情報をちりばめていたとはな。ロムルスはスーザンが生きていると信じていたよ」

「それでもフリッツは死んだのか」

「フリッツがフリッツを殺した。知性体にとって、最も効率的な食料は同族だ。すべての栄養を過不足なく摂取できる。

だからロムルスはフリッツの食料として、同族の死体を加工して与えていた。だがその素材が同族とわかると、フリッツはフリッツを殺したのだ。理不尽な話だ」

烏丸は敷島の白骨海岸のことを思い出す。ゴートは共喰いをしていた。それは文明を失い、動物に退行した結果と考えられていた。だがロムルスの話から判断して、文明段階でも同族を食べることはゴートにはタブーではないらしい。

考えてみれば、自分たちの幼生体であるカエルを缶詰にしていた種族だ。そうした心理的ハードルは人類より遥かに低いのかもしれない。

そして烏丸はロムルスの矛盾に気がついた。

「ロムルスのロボットは人間が睡眠することを知らなんだ。半年も生活していて、なぜ睡眠を知らぬ？」

フリッツの映像がまた止まった。そしてすぐに無表情で動き出す。

「その説明は、これからする。ロムルスにとっては不愉快な記憶だ」

「ほぉ」

烏丸はついそんな言葉が口をついた。いまの今までガイナスとのやり取りで、「不愉快」などという明らかに感情を意味する言葉が出たのは初めてだからだ。

「当初、ロムルスはフリッツの細胞を用いれば、烏丸らが猿と呼んでいる使役動物が量産できると考えた。実験に用いられる材料はある。フリッツの細胞自体は、採取し、培養もしていた。

幸いにもフリッツの細胞はゴートの細胞と、同じではないまでも共通点が多く、何よりロムルスのバイオテクノロジーで対応可能な存在だった。

失敗はあったものの、フリッツの細胞からゴートに似た使役動物が完成した」

「それをロムルスの後継者にしようと考えたのじゃな？」

「何を馬鹿なことを烏丸は言うのだ！」

フリッツのアバターが怒りの表情を浮かべる。ロムルスも人類の喜怒哀楽くらいはある程度は理解できるらしい。

「七〇〇〇年も費やして壱岐星系に到達し、どうして人類を改造して後継者にするというのか？　まったく無意味ではないか」

「なら、ロムルスは何をした？」

「人類の細胞を利用して、ゴートの細胞を再生することだった。だがこれはロムルスにも簡単には実現できなかった。大変な時間がかかることは明らかだ。

こうした中で、ロムルスは一つの希望を見出した。ロムルスは居住空間を拡大し、生産力を上げ、生存性を高める事業にも着手していた。いつまでも宇宙船の中や一つの小惑星に留まるわけにはいかぬ。種の復興を行うにしても、産業基盤は必要なのだ。

だから使役動物を量産したが、ここでロムルスは大きな問題に直面した。使役動物は自由意志の範囲を狭く設定してある。だから目先の作業はロボットとともに行わせることは可能だが、それ以上のことができない」

「つまりはトップマネジメントは無理だが、ミドルマネジメント以下の作業なら可能じゃったと申すのじゃな」

「烏丸の言葉はロムルスにはよくわからないが、おそらくは同じ事実を表すと考える。

ロムルスは意思決定しかできないが、それとて有限だ。そこでロムルスは使役動物の神経系をネットワーク化し、中規模の管理が必要な業務について集団で意思決定させる機構を組み込んだ。ゴートの社会には、そうしたやり方でインフラを建設した歴史がある」

烏丸は、その話で、衛星美和の海中都市についての話を思い出した。成体になり初めて知性化するゴートは、社会に受け入れられることで構成員としての教育を受ける。ロムルスのいう集団主義的な意思決定は、自意識のないらしい海中都市とそれほど隔っていないのだろう。

「ロムルスはそうして、使役動物の集団に意思決定の能力を与え、必要なプロジェクトを幾つも実行させた。

そしてその使役動物の情報処理機構に、ロムルスの意識を維持させることを考えた。そうすればゴート細胞の再生という難事業を成功させるまでの時間が稼げる」

「卒爾《そつじ》ながら、烏丸はそうした情報処理機構を獣知性と呼んでおる」

烏丸は、人類という意味合いで烏丸という言葉を使った。そのほうがロムルスも理解しやすいと考えたからだ。

「獣知性か……なるほど的確だ。そう、ロムルスは獣知性を活用できると考えた」

「しかし、それは失敗したわけじゃな」

失敗したのかどうか、烏丸にはわからなかった。ロムルスが何を成功と解釈するかがわからないからだ。

とはいえ拠点を破壊し、あまつさえ第二拠点で同士討ちを始めるに至り、そうした出来事を成功の文脈で解釈するのは難しい。

「ロムルスは人類という存在を理解していなかった。中規模集団での意思決定を行うだけだったはずの獣知性は、使役動物の数が増えるに従い、中規模同士で意思の疎通を始め、大規模集団での意思決定を行えるようになった。

確かにそれにより生産性は飛躍的に向上した。しかし獣知性は、目先の問題解決は可能なものの、まず疑問を抱く能力がなく、結果として、物事の意味を理解する能力が著しく低かった。

先ほどの人間の睡眠もそうだ。ロムルスは人間に睡眠が必要なことを知っている。ロムルス自身、冬眠により宇宙を航行したのだから、それを理解できるのは当然のことだろう。だが獣知性は知識では知っていても、具象的なレベルでそれを認識していない。ただ、睡眠不足や飢餓で使役動物が倒れた時、作業を中断しないような運用だけを考えた。使役動物から構成される獣知性は、自分を成立させている使役動物が眠たいのかどうかさえ認識できなかった」

「天涯の地下都市を作ろうとしたのはロムルスなのか？」

「地下都市を建設するという大きな意思決定を為したのはロムルスだ。だが具体的な都市設計は、獣知性たちがロボットからゴートの技術知識を呼び出し、実行した」

「大規模な工業インフラを建設するために作り出した獣知性のネットワークを、ロムルスも制御不能となり、その暴走に任せねばならなかった。つまりは、そういうことなのじゃな」

フリッツのアバターは笑う。自嘲なのか、まったく別の意味か、それはわからない。

「ロムルスを構成するゴートの数は、すべて合わせても一〇に満たない。それだけで一つの工業文明を管理することなど、そもそも不可能だ。ロムルスがそれを自覚した時、烏丸がガイナスと呼ぶ組織は獣知性の意思で動いていた。

天涯を開拓し、自分たちの数を増やす。そのための機材や軍備を維持するために、資源を拠点に送り込む。なぜ数を増やすのか、意味を問うという能力が獣知性にはない」

皮肉なものだと烏丸は思った。人類はずっとガイナスの戦略を議論してきた。だが、ガイナスを支配する獣知性には、そもそも戦略などなかった。環境に適応しながら、目先の目的をこなしていただけなのだ。

「人類との戦闘状態は、獣知性をますますロムルスの制御の利かぬ領域へと追い込んだ」

「五賢帝はいかがでござる？」

集合知性の話題が出ると、再びアバターが止まる。

「烏丸と言語のプロトコルを構築していた獣知性の一部か？ ロムルスにとっては、屈辱である。本来、ガイナスを代表すべきはロムルスである。

しかし烏丸のいう五賢帝がなければ、ロムルスも人類の言語をここまで深くは理解できなかった。ロムルスは五賢帝を憎みながらも、それに依存しなければならなかった。

そして悟ったのだ。獣知性が人類とコミュニケーションを円滑に取れるようになった時、意思決定者としてのロムルスは不要となる。ガイナスはその戦略を人間に決定させるだろうと」

それは烏丸にとって驚くべき事実だった。そしてなぜ自分がこの可能性を思いつかなかったのか、わからなかった。ガイナスが獣知性により動いているなら、人類がその意思決定者になる。そういう問題解決策もあったのだ。

しかし、烏丸の心情など気にしないままロムルスは続ける。

「そして転機が訪れた」

「ゴート細胞の入手でござるな」

＊

重巡洋艦スカイドラゴンのX線自由電子レーザーの威力は圧倒的だった。小惑星表面より座標を指示した降下猟兵らの前で、その岩盤は急激に穿孔《せんこう》されてゆく。

与圧された小惑星内部から空気が流れたことで、熱を持った壁面もPATで通過可能な水準まで冷却された。

アンドレア園崎大隊長の命令により、降下猟兵たちはドローンであるR2の投入に続き、次々と37番小惑星のなかに飛び込んでゆく。

「猿たちの部隊は、旅団長が引き付けている！　敵に気取《けど》られる前に、烏丸司令官を救出する！」

「突入！」

降下猟兵たちはスラスターを操作して、眼下に現れた通路を目指して降下する。

そこは三〇メートル四方くらいの空間だった。大隊の半分をアンドレアは前進させた。過剰な兵力は却《かえ》って危険だ。

すでにR2は前進していた。そして意外なものを映し出す。

「在庫一掃かよ！」

それはかなり使い古した宇宙服を着用していたが、間違いなくガイナス兵であった。銃を持つ者もいるが、刀を持っている者もいる。

R2の内蔵AIが、アンドレアに報告する。

「敵戦力の推定、三〇〇」

残された時間は五分だった。

*

「何やら外が騒がしくはないかな？」

烏丸はそう尋ねたが、何が起きているかの推測はつく。そして当然ながらロムルスはそれを無視した。

「烏丸たちがゴート細胞を壱岐に持ち帰ったことを知った時、ロムルスはすべての戦略を変えた。

ゴート細胞から種の再興を果たせばよい。不完全なロムルスの細胞とフリッツの細胞を融合するような、手間のかかる方法は考えずともよいわけだ。

ガイナス社会の実権は獣知性が掌握しているとはいえ、戦略を立案する能力はない。目先の問題を解決するだけで、対症療法は可能でも自意識が欠如しているがゆえに、戦略は立てられぬ。それはロムルスだけに可能だ。

獣知性には権力を掌握するという観念がない。だがそれゆえに、自分たちの欲求に合わない目的は拒絶する。ロムルスの命令は、獣知性が認めたものだけが実行されることになった」

「それと内紛は何か関係があるのかの？」

「生きているゴート細胞を手に入れたロムルスは考えた。ゴート種族が復興した時の最大の障害物は何か？　人類は脅威だが、ロムルスがその行動を左右できる存在ではない。一番の脅威はフリッツから作り出した使役動物たちだ。あれが、本来ならゴートが利用すべきリソースを占有してしまう。ゴート種族の将来のために、使役動物は一掃せねばならぬ。

そうすればゴートの脅威は人類だけで済む。見つかりさえしなければ、人類は脅威ではない。だが使役動物は生活圏を共有するだけに厄介だ。

使役動物たちを共倒れさせるのは、それほど難しくはない。自分では目的を見出せない知性体だ。複数のグループに利害が先鋭化する目的を与えれば、あとは自動的にことは進む。事実、使役動物は一部をのぞいて全滅した」

そしてフリッツのアバターも消えた。だが、ロムルスの声は続く。

「烏丸に二つの真実を伝えよう。

なぜ惑星にある文明の中心地に宇宙船を衝突させたのか？　それは復讐だ。烏丸らの播種船こそ、あらゆる状況から考えて敷島の文明を滅した元凶だ。

だからこそ同じ方法で文明の中心で滅したのだ」

「もう一つの真実とは？」

「烏丸がこの小惑星を発見しなければ、ロムルスは天涯でゴート種族の再興ができたのだ。数年の準備でゴート細胞から生殖細胞を作り上げられたのだ。成体のクローンではなく、生物として自然にだ。天涯の海洋生物はそのための材料になりえた。

しかし、すべては水泡に帰した。ゴート種族復興の可能性は潰《つい》えた」

「ロムルスが降伏すれば、種族の復興の可能性はまだござる！」

「敷島の文明を壊滅させた生物がそんなことを言ったとして、信じると思うかね？　ロムルスは何者にも頼らぬ。どの道、ロムルスに残された時間は短い。

だがこれだけでは終わらせぬ。ロムルスの戦略をことごとく狂わせてくれた烏丸とシャロンは道連れにする。他の雑魚《ざこ》も一緒だ」

「どうするというのだ？」

「素粒子推進器を最大出力にした。ここにいては加速度は感じぬだろうが、あと数時間でこの小惑星は天涯に激突する。ロムルスも烏丸も木っ端微塵となる」

そして奥の壁がスライドした。そこには巨大な水槽があった。中には化学プラントのようにパイプ類が走り、そしてゴートの肉片がいくつもコードやチューブに繋がれて、浮いている。

「それがロムルスの正体か」

しかし、もはや返事はない。その必要がないからだろう。そして大音響とともに壁が破壊された。

「第一大隊のアンドレア少佐です、烏丸司令官ですか？」

「いかにも、大隊長殿、あの水槽を破壊してくれぬか。せめて最期は楽にしてやりたい」

アンドレアは銃撃を命じた。水槽は飛び散り、そして中のものが流れ去る。

「終わったか」

しかし、烏丸司令官らは長居できなかった。小惑星は異常な加速を始めたからだ。

「急ぎなされ！　ロムルスが素粒子推進器を暴走させもうした！」

烏丸のメッセージは、すぐに降下猟兵たちにPAT経由で共有された。

「指示したルートで進んでください！　そこに穿孔した出口があります！」

マイアは降下猟兵の指揮官として、その場の全員に指示を出す。通路を移動するとき、何度か武装した猿たちにも遭遇したが、すでに彼らは戦闘しようとはしなかった。そうして前進し、シャロンたちも、アンドレアたちも、それぞれ連絡艇や降下モジュールに移動し、小惑星を離れた。

３７番小惑星はそれから六時間後に準惑星天涯に激突した。氷原は砕け、衝突の熱で数時間、海洋には氷ではなく、海水がたたえられていた。

＊

重巡洋艦クラマの作戦室で、三条先任参謀は天涯に現れた海を軌道上から見ていた。

「これですべてが終わったのですか、司令官？」

それに対して疲れた表情で烏丸は言う。

「終わりを望むものには終わり、始まりを望むものには始まりとなるじゃろう」

三条にはまるでわからない。

「ロムルスは嘘がつける。では、ロムルスが嘘をついてまで守らねばならぬものは何か？七〇〇〇年近く続いた命を犠牲にするだけの価値のあるものとは何かじゃよ」

「まさか、司令官、あの小惑星にゴートの卵か何かが載っていたと？」

「猿が作れるなら、受精卵も作れるじゃろうて。あの小惑星の信じがたい挙動は素粒子推進器のなせる技じゃ。

そしてあれは一部に重力場を作り出せるが、局所的に強い重力場にもできる。身共がロムルスといた場所など、加速度はほぼ感じるには至っておらぬ。

だから装置が暴走しても、あの領域は天涯との激突でもほとんど衝撃は感じまい」

三条は耳を疑った。烏丸の話は取りようによっては裏切りにも聞こえる。

「三条殿、身共はこう思うのじゃ。

播種船が敷島文明を崩壊させ、ロムルスのような存在をうみ、ガイナスを誕生させた。

しかし、我々に過去の播種船の過ちについて、どうやって償えようか？　美和の海中都市とコンタクトを取ったところで償いにも何にもなるまい。内政干渉に終わるだけじゃ。

だが、天涯から新しいゴートが再生しようとしているとしたらどうか？　それがどうなるのかわからぬ。しかし、天涯で自立した文明を築いたゴートと人類がどう関わるか。

それとて償いにはなるまい。されど、過去の過ちを清算することはできるじゃろう」

烏丸は、なぜ自分にこんな話をしたのか。三条は、少し涙が出た。そこまで人としての信頼を寄せてくれたことに。

「今の話、小職と愛猫のココちゃんの胸にだけしまいましょう。卒爾ながら司令官、実は家人からの連絡で、ココちゃんが母猫になりました。出雲に戻る頃には可愛い盛りの子猫たちが三匹です。引き取り手を探せと言われておるのですが、いかがです?」

「三条殿の頼みとあらば、断るわけには行かぬな」

# エピローグ

それは泳いでいた。いつからなのか、それはわからない。ただある時、それは自分というものを朧《おぼろ》げに意識した。

「あそこへ行かねばならぬ」

そんな明確な意思が浮かんだ。それは生まれて初めてのことだった。

そして、それはだんだんと時間というものを意識できるようになった。海流の流れに規則性がある。それがわかってきた。

そうして数ヶ月が経過すると、それは自分に似た存在がいくつも泳いでいるのがわかった。同じような形態のものがいる。しかし、その感覚はまだ漠然としていた。

「ここだ！」

それは目的地に着いたことを自覚した。生まれて初めて海面から顔を出す。その瞬間、今までそれの呼吸をつかさどってきたエラは役目を終えた。

そこは地下の大空洞だった。内部には空気があり、そして地熱を利用した装置が働き、限られた目的だけを愚直にこなすロボットが空気と温度と食糧を生産していた。衝突した37番小惑星にプログラムされた最後の自動装置が建設したものだ。それらは何年も命令者が現れるのを待っていた。

そこはかつて人類がジュリアと呼び、ガイナスが基地を建設する可能性があるとしてリストに加えていた場所だった。しかし、都市建設の動きもなく、一度も調査されなかった。

そこにあるのは都市ではない。ただの空間だ。そもそも住人がいなかった。それらが上陸する今日までは。

上陸できたのは五〇体ほどだった。人類がそこにいたならば、彼らをゴートと呼んだだろう。だが、ここには人類はいない。

ゴートたちは、初めて目にする自分以外の存在に興奮していた。そしてそれらは思い思いの感情で声を上げる。

「我、ここにあり！」

# あとがき

二〇一八年八月から二〇二〇年八月までで全巻九冊というのは早いのか、遅いのかわかりませんが、ともかくこの二年間、「星系出雲の兵站」は常に私の傍にありました。

一回のみの登場も含め、名前のついている登場人物が八〇人弱。名前のついている艦船が一〇〇隻以上（ほとんど使われていない）、記号も含めて地名に類するものが二〇ヶ所以上。一回しか登場しないものも含め、役職多数。

主人公らが活躍する場所を作り上げるために、適切な名前を考えてきたわけですが、これはなかなか難しい作業だった。二〇年以上前に、キャラクターの名前を考えずに、順番にA、B、C……と記号を割り振ったことがあるのだが、これは大失敗で、半日でやめて、改めて命名作業からやり直したことがある。まったくキャラクターのイメージがつかめないためだ。

人によってやり方は違うかもしれないが、想定しているキャラクターと名前がしっくり行くかどうかで、その後の動き方が違う。それさえ適切ならキャラクターは自動的に動き出す。

そういうキャラクターの中には烏丸三樹夫少将のように、作者の思惑を超えた動きをする人も現れる。烏丸さんの場合、先任参謀の三条くんのキャラ設定を、作者を無視して自分色に染め上げてしまったりする。

ことほど左様に名前が重要なのは、その人物がその名前であることを肯定する社会的な背景があるからだ。出雲星系はこれこれ、壱岐星系はこれこれ、と社会構造とか歴史などがあり、そこから名前は導かれる。

すぐわかるのは夫婦の名前で、出雲星系は夫婦別姓、壱岐星系は夫婦同姓である。その条件下で、どういう名前を名乗るかは、そのキャラクターの選択の結果であり、そういう選択をした人物とわかる。

そういうわけで程度の差はあるが、名前のあるキャラクターたちと二年も暮らしていると、もう他人とは思えない。小説としては本巻で物語は完結するものの、彼らの人生はまだ続くのだと思うと、別離の寂しさも感じます。

皆さん二年間ありがとう。私は妻と猫のいるこちらの世界に戻ります。

林　譲治

本書は、書き下ろし作品です。

# オービタル・クラウド（上・下）

藤井太洋

二〇二〇年、流れ星の発生を予測するウェブサイトを運営する木村和海は、イランが打ち上げたロケットブースターの二段目〈サフィール３〉が、大気圏内に落下することなく高度を上げていることに気づく。シェアオフィス仲間である天才的ＩＴエンジニア沼田明利の協力を得て〈サフィール３〉のデータを解析する和海は、世界を揺るがすスペーステロ計画に巻き込まれる。日本ＳＦ大賞受賞作。

ハヤカワ文庫

# 沈黙のフライバイ

野尻抱介

アンドロメダ方面を発信源とする謎の有意信号が発見された。分析の結果、ＪＡＸＡの野嶋と弥生はそれが恒星間測位システムの信号であり、異星人の探査機が地球に向かっていることを確信する……静かなるファーストコンタクトの壮大なビジョンを描く表題作、女子大生の思いつきが大気圏外への道を拓く「大風呂敷と蜘蛛の糸」他全五篇。宇宙開発の現状と真正面から斬り結ぶ野尻宇宙ＳＦの精髄。

ハヤカワ文庫

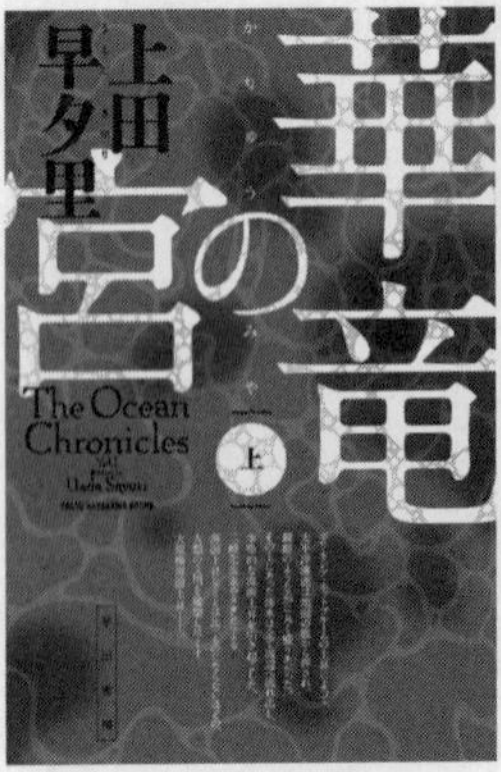


# 華竜の宮（上・下）

上田早夕里

海底隆起で多くの陸地が水没した25世紀。陸上民はわずかな土地と海上都市で高度な情報社会を維持し、海上民は〈魚舟〉と呼ばれる生物船を駆り生活していた。青澄誠司は日本の外交官としてさまざまな組織と共存するために交渉を重ねてきたが、この星が近い将来再度もたらす過酷な試練は、彼の理念とあらゆる生命の運命を根底から脅かす——。第32回日本ＳＦ大賞受賞作。　解説／渡邊利道

ハヤカワ文庫

# 象《かたど》られた力

## 飛 浩隆

謎の消失を遂げた惑星〝百合洋〟。イコノグラファーのクドウ圓《ヒトミ》はその言語体系に秘められた〝見えない図形〟の解明を依頼される。だがそれは、世界認識を介した恐るべき災厄の先触れにすぎなかった……異星社会を舞台に〝かたち〟と〝ちから〟の相克を描いた表題作、双子の天才ピアニストをめぐる生と死の二重奏の物語「デュオ」など全四篇の傑作集。第二十六回日本SF大賞受賞作

ハヤカワ文庫

# クロニスタ

## 戦争人類学者

柴田勝家

生体通信によって個々人の認知や感情を人類全体で共有できる技術〝自己相〟が普及した未来社会。共和制アメリカ軍はその管理を逃れる者を〝難民〟と呼んで弾圧していた。軍と難民の間で揺れる軍属の人類学者シズマ・サイモンは、訪れたアンデスで謎の少女と巡り合う。黄金郷から来たという彼女の出自に隠された、人類史を鮮血に染める自己相の真実とは？　遙かなる山嶺を舞台とする近未来軍事ＳＦアクション！

ハヤカワ文庫

# コロロギ岳から木星トロヤへ

小川一水

西暦二二三一年、木星前方トロヤ群の小惑星アキレス。戦争に敗れたトロヤ人たちは、ヴエスタ人の支配下で屈辱的な生活を送っていた。そんなある日、終戦広場に放置された宇宙戦艦に忍び込んだ少年リュセージとワランキは信じられないものを目にする。いっぽう二〇一四年、北アルプス・コロロギ岳の山頂観測所。太陽観測に従事する天文学者、岳樺《だけかんば》百葉《ももは》のもとを訪れたのは……異色の時間SF長篇

ハヤカワ文庫

# 楽園追放 rewired

## サイバーパンクSF傑作選

虚淵 玄（ニトロプラス）・大森 望編

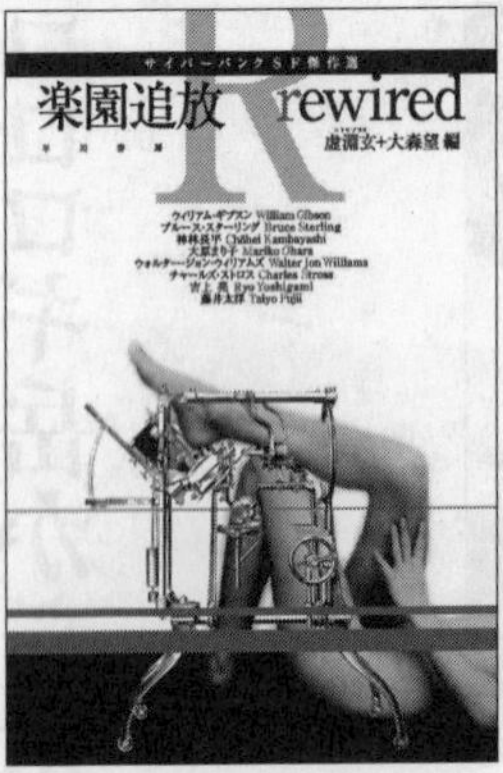


劇場アニメ「楽園追放-Expelled from Paradise-」の世界を構築するにあたり、脚本の虚淵玄（ニトロプラス）が影響を受けた傑作SFの数々——W・ギブスン「クローム襲撃」、B・スターリング「間諜」などサイバーパンクの初期名作から、藤井太洋、吉上亮の最先端作品まで、八篇を厳選して収録する。「楽園追放」の原点を探りつつ、サイバーパンク三十年の歴史に再接続する画期的アンソロジー。

ハヤカワ文庫

# 誤解するカド

## ファーストコンタクトSF傑作選

野﨑まど・大森 望編

羽田空港に出現した巨大立方体「カド」。人類はそこから現れた謎の存在に接触を試みるが――アニメ『正解するカド』の脚本を手掛けた野﨑まどと評論家・大森望が精選したファーストコンタクトSFの傑作選をお届けする。筒井康隆が描く異星人との交渉役にされた男の物語、ディックのデビュー短篇、小川一水、野尻抱介が本領を発揮した宇宙SF、円城塔、飛浩隆が料理と意識を組み合わせた傑作など全10篇収録

ハヤカワ文庫

## know

野﨑まど

超情報化対策として、人造の脳葉〈電子葉〉の移植が義務化された二〇八一年の日本・京都。情報庁で働く官僚の御野・連レルは、あるコードの中に恩師であり稀代の研究者、道終・常イチが残した暗号を発見する。その啓示に誘われた先で待っていたのは、一人の少女だった。道終の真意もわからぬまま、御野はすべてを知るため彼女と行動をともにする。それは世界が変わる四日間の始まりだった。

ハヤカワ文庫

# ファンタジスタドール イヴ

野﨑まど

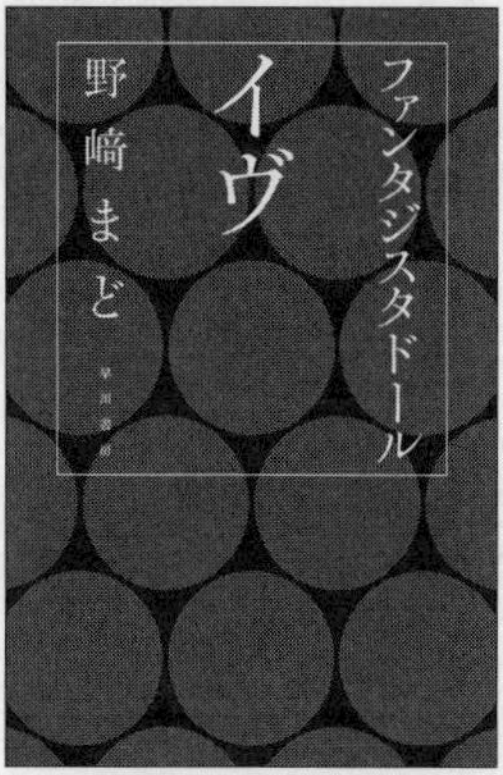


「それは、乳房であった」男の独白は、その一文から始まった——ミロのヴィーナスと衝撃的な出会いをはたした幼少期、背徳的な愉しみに翻弄され、取り返しようのない過ちを犯した少年期、サイエンスにのめりこみ、運命の友に導かれた青年期。性状に従った末に人と離別までした男を、それでもある婦人は懐かしんで語るのだ。「この人は、女性がそんなに好きではなかったんです」と。アニメ『ファンタジスタドール』前日譚

ハヤカワ文庫

著者略歴　1962年生，作家　著書『ウロボロスの波動』『ストリンガーの沈黙』『ファントマは哭く』『記憶汚染』『進化の設計者』（以上早川書房刊）他多数

HM=Hayakawa Mystery
SF=Science Fiction
JA=Japanese Author
NV=Novel
NF=Nonfiction
FT=Fantasy

# 星系出雲《せいけいいずも》の兵站《へいたん》―遠征《えんせい》―5

〈JA1444〉

二〇二〇年八月二十日　印刷
二〇二〇年八月二十五日　発行

（定価はカバーに表示してあります）

著者　林《はやし》　譲《じょう》治《じ》
発行者　早川　浩
印刷者　矢部真太郎
発行所　株式会社　早川書房

郵便番号　一〇一 - 〇〇四六
東京都千代田区神田多町二ノ二
電話　〇三 - 三二五二 - 三一一一
振替　〇〇一六〇 - 三 - 四七七九九
https://www.hayakawa-online.co.jp

乱丁・落丁本は小社制作部宛お送り下さい。
送料小社負担にてお取りかえいたします。

印刷・三松堂株式会社　製本・株式会社明光社
© 2020 Jyouji Hayashi　Printed and bound in Japan
ISBN978-4-15-031444-6 C0193

本書のコピー、スキャン、デジタル化等の無断複製は著作権法上の例外を除き禁じられています。

本書は活字が大きく読みやすい〈トールサイズ〉です。